もっと知りたい 池田亀鑑と「源氏物語」

―第4集―

伊藤鉄也 編

はじめに

『もっと知りたい 池田亀鑑と「源氏物語」 第3集』を刊行したのは、今から四年半前の二〇一六年九月であった。本書『第4集』ができあがるまでの長い期間、多くの方にご迷惑とご心配をおかけした。そのことを、まずは冒頭でお詫びしたい。

本書では、『もっと知りたい 池田亀鑑と「源氏物語」 第3集』で好評だった［復刻］『随筆集 花を折る』（池田亀鑑、中央公論社、昭和三四年一月）の〈前篇〉を受けて、後半の〈後篇〉を掲載した。これで、『随筆集 花を折る』の全文が読めるようになった。この本が絶版となって久しいため、〈後篇〉を心待ちにしておられた方が多い。池田亀鑑の優しい語り口は、少女・少年小説を書いていた小説家でもあっただけに、今の若い方々にも伝わるものが多いはずである。堅苦しくない文章なので、気ままにページを繰っていただきたい。

全文が揃ったことから、本書〈後篇〉に続けて、次の六種類の索引を添えた。あくまでも、当座の利用に供するための簡易版である。立項した項目数は、八三〇項目以上になる。

〈一、書名・誌名・論文名・作品名〉〈二、人名・神名〉〈三、地名〉〈四、文庫名〉

〈五、源氏物語 巻名等〉〈六、源氏物語 登場人物名〉

本集では、池田亀鑑と『源氏物語』の話題だけでなく、池田亀鑑が多方面で活躍したその実態を、多角的な視点で見渡すものとなっている。この多彩な池田亀鑑の魅力が、〈もっと知りたい〉という気持ちをさらに喚起するものになれば幸いである。

令和三年三月

伊藤　鉄也

目　次

■資料■

復刻

凡　例

◆復刻に用いた『随筆集 花を折る』は、編者伊藤鉄也が架蔵する本であり、中央公論社から「昭和三十四年一月十九日」に発行された初版本である。

◆多くの方に読んでいただけるようにと、漢字は新字にした。ただし、文章の雰囲気を損なわないために、旧仮名遣いのままとしている。

◆巻頭及び扉に配された写真は、版権を考慮して割愛した。

◆原本の再現を意図しての復刻ではないため、各頁の文字組みは同じではない。

◆今となっては、内容に差別的な言辞を含む文章もある。しかし、ここでは刊行時のままで復刻した。

◆本書『第4集』には、《後篇》として「忘れえぬ人々」から「源氏を大衆の手に」までを収録した。

◆《後篇》の末尾に、当座の利用に供するため、次の六種類の索引を添えた。

〈一、書名・誌名・論文名・作品名〉〈二、人名・神名〉〈三、地名〉〈四、文庫名〉〈五、源氏物語巻名等〉〈六、源氏物語登場人物名〉

『随筆集 花を折る』後篇

（忘れえぬ人々〜源氏を大衆の手に）

池田亀鑑

目次

忘れえぬ人々

古道少人行

この一筋に

国破れたれど

源氏を大衆の手に

13 『随筆集 花を折る』後篇

忘れえぬ人々

夕陽舎漫筆

○

ゆふひのいへとは、わたくしの小さな書斎の名である。窓がちやうど西南に向いてゐるので、晩秋から冬、冬から早春へと、あかい夕陽が真正面にさしてくる。もとは、机にむかつたまま眼をあげると、はるか秩父の連山の向うに、白い富士のすがたがくつきりと見えたものである。金色の夕陽は、その富士の右の肩に静かにおちて行く。それは実にすばらしい美しさであつた。そのころからわたくしは、自分の書斎を夕陽舎とよび、たづねてくる人たちをつかまへては、その夕日の富士の美を自慢したものである。ところが、三四年もたたぬうちに、二階建の立派な邸宅が、ちやうどその西南の方角にでき上つてしまつた。せつかくの富士が見えなくなつて、がつかりした。

ところが、そこはよくしたもので、不思議にも一箇所だけ、その富士の見える場所がのこされてゐた。その唯一の場所といふのは、縁側の右端の一点であつた。この一点をのこしてくれたのは、何とありがたい神の思召しであつたらう！　もう富士ともお別れだとあきらめてゐたので、隣の屋根の端に、思ひがけず富士の姿をとらへたときのよろこび！　おもひ出すだにたのしい。それ以来、夕陽の舎の主人はその縁側の一点に立つて、自分の目と屋根の端とを結ぶ線の延長の上に、夕日にそめられた富士をさがしあて、エドガー・アラン・ポーの小説などおもひ出してはにこにこしてゐる次第だ。

この書斎の名は、ゆふひのいへのほかに、もう一つある。それは桃園文庫といふのである。馬鹿になまめかしい名だなアなどとひやかす人もあるが、わたくしは別になまめかしいとも思つてはゐない。実はかうなのである――この名は桃園の末葉のささやかな文庫といふ意味にすぎない。歌の方で柿下庸材などといふたぐひである。そのむかし一条兼良の文庫を桃花坊の文庫といつた。しかも兼良は有名な源氏物語の学者であつた。彼にあやかつて源氏学の末席につらなりたいとの希望を抱く一書生の書斎ですといふ意味でつけた名なのである。べつに桃の花をうゑてゐるわけでもなく、それ以上になまめかしい故事出典があるわけでもない。平々凡々な命名にすぎない。この機会に、一寸断らしていただく。

○

噂などといふものほど馬鹿げたものはない。噂の大半はうそだと兼好法師は喝破したが、まあ、さうしたものだらう。人間といふものは、なぜかうもいい加減なことをいひたがるものか。いはれる身としてみると迷惑この上なしだが、いふ側からは、話に尾ひれがつくほど面白いらしい。面白くてたまらぬらしい。このごろ、わたくしは毎日、ひまのあるごとに卒業論文を見てゐる。戦争が終つてから入学してきた学生諸君の労作だ。三ヶ年の努力の結集なのである。何といつても卒業論文への努力はたいしたものだ。それは将来の学究生活に方向と性格とを与へる。人生においてて、卒業論文を書くときほど真摯な生活の体験はすくない。わたくしはさういふ意味で、若い人たちの論文に学び、勇気づけられ、反省させられてゐる。わたくしにとつては、論文を審査する三ヶ月間は相当の過労である。そのため必ず健康を害する例になつてゐる。しかし、この間ほどたのしい期間はないのである。

論文にはかなり大部なものがある。国文学といふ学科の性格によるであらうが、よくも努力したなと感嘆せざるをえない力作がある。尤も力作といふのは、必ずしも分量をいふのではない。分量の大きなものがいつも立派だといふわけにはゆかないが、しかし、概してすぐれたものが多いことは長年の経験に徴していひうることである。

ところで、分量のことだが、それについて途方もないデマがとんでゐる。二十四年前に提出したわたくしの卒業論文についてである。一体誰がそんなべらぼうなデマをとばしはじめたか、皆目見当がつかない。あきれたデマだが、しかしそのデマはたえず成長してゐたらしい。すくなくともその点だけはたしかである。はじめは池田のやつ風呂敷にいっぱい包んで、かついでいったとさ、の程度からはじまったらしいが、すぐ自転車ではこんだそうだ、いやリヤカーにつんで行ったんだよ、どうして荷車だったといふぢやないか、いやどうしてどうしてトラックではこんださうだぜ、なんてことになったらしい。

他人のことによけいなおせっかいだ、どうだっていいではないかといやになってしまふ。毒にならぬからかまはぬやうなものの、これが人格を傷つけたり、学問の本質を疑はせたりするやうなデマになると許せない。さういふ悪質なデマは、せめて学界からは絶滅させたいものである。

一、二月――卒業論文の審査がはじまるころになると、いつも自分の論文のうけた根も葉もないデマのことを思ひ出す。かういふデマは、不快以上の何ものももたらさなかったが、ただ説話文学――噂の文学の性格を考へる上によい示唆を与へてくれた。とりえがあったとすれば、ただその点だけのことであった――とは馬鹿々々しいかぎりである。

○

五十嵐博士の新訳源氏物語が出た。まさに待望の書である。博士は亡くなられるまでその仕事のために献身され、出版の日を一日も早かれと念じてをられたといふ。わたくしは、博士から直接教へをうけたわけではないが、講演会などではよくお目にかかつた。最後にお目にかかつたのは、日本女専の夏期大学講座であつた。その時は、お顔色もわるく、お元気もなかつた。それから戦争になり、おたづねもできないでゐると、いつか谷馨さんが見えて、熱心にその五十嵐源氏の出版のことを相談された。わたくしは谷さんのその真心と侠心とに深く感動した。ぜひともこの出版は実現させなければならない、自分も犬馬の労をつくさないではすまないといふ気持になつた。

それから色々ないきさつがあつたが、今度立派な本となつて世に出ることになつた。この本が先生の御生前中に出たら、どんなにかよろこばれたらうにと、ただそれだけが残念である。しかし、出版界の不況の折に、よくもこのやうな美しい本となつて世に出たことよと、このことに関係された人々の労苦に対して感謝せずにゐられない。この間、出版元の菁柿堂の松山編集部長と、早大の岡教授とが、わざわざこられて、いろいろと事情を話して下さつたが、すべては美しい師弟愛の結集と分り、しみじみ感ずるところがあつた。

源氏物語の現代語訳には、早く与謝野晶子女史のものがあり、窪田空穂氏のものがあり、谷崎潤一郎氏のものがある。それぞれみな特色があつて立派なものである。今度五十嵐源氏が出て、いよいよ四本の脚がそろつたといふ安定の感じがする。源氏物語の研究の歴史は長いが、明治・大正・昭和の時代は、ある意味で特筆大書されてもよい時代であらう。藤原伊行・藤原定家・源親行・四辻善成・宗祇・一条兼良・三条西実隆・中院通勝・北村季吟・賀茂真淵・本居宣長・萩原広道……といふふうに七百年の歴史をたどつて見ると、なるほど文献学の方面では、近代においては山脇毅氏の画期的な研究のほかはわりにさびしい。しかし、源氏を芸術として生かすといふ点では、近代は実に花々しい業績を生んだ。これもたしかに研究である。古典研究は、実はここから出発し、さうしてここにかへるべきものであつた。その意味で、わたくしは四氏の業績に対して讃歎の辞をしまぬ。特に四人の中二人までが早大から出てゐるといふ事実には、注意を払はずにゐられない。わたくしは、坪内博士以来の伝統であるこの学園の性格が立派に生かされてゐる点に深甚の敬意を表し、またもつて深く自らを省みる資としたいのである。

○

早大に関連して、わたくしにとつて忘れることのできないのは、永井一孝教授のことである。わたくしが国文学に関心を抱くやうになつた動機について回顧してみると、やはり何といつても永井教授の講義が第一であつたとおもふ。講義といつてもべつに教室できいたわけではない。早大出版部から出てゐた講義録に、同教授の講述がでてゐた、それを読むうちに、しらずしらず国文学への強い興味を感ずるやうになつたわけである。

わたくしは田舎の一少年として、永井早大教授を敬慕しはじめた。まだ見知らぬ同教授の風貌を瞼にゑがいて憬（ママ）れるやうになつた。ゆきとどいた広い知識、穏健な解釈と批判、うつくしい文章、わたくしはただただ感激して講義録をよみふけつた。さうして、このやうな先生について親しく講義をきくことのできる学生たちの恵まれた境遇をうらやましくおもひ、いつになつたら自分はさういふ境遇になれるのかと思つたのである。

永井教授に傾倒したわたくしは、教授に対して批判といふ態度をとることができなかつた。今でもわたくしにはそんな傾向がある。宣長流な考へ方からすると、わたくしの生き方はまちがつてゐるのかも知れぬが、わたくしとしてはどうにもならぬことである。教授の示された平家物語観は、今日もなほわたくしの脳裏に生き、さうして私の考へ方を決定的に支配してゐる。それについて面白いことがある。

それは平家ではなくて実は落窪についてであるが、二十年ばかり前、新潮社の日本文学大辞典に落窪物語について執筆した時に、「落窪物語注釈」といふ本が大石千引の著であり、別に源道別の同名の本があるといふふうに書いたものである。ところがその解説に対して、ある二人の学者から手きびしい抗議が出てきた。大石千引の著とか、源道別の著とかいふのは、何によつたのか、その根拠を示せといふのである。その後調査したところでは、たしかにわたくしの失考に相違ないことが分つたが、その抗議そのものにもあやまりがある。しかしそれをここで詳しく駁論するひまはない。実は永井教授の講述された国文学書史の記述そのままを踏襲したのにすぎなかつたのである。わたくしとしては、同教授に傾倒するあまり、その所説に対して批判を加へるなどといふことは思ひもよらぬことであつたのである。おそらく右の落窪物語注釈については、さすがの教授も千慮の一失(ママ)をかされたものであらうが、わたくしがそれをそのままうのみにしたことについても罪はない。われながら人間的だつたとかへつてほほゑましくさへ思つてゐる。同じやうなことが橋本進吉博士の書かれたものを引用した時にもあつて、博士からじやうだんまじりの注意をうけたことがある。わたくしといふ人間は絶対信頼といふ気持になると、よくかうした失敗をやる、しかしべつだん悪いとは思つてゐない。鼓をならして撃つべきほどのこととは考へてゐない。それは無邪気なものだ。ともかくも永井先生はつねにわたくしの心の中に生きてゐる偉大な人物の一人である。

つつじ

ことしもつつじの花の季節になつたが、この季節になると、ふと思ひ出されるのは、亡くなられてから久しい与謝野さんのお宅に咲いてゐたつつじの花である。

ちやうど十年まへの五月五日のことであつた。わたくしは急な用事があつて、だしぬけに荻窪のお宅をたづねた。その日は、さつきらしくよく晴れた日で、新鮮な若葉の緑が身体にしみこむやうなすがすがしい日であつた。玄関までの目もさめるやうな新緑の中に、赤い山つつじがちらほらと咲いてゐた。そのつつじは、いつか浅間の麓でみたつつじと同じ色だつた。初夏の上州の高原は、まるで火の海で、地上の一切のものが燃えてゐるのかと思はれる壮観だつたが、荻窪のこのお宅では、同じ色のつつじが、あちこち、若葉のかげにつつましく咲いてゐるのである。炎のやうな熱情を内につつみながら、ひそやかに咲く花の姿であつた。この歌人の家にふさはしく。

古典の中で、この季節を一番うつくしく描いたのは、おそらく源氏物語の胡蝶の巻であらう。光の君が玉鬘をおとづれるところで、「いとものしめやかなる夕つ方、お前の若かへで、柏木などの、青やかに茂りあひたるが……」などと書き出してある。荻窪のお宅はさうした源氏の世界を思ひおこさせた。

その日の晶子夫人は、いつもより元気さうだつた。用件をすませたあと、話はまた例のやうに源氏のことにうつて行つた。藤裏葉と若菜の上との間に構想の区別をおかうとする見解には異論はないが、若菜以後を大弐三位とする夫人の見解には従へなかつた。夫人はおだやかな物のいひ方をするが、自説に対しては一歩もゆづらない。こちらも、何をこのをばさん！　ときかぬ気になつて応酬する。三十分あまりも、はげしく論じあつたが、夫人はふと立つて、書斎の方に出て行つた。やがて再びかへつてきたときには、うす萌黄と、うす紅との美しい色紙を手にしてゐて、さりげなく、「これを記念に」とほほゑみながら渡された。二枚の色紙には

須磨の山藤もさくらも幼なけれ京の流人の去年うゑしごと

花見れば大宮のへのこひしきと源氏にかける須磨ざくらさく

と、美しく書かれてあつた。

わたくしはうたれた。自分の心ない饒舌がはづかしかつた。万巻の写本をしらべ、解釈を加へ、構想を考へ、青春の日のすべてを捧げてきた過去二十年、もちろんわたくしに悔いはない。だが、わたくしは古典のいのちにふれることにおいて、この老いたる一女性に遠く及ばないのだ。わたくしの学問はかうして朽ちてゆくのだらうか。わたくしは悲しかつた。

かへりがけに、心なしか、つつじの赤い花が一しほ目にしみたが、思へばその日は、わたくしが、うつし世でこの尊敬すべき好敵手と源氏を論じた最後の日であつた。その翌六日、夫人は突如脳溢血で倒れ、一時小康をえたが、つひに再びたつにいたらず逝かれたのである。

主のない荻窪のお宅には、今年もあの赤いつつじが咲いてゐるであらうか。

（日本文芸研究会報二五・六）

与謝野晶子といふ人

与謝野晶子夫人がなくなられてから、もう九年になる。わたくしは、源氏物語を研究してゐる関係から、格別に親しくしていただいたので、すこし夫人のことをのべて、若い方方(ママ)の御参考にしたいと思ふ。

晶子夫人が、近代短歌史の上で、偉大な存在であつたことは、今さらあらためていふまでもない。あの「明星」を中心とする近代浪漫主義の運動は、天をまつかにそめる夕映えの光のやうにうつくしいものであつた。今日においては、晶子短歌に対する批判はいろいろあるであらう。今日の歌人たちは、あるひは「みだれ髪」や「舞衣」の技巧をわらふかもしれない。しかし、晶子短歌の本質は、さういふ短歌を生み出した根本の精神にさかのぼつて考へて見なければならない。人間晶子の意味の上に立つて考へてみなければならない。

晶子夫人が、女性として近代日本の文化に寄与した点は大きい。歌人としての地位はもとより、詩人としての地位もまた重いものがある。夫人はどのやうな外部の権力にも屈しないで、自分の感ずるところや、信ずるところを率直にうたつた。明治三十七八年戦役に出征する弟に対して、

ああ、弟よ君をなく
　君死にたまふことなかれ

とうたつた。いつはりにみちた言葉の多い世に、これは何といふ真実にあふれた叫びであつたらう。これはまさしく人間の、愛の声であつた。

近ごろ、夫人のこの詩をもてはやして、反戦主義の先駆者であるとか、勤労階級の闘士であるとかいふ人がある。しかし、それはひいきのひきたふしであらう。夫人は、「主義」といふやうなものにおしこめられるやうな人ではなかつた。ただ心に感じたことを、はつきりといふことのできる勇気と信念をもつた人である。昭和十六年十二月八日の朝、夫人は、

日の本の大宰相も病むわれも
　ともに涙す大き詔書に

とよんでゐる。もしこの歌をみて、夫人を好戦国民の代表者だといふものがゐたら、それこそもの笑ひであらう。夫人は、人間らしいまことを、すなほにうけとり、それをそのまま正直にうたふことのできる人であつた。

○

晶子夫人は、抒情詩人であるとともに、立派な評論家であつた。彼女の書いた評論や随筆の類は、二十種にもあまるおびただしいものである。これらの書物をよみかへしてみると、その思想がどのやうに進歩的であり、またどのやうに熱情にもえるものであつたかに、おどろきの眼をみはらずにゐられない。夫人は早くから女性の解放を叫び、個性の尊重を叫んでゐる。人間の本来的なものをゆがめてゐる一切の圧力に対して、人間として、また女性として、強く反発してゐる。彼女には、自由と正義の擁護のために、身をもつてたたかふといふやうなところがある。これは、夫人がヒューマニストであり、ロマンチストであつたことを示すものだと思ふ。

晶子夫人の生涯は、詩歌をはじめとして、あらゆる文化生活の革新のためにささげられてゐるやうである。これはじつにおどろくべきことである。わたくしどもは、日本女性史の上に、彼女のやうな巨大な存在は、容易に見出すことはできないと思ふ。兼常博士は、晶子は紫式部以上だといはれるが、それはともかく、式部につぐほどの偉大な女性であることはたしかであらう。

夫人のえらいところは、いつも世界に眼を開けて、新しいものを身につけようとした点にあつた。彼女は、いち早く、フランスの象徴主義の文学精神をうけいれた。そしてこれを正しく理解し、日本的なものに同化した。「明星」を中心とするはなやかな精神運動は、近代の衣裳をつけた伝統の新生であつたといへよう。浅香社的なものの正しい発展が、とりもなほさず新詩社的なものであつたといつてよいと思ふ。晶子はいつも時代の尖端にたち、新しい時代を予言し、その方向にむかつて時代をみちびいて行つた人である。

○

晶子は、いつも新しいものにあこがれ、その開拓のために献身してはゐるが、しかし、その精神の根柢（ママ）には、伝統への強い、そして熾烈な愛情があつた。すなはち、古典に対する思慕と共鳴とである。彼女は、決して単なる新しがり屋ではなく、むしろ、日本的なものへの暖かい理解者であり、讃美者であつた。古典への熱情と、近代の知性と、そこに晶子といふ人間の像があるのである。

晶子が源氏物語をはじめてよんだのは、女学校の生徒のころであつたといふ。彼女は、父の家の土蔵の中で、源氏物語の古い板本をよみふけつた。それは更級日記の作者が、几帳のかげで、同じ物語に夢中になつたといふ事実に似てゐる。彼女は、早くから、この物語を現代の言葉でかきかへてみようと考へたが、この少女時代の宿望は、彼女の三十歳のころから実現されるやうになつた。

晶子は、独力で源氏物語の新訳を完成した。そして、ひきつづいて、栄花物語、和泉式部日記、紫式部日記、蜻蛉日記、徒然草など、日本の代表的な古典の現代語訳をなしとげたのである。これは、全く驚歎にあたひする大事業だといはなければならない。こと新訳源氏物語は、女性が女性の心を探りもとめたといふ意味で、他に例のない異色ある労作といふべきであらう。

晶子が、このやうに、平安時代の女流文学について強い関心をよせたのは、同性の作家たちに対するあこがれによるのはもちろんであるが、それよりも、これらの女性たちの胸の中に生きた浪漫的な精神に対する共鳴であつたといへよう。彼女は、すでにフランスの近代象徴主義の洗礼をうけてゐる。この人が、新しい知性と熱情とをもつて、大納言道綱の母や、和泉式部や、清少納言や、紫式部ら、古典的古代の天才達の胸にもえた憧憬を、そのままわが身うちにうけついだのである。それは、一千年の「時」をへだてて、よびかはす文芸（リテラリー）反響（エコー）である。晶子は、古人のあとを求めるのではなく、古人のもとめたものを求めたのであつた。これから後、はたして、いつの日か、与謝野晶子につづく天才が出現するだらうか。わたくしは、若い人たちに期待してやまない。

○

晶子はすぐれた歌人であり、詩人であり、思想家であり、評論家であり、また古典学者であつた。彼女ほどの人を、女性史の上に見出すことは、容易なことではない。わたくしは、源氏物語を縁に、夫人と親しくすることができたので、いつもその大きさにうたれた。ことに、わたくしは、夫人がわれわれと同じやうな普通な家庭に生まれ、同じやうに生活とたたかつた女性である点、ごくもの静かなやさしいをばさんといふ感じを与へた点、十二人の子女の母として立派に教育してきたといふ点、すこしもたかぶる心がなく、しかも心の中に理想と信念とをうしなはない生き方をしたといふ点、さういふ点にうたれたことであつた。

夫人がはるかに思慕した平安朝のすぐれた女性たちも、たとへば道綱の母にしても、清少納言にしても、和泉式部にしても、紫式部にしても、母として強く生き、女として美しく生きぬいた人たちであつた。晶子は、何の外部の力にもたよらず、堺の女学校を出たといふ、ただそれだけの学歴で、たえず努力しつづけ、あの偉大な仕事を完成したのである。彼女のすすんだ道は、決してなまやさしい道ではなかつたが、それだけに一しほ光が加はつてゐるのではないだらうか。

昭和十五年の五月五日、わたくしは急な用事で荻窪のお宅をたづねた。用件の話をすませたあとで、例のやうに源氏物語のことを語り合つたが、その日、夫人は記念として、二枚の色紙をわたくしのために書いて渡された。その色紙には、

須磨の山藤もさくらも幼なけれ
京の流人の去年うゑしごと

花見れば大宮のへのこひしきと
　源氏にかける須磨ざくらさく

と二首の歌がうつくしく書いてあつた。

夫人は、その翌六日、突然脳溢血で倒れ、一時小康をえたが、つひに再び立つにいたらず逝かれた。わたくしは、偉大であつたその生涯を思ふときに、若い人たちが、彼女につづくことを期待せずにゐられない。与謝野晶子といふ古典的存在の中に、光明と勇気とを見出し、まじめな、そして熱意にみちた人生を築くことを、心から祈つてゐる。

（昭和二十五年七月一日、東大文学部研究室にて）

（竹台高校記念誌「むらさき」二五・一〇）

古寺巡礼

清少納言は、その随筆の中で、正月寺にこもる折の面白さを述べてゐる。そこには清少納言でなければとらへられない季節の美が、心にくいほど澄みきつた筆でゑがかれてゐる。平安朝の女性たちは、正月にはよく大和の長谷寺に参籠した。骨にしみるやうなつめたい風にふかれながら、都からはるばると旅をして来た彼らは、足も動けぬほど疲れきつて、高い階段の上にある御堂（みだう）にたどりつく、崩れるやうに膝を折る彼らの目の前には、世にも美しく浄らかな世界があつた。昼をあざむく灯明の光に、ほのかな陰影を漂はせ、美しくそしてやさしいまなざしでぢつと彼らを見守つてゐる金色の仏のみ姿である。彼らは、その尊像の前に、この世の苦しみや悲しみを忘れた。彼らは幼な子がその母に向つてするやうに、すべてを仏にゆだねることが出来た。われわれは彼らの知性の単純さを笑つてはならない。

彼らの信仰は「美」にまで高められた世界のものなのである。

戦争前、冬休みになると、私はよく大学の学生たちと一緒に、大和の古寺を巡礼した。イタリー文芸復興期に、多くのすぐれた学者たちが、東方諸国の古美術をもとめて旅をしたやうに、私たちにはまた私たちなみに憧れもあり興奮もあつた。それは宗教といふにはあまりに芸術的であり、芸術といふにはまたあまりに宗教的であつた。人間の最も高貴なものを求めようとする心とでもいはうか、さうした心持を胸に抱きながら東京駅をたつた。そして一週間後には、その同じプラットフォームに、「深さ」において全く異なる自らを見出したことはたしかである。それは決して誇張ではない。

この季節の古寺巡礼といふと、私は掛川といふ学生をおもひ出す。彼はその粗野な風采とは正反対な、すなほな、感激的な、天才的な魂の持主であつた。どういふものか、よく私の側にくつついてきた。平群(へぐり)の山を背景に、古典的な美しい調和を保つてゐる法隆寺の五重の塔を、バスの中から見てゐる彼の澄みきつた眼に光る涙、それを私はふと見たのである。壁画の神秘に感激したらしい彼がおそるおそる壁面をなで、そしてそつとその匂ひをかいで見た、その無邪気な微笑も、私の眼の底に消えない。日が暮れてしまつて、遠くの方に人家の赤い灯がちらついてゐる頃、私たちの一行は、薬師寺跡の礎石を測定した。礎石のくぼみには、水がたまつて、それが寒さに氷らうとしてゐた。丁度、十日ごろの月が空にあつて、その影が水にうつつてゐる。掛川は彫刻のやうにぢつと考へこんでゐた。

その旅行の後、多くの学生たちは、次々と戦線におくられた。掛川だけは、しかし還つて来なかつた。南方作戦にあたら惜しい青春を散らしてしまつたのだ。この季節になると、私は古き芸術の都をおもひ、そしてその芸術にかぎりない愛情を注いだ人々、特に若い人たちを思ふのである。

近江満子夫人のみ霊に

近江満子夫人は、白百合のやうな感じのかたであつた。清楚で、高貴な風格があり、しかも、どこかに少女のやうな無邪気さとうひうひしさのあるかたであつた。わたくしは、与謝野晶子女史につながる御縁で、近江博士御夫妻から特別に親しくしていただいた。かねてから御重態とは伺つてゐたが、もう一度必ず再起されることを信じ、かつ祈つてきたので、このたびの御逝去はたまらなくさびしく哀しい。

夫人は、紫式部学会で、紫式部日記研究をつづけてゐた時に、熱心に参会して精進された。蓮月尼の研究を完成されて、その出版記念の会が毎日ホールで開かれた時、わたくしは古典研究史の上に傑出してゐる数人の女性の名をあげて、その中に夫人の名を加へることをよろこぶ心持をのべたことがある。その日、夫人は卓上にかざられてゐる白百合の花のやうに美しくつつましく若々しく見えた。

「冬柏」の二十周年記念特集号を編集する時に、木田、鈴木両氏と一緒におたづねしたが、その日は、夫人は病気をおして、わたくしたちを迎へられ、時々おもしろいことをいつては、みなを笑はせたりしてをられた。そのお姿が、今日もなほ生々と記憶の中にある。

夫人は巧まず、かざらず、天性のままの歌人であつた。砕身鏤骨といつた傾向よりも、天来の声をうたひあげるといつた傾向の詩人であつた。古典研究は、かねてからわたくしもおすすめし、御自分も病気さへなほればと期してをられたが、つひにそのことをなし得ずして逝かれたのは痛恨の至りである。

訃報をきいて、とるものも取りあへずかけつけた時、夫人はいつものお部屋に、生けるが如く横になつてをられた。

長い闘病生活のために、お顔はやせ細つてはをられたが、しかし、御生前と同じやうに安らかに、頬には微笑さへも浮んでゐるやうに見えた。夫人は今や、この世において最も愛せられた先師晶子女史のもとに行かれたのである。

わたくしは、夫人にもつともつと多くのものを期待してゐた。夫人もまたその気でをられたのに、病気と寿命はそれを許さなかつた。え難い才女であつたのに、まだ若くて逝かれたのは、かへすがへす残念である。辞去する時に、応接間にかけられてゐる牧水の短冊に

かたはらに秋くさの花かたるらく

ほろびしものはなつかしきかな

とある歌のことばが、しみじみと眼底にきざまれた。「ほろびしものはなつかしきかな」この歌は、夫人を象徴してゐるやうである。

夫人の謙譲の美しさは、しかし、今は「ほろび」の彼方にある。「なつかしきもの」は決してほろびることのないものである。不滅の白百合として、永くわたくしたちの心を浄めて下さるであらう。

（冬柏二七・春）

幕の前と後

この間、ある外国人を芝居に案内した。その外国人は、日本の古代の歴史と文学を研究するために在留してゐる日本贔負の若い熱心な学者である。かりにHさんとよんでおかう。Hさんは、すべての外国人がさうするやうに、その日も時刻をたがへず、定刻前にきて待つてゐた。

開幕まぎはになつて、客席は大体埋まつたが、まだ入場者はたえない。そのざわめきの中に幕が上つた。舞台は美しいが、せりふが聞えない。客席の方がしづまつて、しんみりとした気分が生まれるまで、かれこれ七八分の時間がかかつた。

Hさんは、始終熱心に見てゐたが、ことに幕の前と、後とに注意してゐるらしいことは、そばで見てゐたわたくしにはよく分つた。彼は、幕が上る直前には周囲のさわがしさから抜けきらうとして、ひとりぢつと目をつぶつてゐた。また、幕が下りきつてしまつても、しばらくの間は、どこか一点を見つめて、彫刻のやうにぢつとして動かなかつた。たしかに、Hさんは感覚以上のものをもとめてゐる、といふふうにわたくしには思はれた。

二十五分ばかりの幕間を利用して、食堂にはひつてみると、もうビールをぬいてはしやいでゐる団体もあつた。Hさんは、はじめから「食事は簡単にすませませう」とことわつた。わざと遠慮したのでないことは、すぐ後で、「御食事はいつでもいただけます。今晩は芝居の方が大切ですから」とつけ加へた言葉でよく分つた。Hさんは、いそいで席にかへつて、例のやうに、ぢつと目をつぶつて、幕の上るのを待つてゐた。例によつて、ざわめきの中に幕が上つた。ビールではしやいでゐた一団体が、威勢よくもとの座席にかへつてきた時は、その幕が終つて、次の幕が半分以上も進んでゐたころである。

大詰の場――この場は、脚本も、演出も、演技も、この芝居のヤマになつてゐるところで、すべての人々の興奮と緊張の中に、幕が重々しく下りてくる。その感情が、余韻となつて心を浄めてくれる。Hさんは、客席の人々が、すべて立ち上つた後から、おもむろに立つた。わたくしたちは、最後に近くの玄関に出て車にのつた。

車が五月雨にぬれたネオンサインの街を通りすぎて、皇居前の広場に出たころに、Hさんは、はじめて口をきいた。「幕が下りてしまつた後で、舞台にゐる俳優さんたちはどうしますか」とHさんはいふのである。「どうするつて、どういふことですか」ときかへすと、Hさんは、微笑しながら、「つまり、俳優さんたちは、あの緊張した構へ――まあポーズをですね、それを幕が下りきるまで崩さないでせうか、下りきつても、しばらくは崩さないでせうか」といふのである。Hさんは、目に見えない所に払はれてゐる誠実さ、真剣さを注意してゐたのだ、とわたくしは深く感動した。

舞台に立つものの心得として、幕の前と後とに払ふべき誠実さは、古くから教へられてきたことである。わたくしは、この日本贔負の外国人が、日本の伝統芸術の本質に、眼をあけてゐることを知つてうれしかつた。わたくしは力強く、「もちろん、彼らは幕の後も、しばらくはその心も形も崩さないでせう」と答へ、そして、「その精神が歌舞伎を育ててきたのです」といふと、Hさんは、「幕の外のお客さんの方でも、同じやうに崩さないでゐたいですね」と意味深長な批評をもらし、そしてはじめて朗かに笑つた。わたくしもつりこまれて、「さうです、幕の後ばかりでなく、前でもね」といつて。二人でまた朗かに笑つた。

（放送二七・六・一四）

○

S君

長らく病床にゐたS君が、長逝された。葬式の日には講義があつて参列できなかつたので、二三日おくれて、中目黒のお宅にうかがつた。

白木の位牌がものがなしく、師友からおくられた生花にかざられてゐた。夕やみが庭木のかげに淀みはじめるころまで、わたくしは母堂と対坐して、しみじみと故人の思ひ出を語り合つた。

S君は、すぐれた学者であり、生来の詩人であつた。けふ、わたくしは、母堂のお話をきいて、S君がめつたに見られない、そして今日ほどさういふ人格を要求してゐる時はあるまいと思はれる、さういふ教育家であつたことをはじめて知つた。それは、わたくしにとつて深い感動であつた。

S君が東大を出たのは、戦争の末期であつた。すぐ応召して軍務に服したが、過労のため、健康を害したやうである。終戦後、S君はわたくしと同じ女子大学に講師として出てゐた。まれな天分をもつてゐた上に、実に勤勉誠実な努力家であつた。早くから、日本文学史の叙述を志し、構想をねり、材料をととのへてゐた。一昨年ごろ、その第一稿ができたやうに聞いたが、そのころから胸部の疾患にかかり、それ以来、療養生活をつづけてゐたのである。

S君は、長男であつたから、いろいろな意味で、家庭の支柱とならねばならなかつた。年とられた御両親や、弟妹のことを心配しながら、生活と、また病気と闘つてゐたが、さういふ中にも、文学史の完成を悲願として、どんなことがあつても、筆をとらない日といふものはなかつた――と母堂は、しみじみと語られるのである。

「あの子は、文学史の原稿を書くことを、日課のやうにしてをりました。多い時には一、二枚、少い時にも、二、三行、といつたわづかの分量でしたが、一日として休むことはございませんでした。亡くなる日も、いつものやうに書き終つて、原稿用紙をきちんとそろへて、横になりました」

と、その日のやうすを語られ、絶筆になつた原稿を、机の上からもつて来てわたくしに示された。

S君の文学史は、平安朝の歌物語まで書かれてゐる。活字のやうなきちんとした字形である。真実を慕ひ、人間を愛し、そのゆゑに世の悪を憤つて、「身をえうなきもの」と観じた在原業平の、東国への旅をつづける心情が、S君特有な詩人的な解釈と表現によつて述べられてゐる。業平に代つて、S君は、その原稿の最後の行に、

「わたしは今日も旅をつづけた。昨日のやうにさうして、また、明日も旅をつづけるであらう」

といふ意味の言葉をしるした。

今日の学者はもちろん、教育家や役人も人生や文学の諸問題を、あまりに公式的にわりきつてゐるのではないか。杳としてとらへ難いもの、それが人間である。迷ひつつ、なやみつつ、果てなき旅を旅ゆく、それが人生であらう、S君がこの世にのこした最後のことば、

——いづくにか　われは行かんとする——

これほどの言葉を、かつてどのやうな教育家がのこしたであらうか。教育は、学問は、人間を深めるものでなければならない。

心のふるさと

このたび母校が、輝かしい八十年の歴史をとぢるにあたり、在学当時の思ひ出を語るやうにとのおすすめをうけました。光栄であります。

わたくしは、大正七年に入学をゆるされ、十一年に卒業したクラスのものです。わたくしたちの入学した当時は、校門をはひると、すぐ左側に本部と講堂とがあり、東校舎と柔道場とがならび、校庭の周囲に、図書館、西校舎、剣道場、付属中学の校舎がならんでをりました。木造建築でしたが、それだけに親しみのある、いはば古典的な感じを与へたものです。占春園の橋をわたり、付属小学校の前を通つて、寮にかへるといふ建物の配置は、今日でもなほあ

りありと思ひ出されます。

わたくしたちは、仕合はせにも、立派な先生方から親しくお導きをいただきました。クラス主任は児島献吉郎先生でした。先生は三島中洲翁の直門で、漢文学史その他を講ぜられ、時々学生たちを御自宅にお集めになつて、膝をまじへての寛いだお話をなさいましたが、正直一途といつた御風貌は、御性格そのままをあらはしてゐるやうに思はれました。それに対して松井簡治先生は、国文学の講読を担当され、諧謔と皮肉の連発で、いつも学生たちを喜ばせて下さいましたが、先生は時々味なことをおやりになりました。たとへば枕草子などの御講義をなさるのに、一応学生にやらせておいて、さて何々の所はどうか、何々の文句はどういふ意味か、などと、学生の読みや解釈の誤りを実に矢つぎばやに指摘されました。そして、その時間の終りに「実はネ、今日は本を忘れてきたんでネ」と頭をかかれたのですが、学生たちは、きもをつぶしました。この先生はテクストを持つて来なくても、どこにどんなことが書いてあるか、学生の解釈がどう違つたか、といふことを一々正確に見通すことができる、こんな大学者にかかつてはどうにもならない、神様のやうな人だと、皆文句なしに心服しました。御人物の大きさと、よい意味での政治性をお持ちになつてゐた点は、和漢洋の諸学に通じた博学の士であられた点とともに、印象に深くきざまれてをります。いつでしたか、東大の新卒業生の会合に出席され、「諸君は、できるだけウソを教へないやうになさい」と、きはめて適切かつ辛辣な送別の言葉をおくられましたので、一同頭をかきつつも、拍手大喝采をしたことがありました。また修学旅行で京都に行つた時、柊屋といふ旅館で、先生を囲んでの会食があつたのですが、わたくしは肴に出てゐたカラスミを無雑作に口に入れてしまふと、先生は、「君、ただのシホカラと間違へちやいけないよ。ものがちがふぜ。ヘツヘツ」と、例の奇声をあげて笑はれたので、わたくしははじめてカラスミといふものの貴重なる所以を知つたのでした。ともかくも磊落な、そしてどえらい博学な先生でした。

吉田弥平先生、この先生は、わたくしにとつては、生涯忘れることの出来ない大恩人です。教室では、主として文法を教へていただきました。先生は「太古」と号されたやうに、無口で、寛容で、しかも自若として動じないお方でありました。学生たちの中には、「怖い先生」といつたものもあつたやうですが、少しも怖い先生ではありません。「誠意」のお方であつただけに、こちらが「誠意」をもつてゐさへすれば、いつも春風のやうに、心を和らげ、あたたかくして下さる先生でした。作文も御指導なさいましたが、一々入念にごらんになり、欄外に評言をお書きになつた上、必ず末尾に適切な御感想をお添へになりました。かういふことは、教育者として中々容易にできることではないと、ひそかに心うたれたことであります。わたくしは、雑誌部の役員をしてゐましたので、部長でいらした先生には格別親しく御指導を仰いだわけです。雑誌部の部屋には、一級下に石森延男君がをられ、その一級下に原富男君や、五味保義君がをられましたので、かういふ諸君と、よく部長先生の書斎にうかがつたり、遠足をしたりしました。ボケの花がさき、松の花粉のちる頃、部員一同が、先生を擁して、印旛沼にあそびましたが、先生は「いまにヨシキリがいい声で鳴くよ」といはれたので、「どんな虫ですか」とつい口に出して、大笑ひとなり、「行行子はどんな虫かと池田いひ」と、早速先生からやられました。今でも、石森君や五味君は、それだけを忠実におぼえてゐて、何とか、かんとかひやかすのです。当分この恥は消えさうもありません。しかし、下手の横好きと申しますか、俳句に対して関心をもちはじめたのは、実は、この一件からだと思ふのです。卒業した年に、先生は女子学習院に推薦して下さいましたが、一年やつてみて、とてもお姫さまの教育などできる柄ではないと自覚しました。これきりやめさせていただかうと決心して、お願ひに上りましたところ、先生は、よくお考へになつて、「それも仕方があるまい、あとはどうするか」と将来のことまで御心配下さいました。御自身で大島院長にお会ひ下さつて、「一年でやめるとは何事か」とあくまで強硬にいひはる院長を説きふせて、結局やめられるやうにねばつて下さり、あとで「東大でもう少し勉強してみたらどうか」とおすすめいただきました。それで、背水の陣をしいて、検定試験にぶつかる覚悟をきめたのですが、いつも先生の御本意にそひえず、わがままばかりしてしまひました。その時同時に東大に入学したのが、岡山大学の西下経一君です。

垣内松三先生は、女高師から来られて、文学概論を講ぜられました。先生の御講義の内容は、新鮮で魅力にみちてゐました。わたくしどもは、はじめて新しい文芸研究の領域と方法とを知りました。先生は語学に御堪能で、外国の文芸や言語の研究の方法を紹介され、非常に暗示にみちた御講義をおつづけになりました。先生は、メモの紙片と洋書だけを机上におき、漱石を思はせるやうな金縁の眼鏡をおかけになつて、詩のやうに暗示に富んだ表現をなさいました。それは実にたいした影響力を与へた御講義でした。わたくしも、東大に入学してから、フランス語とドイツ語を、できるかぎり勉強し、同時に、大塚博士の美学概論や、桑木博士の西洋哲学史、判断力批判の演習などを聴講しようとして、ともかくも初一念を通すことができましたが、それは、一に垣内先生へのあこがれによるのであります。ただ、芸術の学問は、「天分」がなければ駄目だといふことを自覚し、「天分」のない自分は「努力」で行くよりほかはないと考へるに至つて、よいにせよ悪いにせよ、わたくし自身の方向は自然きまつたわけではありますけれども。

漢文では、さきに申した児島先生のほかに林奉輔先生がおいでになりました。この先生には、詩経と書経とを教へていただきましたが、実に謹厳にして犯すべからず、諄々として説いて倦まずといふ全く儒学者らしい御講義でした。わたくしどもは、みな畏敬の念に、自ら頭を下げたことです。ただ一つ、何とも申し上げようもない不届なことをいたしました。それは、この大先生に向つて、試験の範囲をまけて下さいといふ、全くもつて言語道断な申入れをした事であります。「周公とその時代」といふ東洋倫理の大著をものされた林博士です。深刻な顔色をされて、言下に「それはわたくしにはできません」と拒絶されました。そこで、クラスは合議して、今のことばでは団体交渉とでもいふのでせうか、代表者をたてて、その次の時間にまた要求するといふ図太い行動に出たのです。すると、先生は、歎息やや久しうして、悲痛なこゑで、「これほど申しても分つてもらへないとはわたくしが不徳だからでせう。試験は一切やらぬことにします」と、卓上の書経の版本を風呂敷につつみ、悄然（憤然ではありません）として教室を出て行かれました。そして、まもなく風邪におかかりになつて、再び講壇にはお立ちになれず、そのまま逝っておしまひになりました。その一事は、わたくしどもクラスのものの、生涯の悔いとなることと思ひます。

漢文には、このほか、お若い先生で、諸橋、内野両先生がおいでになりました。それぞれ違つた御学風と御性格で、わたくしどもをお導き下さいました。両先生とも、御健康の御様子で喜びに堪へません。諸橋先生の漢和大辞典の出版記念会に、朝野の名士が起つてこもごも先生の学績を讃へるのを、席末につらなつて拝聴したのはたつたこの間のことのやうに思はれます。あの世界的名著が空襲のために烏有に帰したことは、先生のおためには勿論、母校のためにも、日本のためにも、世界のためにも、痛恨に堪へぬ次第です。

わたくしどもの在学中、昇格運動といふ事件が起りました。大変な事件でした。わたくしも実行委員の一人にえらばれて、相当なことはやりました。学生側では田中省吾さんが、例の長躯と、雄弁とをもつて先頭にたち、先輩側からは、川村理助、為藤五郎の両先生が挺身指導にあたられました。あの木造の大講堂に集まつて、徹宵悲憤慷慨をやつたのですが、ああいふ時には、人間は個人的な理知なんか出しえないもののやうです。嘉納校長が演壇に立たれると、卒業生も学生も、何といふことなしに涙を流しました。やはり、母校を愛するといふ熱情がさうさせたのでせうが、同時に不公平な社会の認識に対する怒りといふやうなものもあつたのでせう。教育者ともあらうものが、学校騒動をおこしてゐる、と非難する声も世間にはありましたが、あの時何もしないで、君子ぶつてゐたら、今日はどういふことになつてゐたでせうか。よくぞ、いふべきことをいひ、求むべきことを求めたと、わたくしはその当時のことを回想するのです。さうして、あの時に活躍された大先輩が、多数逝去されたのを見ると、それがすぐ「歴史」のすがたとも思はれて、うたた涙なきをえません。

わたくしどものクラスも、半数以上の物故者を出しました。さびしい限りです。わたくしは、仕合はせにも、ある学校で玉井幸助先生、大和資雄氏、佐伯梅友君、石森延男君、それから少し時代がちがひますが木俣修君と顔をあはせます。玉井先生には、付属中学に教生として出た時に御指導をいただき、爾来学問上の御教示をもうけてをります。大和氏は、昇格運動の時に、誰もが涙を流して歌つた応援歌の作者です。佐伯君や石森君とは、一週一度、机をならべて、学問を語り、文学を語り、そして往時の思ひ出にふけります。虚弱なわたくしにとつては、これが最大のたのしみであります。

ああ、東京高師、なつかしい名前です。ひとはどういはうとも、わたくしにとつては、心のふるさとです。この慕はしい母校の名はたとひ今日かぎり現実から消えようとも、郷愁として、いつまでも母校を愛する人々の心に生きることでせう。いささか感傷に堕ちたやうです。しかし、この感傷をもちうるわたくしは、何と仕合はせでありませうか。感傷ほど純粋なものは少いのです。

（東京高師記念誌二七・七）

池袋

門を出て故人にあひぬ秋の暮

これは蕪村の句だが、近ごろ、私は、池袋の駅前でバスをまちながら、よくこの句の境地にひたることがある、何か、淋しい、しかし楽しい、複雑な気持である。三十年前の友だちの山本さんが、ひよつこり出てきて「いよう」と声をかける、そんな奇蹟があるかも知れない。なきにしもあらず、など、たわいもない空想である。

関東大震災の時、神田の下宿を焼け出されたわたくしに、一ヶ月十五円也で二階の部屋を貸してくれたのが山本さんである。山本さんの家は、奥さんと、息子さんとの三人暮らしで、万年筆の下請け工場を経営してゐたのだが、初対面の挨拶に、

「人間は、趣味が大事ですけエなア、趣味をもつとるか、もつとらんかで、人間のねうちちふものあ、きまるけエ」

といきなり趣味論を展開したので、つい気にいつてしまつた。

アクセントのなまりから、同郷の鳥取だといふことが分つて、いよいよ親しくなつた。山本さんの趣味論は、結局盆栽芸術論といふことになるらしく、そこに論理の飛躍はあるが、まあそんなことは、どうでもいいとしておかう。

何しろ三十年も昔のことである。そのころ池袋といへば、たいした名所であつた、あのせまい、細い、木造のブリッヂが、よくも風に吹き倒されもせず、どうにかもちこたへたとは、それだけでも東京七不思議の一つに値する、たいした奇蹟だ、今日満員の客をつめこんだ、西武電車が、ひつきりなしに、つつ走つてゐる同じレールの上を、がら空きの青梅鉄道の汽車が、二時間おき位に、煤煙をふきながら、のろのろ動いてゐたものだ、まつたく夢のやうなかはり方である。

駅前の通りなどは、雨でも降ると、たちまち泥田のやうになつてしまふ。こえたごをぎつしり積んだ大八車が、そのぬかるみをついて蜿蜒と行く、悠々たるかな天地といつた感じだ、車をひく牛のよだれがつきないやうに大八車の行列のつきることはあるまい、といつても、決して誇張ではない。ぬかるみは、ごみ、馬糞、土、その他雑物の混合だが、雨が上つて、ひでりにでもなると、それらが乾燥して、ほこりになり、風にあふられて、ぱつと舞ひ上る。黄

塵万丈とは大げさだが、三丈位にはなる。

てんぷら、焼ざかな、煮物、うなぎの蒲焼、そんなのから、下水、どぶ、鼠の死骸などの発散する臭気にいたるまで、千種万様の匂ひのカクテルだ。電柱や板塀の下の乾いてゐるところでもさがしたら、きつと交番の前まで行かずばなるまい。

さういふ駅前に、よく縁日が立つた。山本さんは、縁日は必ずわたくしを誘つて盆栽をひやかしに出かけた。現実をよそに、中天に澄んでゐる月の光が、まだわたくしの眼の底にある。

山本さん一家が南方に旅立つてから、二十四、五年にもなる。生死不明だ。山本さんの工場も焼けてしまつた。人は変つた。変らぬものは池袋といふ土地のいゝのちだ。焦土の中から、新しい池袋の建設は、昼となく、夜となく、つづけられてゐる。

地上に、地下に、がうがうたる音響と、はげしい火花を散らしながら、近代の都市が形成されてゐるのだ。若い人たちのために、新しい日本のために。

もし、山本さんが生きてゐて、ここに出てきたならば、善良な、あの山本さんは、きつとわたくしの手をにぎつて、涙をながすだらう。旧い池袋への感傷としてではなく、今日の、いや明日の池袋への祝福としてである。市井の人山本さんは有名人ではないが、それだけに純粋に旧い池袋を知り、そして愛してゐるからである。

（ＮＨＫ放送二八・一一・二七）

折口先生をしのぶ

九月三日の午後一時半ごろ、折口博士がなくなられたといふ電話を受けました。そのとき、私は来客と対談中でしたが、あまり意外な電話なので、しばらくは自分の耳を疑つたのですが、やはりほんたうのことなので、前に客のゐることも忘れ、恥も外聞もなく、涙を流しました。春以来、からだを悪くして、心を強くもつことができなかつたからでせう。何としても、おさへることができませんでした。

博士は、学者としても、歌人としても、詩人としても、実にかけがへのない人でした。豊麗なことばで、遠い古への心をうたはれました。「国土」や「民族」は、この偉大な詩人の魂の中に、容易にあらはさない自らのすがたを啓示したのです。

私は博士のおすすめによつて、慶応の国文学科の講師をしたことがあります。戦争のはじまる前でした。講義の内容は、日本文献学といつたやうなものでした。日本文学を研究する学生諸君のために写本や、参考文献などを入門的にお話して、さういふ方面の指導をすることが、私の仕事でした。

その頃、博士は民俗学の研究をつづけてをられ、全国にわたつて民間信仰や、祭礼の行事や、民謡や、伝承や、習俗などを調査されてをりました。豊富な資料を、実にすばらしい直観によつて解釈され、その新しい知識と方法とを、国文学の領域に導入されました。従来の文献学的国文学の盲点といふやうな方面を、さういふ新しい学問方法によつて補はうとした最初の学者でした。古文芸、特に漂泊時代の伝承芸術は、いはゆる文献学をもつてしては、手の下しやうがなかつたのですが、博士の豊かな天分と博い知識とによつて、明らかにされたものがずゐ分多いのです。日本文学研究史上の輝かしい業績として特筆されねばならぬと思ひます。

西洋風な比較神話学や、宗教民俗学などの方法論的研究は、すでに専門科学として行はれてゐましたが、わが国の民俗学は、まだ資料の調査、整理の途上にあつたやうに思はれます。さういふ時、文献学と民俗学とは、相互に論難しあふことはあつても、協力しあふといふ所までは行つてゐなかつたやうに見えたのですが、博士は、どうかすると文献学万能を口にしがちな、また事実それ以外に何のとりえもない私に、慶応の講義を依嘱されたのです。国文学において、誰よりも民俗学の重要性を認められた博士は、また誰にもおとらず文献学の重要性を認めてをられたわけです。

博士の国文学に対する知識はひろく、記紀に、万葉に、古今、新古今に、能に、歌舞伎に、およそ行くところ可ならざるなき鴻才の持主でしたが、源氏物語に至つては、たうてい端倪をゆるさぬ研究と新見を持たれてゐました。私も、いささかその方面の研究をつづけてまゐつたのですが、博士の御意見と必ずしもいつも一致するとはいへない見解もあつたのです。けれども博士はよく卑見をきいて下さり、必ず発展的な方向に解決をもつて行くやうに配慮されました。後進に対して、慈愛あふれるやうな、善意にみちた真心と温情をもつて導いて下さつたのです。

博士のお話を伺つてゐると、たとひ学説としては一致しなくても何かしらずつと大きな高いものへの暗示をうけました。その点は与謝野晶子女史とよく似通つてゐたと思ひます。別にはり合ふとか、てらふとか、そんな競争意識など微塵もおありにならなかつたのです。博士の高さでは、私など、まるで子供のやうに見えたのでせう。自分に信念と実力がなければ、あのやうな態度はとれぬものです。

しかし、博士は一面において実にたくましい所のある学者でした。何かの場合には、余人の口にし得ぬことをずばりといつてのける所がおありでした。指導者ではあつても、絶対にボスではなかつた。いやなれなかつたのでせう。博士はやはり、釈迢空として、その家庭がお淋しかつたやうに、孤独に生き、そのことを誇りとしてをられたのかも知れない。とにかく、弱い者に味方をして下さつた。さう私は思つてをります。

博士が門下や知友に対して、実に深切であり、たえずこまやかな情愛を注がれたことは有名です。私もさうした一つの例を御披露いたしませう。実は紫式部学会といふ会で、国文学の啓蒙雑誌の「むらさき」を発行してゐた当時、博士はその編集者として門下のO君を推薦されました。そのO君が、私のところへ見えた時、ずうずう弁をまる出しにするのにはおどろきました。実にいい人なのですが、ただ一つ難があつたのです。それはズボラな点です。彼は、下宿にゐて、朝起きても、顔も洗はない、ねたままでパンをかじる、出勤の間ぎはにならぬと起き上らない。ひげはばうばう、洋服はぼろぼろ、まるで山男のやうなのです。これには一寸こまりました。ところが博士はかういはれるのです。あの男は、なまけ者で、やぼな奴ですが、シンはしつかりしてゐます。まあ、面倒を見てやつて下さい。さういはれながら、徹頭徹尾、彼を信じ通されたのです。はたしてO君は立派でした。「むらさき」といふ雑誌は、この山男編集者を迎へて、発展また発展、戦争中には三万部近く出るやうになりました。博士は陰に陽にO君をかばひ、叱り、をしへ、その愛し方といふものは、実にはたでみてゐても涙ぐましくなる位でした。このO君がある時、ふとしたことから猛烈な恋愛をやつて、たうとう結婚といふところまで行きついたのです。もちろん私も一肌ぬぎました。来賓として折口博士と私とが招かれました。式場兼披露宴は春日町の「大国」でしたが、ここをえらんだのは彼らしくて愉快でした。

戦争が烈しくなつてから、そのO君は突然私のところにやつてきて、編集をやめさせてくれといふのです。いくらとめてもきかない。たうとう月収半減を覚悟の上で、千葉県の航空機製作所の講師か何かになつて、さつさと行つてしまひました。その時、O君のいひのこした言葉は、実にすばらしいものでした。それはかうです——

シエンシエイ（先生）どうもすンましエん。ナンズウ（何十）年かス（し）てですナ、孫が出来てですナ、そいつが学校に行くことンなつてですナ、オズウ（お祖父）さん、あのダイシエンソウ（大戦争）の時ナ、何しチヨン（てゐ）なさつた？ と聞きでもス（し）たらですナ、オズウさんはナ、ゼネ（銭）もうけネ（に）ニヨバ（女）のザッス（雑誌）のテゴ（手伝）しちよツた、なんて、はづかスウ（しう）て、何ぼ何でも、いへましエんケン（から）、なア、シエンシエイ、コラエ（ゆるし）てツカアサイ（下さい）。あつち行つても、エシコ（よい具合）にやアますケン。

といふのです。

ところが、この間、告別式がお宅で行はれた時に、私も主治医には内密で、そつと車でまゐつたのですが、何とその〇君がゐるではありませんか。りうとしたモーニングを着こんでゐたのでびつくりしました。「大国」の時のは、借り物だつた筈ですが、今度のはさうではないらしい。向うから声をかけてくれまして、二人で思はず手をとりあつて、またまた涙を流してしまつたのです。われながら弱気になつたものです。告別式では、亀井さんが、文芸家協会を代表して実に美しい、そして哀しい追悼のことばをのべられました。博士をしたふ真情の発露でした。ただ、穴があればはひりたい気持のしたのは、先生のお枕上にと思つて北見女史にそつとお願ひしておいた生花があまりにも堂々としたところにかざられてあつて、新しい札にかかれた自分の名前が目について、どうにもはづかしくて身のちぢむ思ひをしたことです。

博士は、お宅が遠いのでめつたに伺ふことは出来なかつたのですが、私の家内などは、一度お留守にうかがつて、留守番のお婆さんに、追払はれたやうです。しかし、あの名物のお婆さんもいい人でした。いつか博士は、しんみりと、あのお婆さんの話をされました。あのババア（婆）もたうとうなくなりましてね、正直な奴でしたが……といはれる博士のお声はさびしさうでした。

いつでしたか、室生さんと三人で会食したことがあります。先日「兄いもうと」が映画化されて、試写会に招かれたのですが、病気のため参れませんでした。去年、堀さんの告別式にはお元気でしたのに、また源氏物語講座や、私家集研究会などでは、いろいろお世話になりましたのに、もう二度とこの世で温顔に接することは出来ないと思ふと、かなしいかぎりです。

御養子の春洋さんが、戦死されたといふことは、何としても大きな打撃であつたやうです。北見さんのお説では、家庭には主婦といふものが必ずゐなくてはいけない、男世帯の先生は食事といふことをあまりに軽く見てをられたやうだ、とのことですが、たしかにさうでせう。

博士は、かけがへのない人でした。お宅での告別式にも、また国学院での追悼式にも、多数の人々がのべられたやうに、ことば通り、かけがへのない人でした。をしんでも、をしんでも、をしみ足りない、実に大きな損失でした。

博士のお書きになつた御本は、たいていいただきましたが、今、私はあらためて、「古代感愛集」と「近代悲傷集」と、そして「死者の書」とを読みなほしてゐます。前の二つの詩集の中に流れてゐるのは祖国への郷愁です。単に古語、死語の巧みな組合はせではない、万葉や、記紀の歌の形だけの摸倣ではない、古代の心、民族の心そのものなのです。北原白秋の「海道東征」は、御承知のやうに八章から成る壮麗雄大な大叙事詩ですが、この詩について、いつか博士とお話し合つたことがあります。

あの詩は、白秋が、黎明の高千穂の峯に上つて、かがり火をたき満天の星の空に、ひびけよとばかり、みづから朗吟したものだといふことを、木俣氏から聞いてゐましたので、ぜひともあの詩を、先年出版された白秋詩集の中におさめてほしいと木俣氏にも歎願したのでした。あれは皇紀二千六百年記念に作られたもので、だいぶ分超国家主義思想が盛られてゐるので、出版社の方でも難色があるやうでしたが、私は、海道東征が史実であるなしの問題ではない、詩人が国土と民族によせる純粋な愛情なのだ、詩人と政治家とを混同してはいけない、と私なりの主張をして、釈迦やキリストの伝説なども、史実であるなしにかかはらず、夢幻の世界、美しい物語の世界として解釈してよいではないか、そんなことを木俣氏に申しました。氏もまた全然同感されました。――さういふことを博士にお話しいたしましたら、博士はその通りだと、全面的に肯定されました。春洋君の遺品が戦没の島で発見されたといふ新聞の報道のあつたときも、やはり、同じやうなことをしみじみと語り合つたことでした。政治家肌でないところに、学者としての、詩人としての博士のえらさがあつたと思ふのです。

「死者の書」は、あの黒地に金色の配合の装幀に、何かしら **Book of the Dead** を思ひ出させるものでした。ピラミッドの廊下や壁や王の石棺の内外に書かれてゐる宗教上の文句、そんなものを博士の「死者の書」にふと連想したのです。難解ではあるが、実に立派なものと思ひます。

源氏物語に取材した「まぼろし源氏」は、「海道東征」のやうな形式の長篇で、これは実にしぶい「能」の味はひを出してをられます。この詩一篇に圧縮されてゐる博士の博いそして深い知識、日本古文芸へのかぎりない愛と熱情、博士を措いては、誰にも容易について行けないやうに思はれます。源氏物語といへば、先年、松竹が劇化にのり出した時、私どもとしては、学界、劇壇、文壇、画壇、楽壇その他の全知能を結集して、立派なものを作りたい希望があつたので、第一回の協議会を新聞社の主催のもとに開いたのです。その時、博士ももちろんおいでになつて、御意見をきかせて下さつたのですが、報道記事の中に、どうしたことか、一番大切な博士のお名前が落ちてゐたのは、新聞社のふとした手落ちであつたとは思ひますが、いかにも残念千万なことでした。そのためでもないでせうが、そのまま、博士の卓抜した御意見を伺ふ機会がえられずにしまつた。かへすがへすも、心のこりのことです。そのことは、今日まで、ずつと残念に思つてきたことです。

なほ源氏に関して――といふわけではありませんが、与謝野寛、晶子の主宰した「冬柏」が、記念特集号「晶子と近代抒情」を出した時に、「明星」に対して、実に深い好意と愛情をよせたすばらしい文章をよこされました。

博士の歌風は、明星的ではないと思つてゐたのですが、博士は、こんなにまで明星を愛してをられたのかと、びつくりしたことです。博士は、一切の派閥をのりこえた、高いところにをられた、やはり不世出の大歌人であつた、と今更のやうにつくづくとをしまれる次第です。

とりとめもないことを書きつらねました。病床中に、筆をとつたので、断片的な思ひ出の記になつてしまひました。博士のやすらかなお眠りを祈ります。


（三田文学二八・一二）

ひげ

私（わたし）は最近二回にわたつて東大病院に入院しましたが、その間（かん）ふかい感銘をうけたことが三つあります。一つはこの病院の先生方が非常によく勉強してをられることです。その二つは、看護婦さん達が大変清潔な感じをあたへ、非常にやさしく世話をしてくれることです。その三つは、この病院に「ひげの小父さん」といふ年寄りの人気者がゐて、病人の気持をやはらげてくれることです。その「ひげの小父さん」のことをお話ししませう。

この小父さんは、すばらしく立派な、おそらく相当多額の保険に加入してもいい、そんな大きな白い鼻ひげを生やしてゐます。それは何としても山縣（がた）元帥のひげ以上の立派なものです。詰襟の服装は、貧弱ですが、しかし馬にのせて遠くから見たら三軍を叱咤する大将軍、堂々たるものです。小父さんはからだ中にすきまなく勲章をさげてゐるからです。小父さんは目をつぶつて、ぶつぶつ何か呟きながら廊下を歩いてきます。「さあ来ましたよ、皆さん、おいしいところ昆布、リンゴにバナナ、甘納豆にするめ、……いかがですか。おいしいですよ。キャラメルに鮭の缶詰、南京豆におせんべい、それは、それはおいしいですよ」東北訛りの発音で呟きながらそろりそろりと歩いて行きます。時々廊下の傍に腰をおろして、一つ、一つ勲章を外します。見るとどうでせう。勲章と見えたのは、小父さんがさつきつぶやいてゐたざつと四十種類におよぶ品物です。小父さんは、決して一種類の品を三箇以上特別多く持ち運ぶということはしません。またどんなことがあつても、怒つたりいやみを言つたりすることはありません。いつもにこにこして、「これで親子四人が結構食べさせていただいてゐるのですよ。ありがたいことです」と感謝してゐます。店じまひの時には、その品物をまた一つ一つ袋に入れたり、糸でつるしたりして、上手に肩やら胸やら腰やらに着けます。全く変つた勲章です。

ひげの小父さんは、「からだがよくなくてはいかん」といふので、朝早くよく大学の運動場でかけ足をします。寒い時でもパンツ一つになつて、汗だくだくで走つてゐます。人の目に立つこと、人から可愛がられること、これがこの小父さんの商売のこつといふものでせう。

元来ひげといふものは、その人の人柄によつて怖くも見えるし、やさしくも見えるし、またいくらかおどけても見えるものです。先年源氏物語の芝居の時に、髭黒の大将のひげをどう表現するか、メークアップに苦心したことがありました。結局鍾馗（しやうき）様のひげを拝借することになりましたが、演技者の熱心さと工夫とによつて、大へん効果的で賞讃を博したものです。

最近私（わたし）が二度目に入院した時は、ひげの小父さんはどうしたものかあまり姿を見せませんでした。寄る年なみで、さすがの小父さんも少々くたびれたのでせうか。あの善意の小父さんと、それから、国宝的とも言へるやうな、すばらしいあのひげの上に、神様のお護りがあるやうに、毎晩私（わたし）は祈つてゐます。

皆さんもどうぞ。

（ＮＨＫ放送三〇・三・六）

北見夫人を哭く

北見志保子夫人の突然の御不幸は哀しい極みである。夫人について思ひ出すことはいろいろある。いつもそこに釈迢空先生がをられ、またはやく亡くなられた川上小夜子夫人がをられる。北見夫人にお目にかかる折には大抵迢空先生が側にをられた。また川上夫人が在世中、よく噂にのぼるのは北見夫人のことであつた。今はお三方とも逝つてしまはれ、現し世に温容をみることはできない。

「花宴」の五月号に載つた夫人の歌に「永劫の門」が自分のために開かれてゐる。その側に緋桃の花が咲いてゐる。そしてその門に入れば出ることはない、そんな門に何のためらひもなく入らうとした、といふ意味の作がある。これらの歌は漠然と死を予知された歌かもしれない。さういふ神秘な体験が人間にはあるもののやうだ。

夫人は最後の歌集として「珊瑚」を遺された。その歌集を開きながら或る方と夫人の思ひ出を語つた。夫人は植物を詠んだ歌を多く遺されたやうだが、どこか人柄を語つてゐるやうで哀しい。近頃の夫人の歌には大きな安定が感じられ、寂々とした世界に身を置いてゐる歌人の風格があつた。衒ひや物欲しさうな気構へがなく、人生の諦念といつたやうな大きさが生まれてゐた。それでゐて乙女子のやうな、はにかみと無邪気さとが、いつも夫人の温容の中に見られた。

夫人は豊かな生活環境に恵まれてをられたのに、好んでその環境から抜け出て、乏しいものの中に生き、寂しさに身を置くことを願つてをられたやうだ。或る方と話したことであるが、夫人の求めた寂しさは、荒涼たる冬枯れの野の寂しさではなく、行く春を哀しむ寂しさである。春愁といふか、春怨といふか、さういふ人のそこはかとない哀しみなのだ。いつも人を恋ひ、その心に哭く、杳として捉へることのできない、さういふ哀しみを哀しんだ人であつた。あの絶唱「平城山」は、万葉の昔から生き、夫人の詩心に宿り、そして永久に女人の心に息づく哀感に違ひない。

北見夫人の名をわたくしが最初に知つたのは、随分昔のことであるが、わたくしと直接の関はりが生じたのは、紫式部学会の機関紙「むらさき」が、戦争中に数種の歌誌を統合して「芸苑」といふ文芸雑誌に新生した時からであつた。その当時「むらさき」に最も親しい関係にあつた今井邦子夫人の「明日香」が会員としては一番多数を擁してゐて、中心勢力をなしてゐた。今井夫人も美貌の才女であつたが、他の歌誌にも多くの才媛がゐることを知つて、そぞろに頼もしい気がした。北見夫人などはその中の一人であつた。親しくお目にかかるやうになつたのは戦後のことであるが、想像してゐたより遥かにおほらかな、おつとりした人柄で、評判などといふものが当てにならないものだと、つくづく思つたことであつた。

北見夫人は沼空先生の許で万葉集や源氏物語を学ばれたが、わたくしどもの古典研究会にも出席されて、源氏物語や私家集の研究にいそしんでをられた。わたくしも度々入院したりなど病気がちで、しばらくお目にかからないでゐるうちに、春と共にこの世を去つてしまはれた。断腸の思ひである。

今年も春は逝く。惆悵人を求むれども留め得ない。今宵、夫人がこの世に遺した悲傷の歌「平城山」を口ずさんで、遠い世の人を恋ひ、夫人の思ひ出に涙するのみである。

（花宴三〇・六）

英訳「かげろふ日記」

アメリカ人のＳさんは、谷崎氏の「蓼喰ふ虫」や、川端氏の「伊豆の踊り子」など、代表的な作品を英訳したり、新聞雑誌に評論を発表したりして、世間から相当騒がれてゐる。しかし、この人が日本古典の研究に沈潜してゐることはあまり知られてゐない。

Ｓさんが大学院で学生たちと一緒に源氏物語の研究をはじめてから、もう五年になる。一語一語、たんねんに原文と取り組んだものだ。源氏のリアリズムはどこからきたか、Ｓさんはその先駆を「かげろふ日記」に見た。これをマスターしようと、早速英訳に着手した。この日記は「なげきつつひとりぬる夜の明くるまは云々」の歌で有名な右大将道綱母の日記だが、まだテキストの基礎研究ができてゐないので難解極まる作品だ。むかし、田山花袋が、日本最古の現実的な私小説だと何かの雑誌にかいてゐたが、あまりの難物なので、古典学者も手をつけかねてゐた始末だ。

Ｓさんは驚くべき努力を傾けて黙々とその研究を続けた。二、三日前、講義を終つて教室を出ようとしてゐると、長身のＳさんが近づいてきた。一冊の書物を持つてゐる。非常にいんぎんな態度でその本をわたしにさし出し「おかげでできました。ずゐぶんお世話になりました。ども、ありがとございます」とさもうれしさうに、幾分はにかんで紅潮した笑顔であいさつした。見るとそれは待望の英訳「かげろふ日記」だつた。「蓼喰ふ虫」や「伊豆の踊り子」などの英訳はうまいものだ。が、さういふ仕事の背後には、営々としてつづけられた人知れぬ研鑽があつたのだ。わたしも夢中になつて、Ｓさんの宿望が成就したことを喜んだ。日本の学者にさへもなかなかできなかつた仕事を、Ｓさんの忍苦はたうとうやり遂げた——。Ｓさんは倍ほどもあるやうな大きな手でわたしの手を握つて「源氏の会にまた出していただきます」と感激的な口調でいふのだつた。

（毎日新聞三〇・六・二四）

三つの禿

わたしは地方の相当な旧家に生まれたが、ある事情のために倒産して、つぶさに辛苦をなめた経験がある。中学校も出ることができなかつたが、今ではそれも楽しい思ひ出になつてゐる。少年時代の楽しみは、「日本少年」といふ雑誌を読むことであつた。その時わたしは「芳水詩集」の著者であり、わたしたちの幼い詩魂を養つてくれた有本芳水氏をあこがれた。芳水先生はまだ元気でゐる筈だが、しばらくお目にかからない。

上京してから芳水先生に親しく会ふことができて、いろいろな話を聞かされた。今でも感に堪へないことがある。それは故人になられたが、増田義一氏の頭の禿のことである。増田氏は「日本少年」を発行してゐた出版社の社長で、衆議院の副議長をされた。この人には禿が三箇所に点在してゐて、その禿の由来をたしか芳水先生から聞かされた。一つの禿は出版社を経営する苦心のためのもの、一つは衆議院副議長としての苦心のためのもの、もう一つは忘れたが、やはり相当な社会的意味のあるものであつた。この人はいつでも人を善意に解釈して、決して暗い方から考へるといふことをしない人であつた。わたしは「日本少年」を愛読してゐた当時の尊敬と愛情をもつて、増田氏のその三つの禿を偉大なる禿といつも仰ぎ見てゐた。

昔の少年はいつのまにか、老齢その職に堪へずとして辞職願を提出するやうな齢になつてしまつた。頭も禿げたが、増田氏のやうな三つの禿はできなかつた。その代りに全体が見るかげもなく薄くなつてしまつた。今日にして、増田氏のあの離れ小島のやうに散在してゐた三つの禿の深刻さを思はずにゐられない。たしかに大人物であつた。

これも芳水先生から聞いたことであるが、増田氏が事業を始められた時に、片腕となつて働いた石井氏が若くして斃れられた。その時増田氏は全社員を連れて石井氏の宅を弔問し、若い社員たちを前にして、声涙共にくだる感謝の言葉を述べた――

石井君、ぼくは君をうしなつて悲しい。しかし、君の献身によつて、わが社は今や磐石の安きにある。ぼくたちは君の遺志をついで奮闘する。どうか安らかに眠つて欲しい。ここにわが社が君に贈る僅かな志がある。どうかこれを受けて欲しい。

と金一封を枕頭に手向けた――さう芳水先生は話してくれた。そして、その金一封が実に今から四十年昔、金二十万円であつたといふことをつけ加へて、「とにかく大人物であつた」と話してくれた。

「芳水詩集」はわたしたちの年頃の人々が誰でも親しんだ詩集であつたと思ふ。芳水先生が詩人としてどういふ立場の人であるか、わたしはよく知らない。ただ一途にわたしはあの人の詩に陶酔した。わたしは詩人の素質もなく、作家にならうなど考へたこともないが、いつも胸底にゆらぐ灯が、少年時代のこの読み物によつて点ぜられてゐることを思はずにゐられない。芳水先生は今どうしてをられるか、来年の四・五月にでもなれば、わたしも言ひたいことを言ひ、したいことをする、それこそほんたうの野人になりきれる、そんな時、芳水先生に会つて、増田氏のもう一つの禿の由来でも聞き、あの愛誦した「仁和寺の歌」など、先生といつしよに高唱したいものだと思ふ。

わたしは貧乏であつた少年時代がたまらなく恋しい。何も秀才ぶつて――秀才でもないのに――また金持ぶつて――金持でもないのに――とりすましてゐることもないのだ。貧乏は決して恥ではない。愚を養ふことは賢を装ふよりも、はるかに意味深いものだ。

（郵政三二・二）

み霊に

春あさき　空ゆくらがり　吹雪する　海のさ中を　小さなる　舟に帆をあげ　氷しへの　かなしき旅に　何すれぞ　君の出でにし　しらぬ火の　筑紫の海は　潮騒に　今日も暮れたり　はてもなく　ひろごる水の　うらわき　人をうばひて　いかなれば　かくも冷めたき　ひねもすに　鷗とびかひ　夜もすがら　千鳥しばなく　筑紫なる　海はかすみて　いつしかも　春はかへれど　ありし日の　人はかへらず　あゝさはれ　わかきみ霊は　うつし世の　目には見えねど　ふるさとの　家にかへりて　みどり子の　その日のまゝに　たらちねの　胸にいだかれ　眠りてあらむ

昭和二十二年三月半ば、清田君令弟遭難の悲報に接す。言々何ぞかなしき。われまた紅涙を禁じ得ず。のち挽歌一篇をものし、謹みて在天の霊にさゝぐ。願くは髣髴として来りうけよ。

池田亀鑑

古道少人行

学生

浜までは海女(あま)も蓑きる時雨(しぐれ)かな——といふ句がある。一ヶ月の間、毎日毎夜、卒業論文を読み通して来て、しみじみと味はつたのは、この句の意味であつた。

学生達は、九月卒業すると、それぞれ第一線に立つことになる。定めて本懐とする所であらう。がしかし、又思ふに、今日の書斎への決別は別な意味において感慨無量であらうと思はれるのに、しかも彼等の書いた論文は静寂そのものであつた。学問への熱情といはうか、精進といはうか、最後の時まで、学生としての、最善をつくさうとする、その敬虔な心情には、感動せずにゐられなかつた。

昔大石主税は、自刃の直前まで、熱心に書を読み、修業につとめたといふ。誰よりも年少で、未熟を自覚してゐた主税が、「大死」に値する——少くともはづるなき我れに達せんことを祈念した、その真摯な精進は、現代の若い人達の心に生きてゐる。

浜までは海女も蓑きる時雨かな——私共は、古今を問はず、青年に教へられる所が多い。（朝日新聞一七・九・四）

旧いものと新しいもの

銀座あたりで、よく外国人あてこみの陶器や衣類などを見かけることがある。一寸見た目では、いかにも外国人の趣味にあひさうに工夫したものだが、もしこれが外国人から日本の現代芸術といふ風に考へられたらどうであらう。一人の目をごまかしても、万人をあざむくことは出来ない。今日日本に欠けてゐるものは、資材でも技術でもない。良心と道義なのである。わが国の名匠の間に生きてゐた芸道の真摯な精神は、今日こそ近代的に生かされなければならない。

われわれは戦争に敗れた。敗れるについて相当の理由があつた。過去の日本は決して美しいものばかりではなく、不正な、醜悪なものが多かつた。今日の混乱の中に、このことをわれわれははつきりと教へられた。しかし、日本はよくならねばならぬ。世界の批判に堪へるやうにならねばならぬ。ぜひさうあつてほしい。それにしても今日の現実はあまりにもなさけないのである。

日本の山河、日本の文化、愛する祖国にはやはり美しいものがあつたのだ。それは戦争中に宣伝されたやうな意味でなく、もつと公平に世界の精神に照らして万人に承認される高貴な美しさである。さういふものが日本にもあつた。その伝統への矜持をうしなひたくない。日本アルプスの美しさも、桂離宮の美しさも、本来日本の持つてゐたものである。日本人自身には長く知られずにゐたのを、かへつて外国人に教へてもらつたといふ意味のものであつた。さういふ美しさも、日本の伝統の中にはなほ多いはずだ。そのことをわれわれは確信する。この確信あればこそ、文化国家建設へのホープもあるわけである。

そのやうな意味での旧いものは常に新しい。それは民族的であつても、決して反世界的ではない。世界的であつても、非国民的ではない。その花は日本の国土に咲いた花ではあるが、世界の人々のだれからも愛され慈しまれる花である。外国人には親しまれるが日本人にはきらはれるといふ花ではない。すべての人々を美しくし、高貴にする花である。安易な摸倣や、ずるいあてこみなどを超えた、誠実な、奉仕の精神のみがよくこのことをなしとげる。さうして、さういふ精神は、日本の伝統の中にも生きてゐた精神である。私は日本を愛する。祖国のほかに、われわれはどこにも身をよせるところはないのである。

（交通新聞二三・一一・二）

たのしい日常のために

快食、快眠、快便といふことがあるが、日常生活のたのしみは、つまるところこの三つに帰するやうにおもはれる。かういへばいかにも物質的で、下品にきこえるかもしれないが、じつはさうではない。この三つの「快」は、精神と肉体との健康と平和とを象徴してをり、わたくしたちの日常生活は、さうした健康と平和のために営まれてゐるからである。「快」といふことは「美」といふことにむすびつきやすい。粗食よりも美食をのぞむのは人情である。だが、「快」といふことはかならずしも「美」といふことではない。もちろん「美」の定義にもよるが、すくなくとも「快」といふことはぜいたくといふことではない。したがつて「快」といふことは、金銭でどうにでもなるといふ意味のものではない。「疏食をくらひ水をのみ、ひぢをまげてこれを枕とす。楽しみまたその中にあり」とは古い東洋のをしへだが、まさにしかるべきことである。そこで、わたくしたちの日常生活には修養と設計とがむすびついてくることになる。おいしいものをたべたい気もちとともに、どうしたらおいしくものをたべられるかといふ工夫が大切になつてくるのである。

快食、快眠、快便といふことは、たしかにたのしい日常生活を象徴してゐる。それらは単に動物的、物質的ではなく、精神的であるといふ点が注意されねばならない。そこで、いちばん動物的であるかのやうにみえる快便について、はなはだお上品でない方面のやうではあるが、一寸のべてみることにしたいとおもふ。

○

わたくしの趣味としては、玄関や応接間よりも便所といふところが、ちゃんとしてゐたいとおもふ。もちろん上品なところではないが、しかし、日常生活にここほど関係のふかい大切なところはない。どんなえらい淑女でもかならず、すくなくとも、一日に二度や三度はここの厄介になる。それについて思ひ出すのは、むかし両国の花火を見に行つて、さじきで日の暮れるのを待つてゐた間のできごとである。目のまへに大きな舟が横づけにしてあつて、その舟のはしにつき出して仮小屋の便所がしつらへてある。もちろん汚物は衆人環視のなかで空中を落下するといふしかけになつてゐた。べつに不思議でも何でもないわけだ。がその中で盛装して、虞美人草の女主人公のやうにとりすました一婦人がはひつていつたときには、さじきにゐる観衆はさすがに緊張した。やがてまぎれもないあたり前な現象があらはれたにもかかはらず、くだんの婦人はいやにとりすまして、自分だけは何もしなかつたと、小づらにくいほど気取つたしなをみせて、俗人どもを尻目にかけながらさつと出てきた。そのとたんに、さじきの連中は、わあつと意味のわからぬ歓声をあげたものである。彼女が孔雀のやうにはなやかに、そして女王のやうにお高くとまつてゐただけに、彼女自らが示した生理的なものとの対照には、どうにもしがたいギャップがあつた。

とにもかくにも、便所ほどわれわれの生活に関係のふかいところはすくない。どんな家にも三つの路がある、台所に行く道と、便所に行くみちと、門に通ずるみちとであるとは帰去来の辞にみえてゐる有名な言葉だが、その大切な便所のことは、誰も注意しない。注意しないどころか、避けようとする。日常生活をたのしくするために、さういふ態度はどんなものであらう。これは考へてみるべきことではなからうか。

○

便所のことは、かはやともいはれる。これは古語であるらしい。古事記の時代には、川のほとりに便所がたててあつて、汚物はすぐ水であらひ流してしまつたやうだ。今の水洗式の便所の素朴な形態である。かはやといふ名称も、川屋の意味らしい。今でも南洋あたりにゆくと、さういふ風習がのこつてゐるとかいふことである。

源氏物語の時代になると、便所のことは文学の上にはでてこない。どうして出てこないのか。あまり上品でもきれいでもないところだから、女性の作家としては口にしたくなかつたのであらう。今日でも、きれいなお嬢さんたちが、くさい所の話をしたがらないのは、昔にかはらぬ人情といふものだ。はばかりとか、御ふじやうとか、お手洗ひとか、色々間接的に表現するといふ心理もここにあるのであらう。じつさい平気でこえ汲みの話をするやうなお嬢さんには「女性」は感じられない。いちがいに質朴でいいとはいへない。教養さへもうたがはれる。源氏物語にも「おほみおほつぼ」といふことばを口にする姫君のことがかいてあるが、この姫君は、物語中でも屈指の道化ものとしてあつかはれてゐる。「おほみおほつぼ」といふのは、小便壺のことだが、こんなものを平気で口にするなど、教養のある姫君にはとんでもないことなのである。

さて平安朝では、便所といふ一定した建物はなかつたやうだが、「みかはやうど」といふものがゐた。それは便所の掃除人だといはれる。おそらくそのころは男でも女でもつぼとか箱とかの類で用を足したので、さういふ器具の掃除人を「みかはやうど」といったのであらう。このならはしは、大陸ぢき伝らしいが、とにかく用便に関するかぎり徹底した個人主義をうちたてた。今日でもそれが生きてゐるかにおもはれる。平気でたんつばをはきちらす、立小便をする、さういふ低劣な個人主義なのである。

○

鉄道の駅や町中の共同便所のきたなさはやむをえないとしても、旅館の便所ぐらゐは清潔であってほしい。目にたつ部屋の装飾などにばかり腐心して、目にたたぬ浴室や夜具や便所などはないがしろにする、お客もまた自分だけ一時の用をたせばあとはかまはぬといふ根性らしい。これは長い間の習慣と国民性のさせたことであらうが、ぜひともあらためたいものである。

便所にはひつて煙草をのむといふ趣味はあまり感心しないが、しかし、便所ほど自由な、そして完全に個人になりきれる場所はすくない。ひとりでしんみりとものを考へることができる。安息所といふのもをかしいが、ここだけは快適な場所にしておきたいものである。便所とは不浄物をためておくところである――いやなところであるといふ通念は改めたいのである。

快食、快眠、快便――特に快便といふことはたのしい日常生活のために、色々な方面から考へなほされるべきことではなからうか。

（暮しの手帖二四・四）

古道少人行

新しい道がひらかれると、誰も旧道を行くものはなくなる。曲りくねつた、細々とした道は、いつのまにか忘れられてしまふ。道の両側の草は生ひしげり、石には苔がはえ、その石のほとりには名もない雑草の花がさく。さうして人々は、ここに一すぢの道があつたことさへも忘れてしまふ。現実は、うしろに「荒廃」をのこして、前へ前へと進んでやまない。それが「歴史」のすがたである。

箱根にあそぶ人たちは、楽々とバスにのつて新道を疾駆する。誰も旧道のことなど考へてみる人はあるまい。まして、バスから下りて、旧道に杖をひく人など先づ千人に一人もないであらう。草におほはれた羊腸たる細道に立つて、古へをおもふなどといつたら、おそらくは現実を忘れて甘い夢に酔うてゐる女学生の仲間かと、嘲笑されるにちがひない。若い人たちの中には、闘争や革命を口にしなければ、現代に生きる資格がないと考へてゐる人があるらしい。教養学部にはひつて急に秀才になつた親戚の次男坊など、まさにその典型的なボーイである。秋日関趾を訪うて感ありなどと、時代ばなれ？　の感慨でももらしたら、この秀才たちまち「あまい！　チエツ」と舌うちをするにきまつてゐる。彼はそれほど周囲に対して敏鋭で、そして利巧である。

古道に立つものは、現実を逃避してゐるといふのか。そもそも、逃避できるやうな、なまやさしい現実だといふのか。二つの「平和」がけはしく対立抗争する世界の危機に敗戦国民のみじめなすがたで対決をせまられてゐるわれわれではないか。現実のほかに、どこにわれわれの生きうる世界があらう。逃避や、独善のゆるされる現代でないことくらゐ、中学生でも知つてゐる。

バスにゆられて、バスガールのうつろな説明を居眠りの中にきいてゐる遊覧客の群れにくらべて、額に汗しながらひとり旧道をゆく変り者の方が、どれだけ「箱根」の現実に迫つてゐるか。けはしく自己を周囲に対立せしめ、現実をみつめ、考へ、苦悶する意志をもたずして、誰が旧くさい、あの見かぎられた、小径などに注意しよう。それは、断じて逃避ではない。空しい哀傷への自慰ではない。それは現実への闘ひの一つの形態なのである。

*

返照入閭巷　憂来誰共語
古道少人行　秋風動禾黍

これは誰も知つてゐる耿湋の五絶で、何とはなしにわたくしの心をうつ。夕日はあかあかと村落を照らす。憂ひをわかつに友はない。旧道は人影なく、秋風落莫としてきびの葉をゆるがすといふのである。この詩を人生行路の敗者の感傷としてしか見ることのできない人があるならば、その詩眼のにぶさをあはれみたい。大暦十才子の一人と謳はれながら、左拾遺の微官に終つたこの中唐の一詩人。彼は孤愁と荒寂を、眼前の風物によせて、その胸中を淡々とうたひあげた。平俗の語を使駆して、いささかのてらひもなく作為もなく、しかも深遠幽寂、よむ者をしてうたた凄然たらしめるものがある。この詩が、李端の五絶、

風吹城上樹　草没城辺路
城裏月明時　精霊自来去

とならび称せられたことは古来有名だ。もしこの二人の詩人のいづれに加点するかと問はれたら、わたくしは躊躇なく前者をえらぶであらう。耿湋の詩は、断じて人生の敗者の詩ではない。それは、諦観ではない。泣訴ではない。まさに闘争である。しかもこれを超克するものだ。そのはげしさがなくして、かくも、淡々たる表現はありえない。

＊

この道やゆく人なしに秋のくれ
これは芭蕉の郷愁である。
うれひつつ丘にのぼれば花いばら
これは蕪村の郷愁である。
あしべ行く鴨の羽がひに霜ふりて寒き夕べは大和しおもほゆ
これは志貴皇子の郷愁である。

郷愁は逃避ではない。逃避からは断じて郷愁は生まれない。郷愁は、現実にたたかひ、なやみ、哀しむ者のみが知る本質への慟哭である。シラーが、詩歌において二つの類型を区別したあのセンチメンターリシエこそ、あるひはこの境地に近いものといへようか。現実と主体とのけはしい対立を見ないで、これら詩歌における郷愁と、正しい意味の感傷とをよみとることができよう。

われわれが、周囲の転変――時流に雷同して、現実のまにまに主体性なき日常を生きるならば、おそらく何の抵抗もない無風圏の内に閑居することができよう。他に自らを対峙せしめ、信念に往かうとするものこそ、けはしい抵抗に生きねばならぬ。彼は妥協を許さない。真の感傷詩は、かういふ魂から生まれると思ふ。そして、このやうな感傷詩こそ、現代短歌史の第一ページをかざるにちがひない。

古道人の行くことまれなり――示唆多きことばである。古典と近代とを貫ぬく人間の意味は、この「古道」に象徴されてゐる。ほろびざるもの、それは常に新しき世界につらなる。碧落である。空の青さである。はるかなるものはみな青し、この青の意味を、じつくりと考へたいものである。

（短歌研究二六・一）

未完成といふこと

昔から、芸道の名匠についてのいろいろな逸話がつたへられてゐる。碁の一局に血を吐いた人の話とか、舞台すがたのままでたふれた名優の話とか、絵にあざやかな紅を加へるために、自分の血をしぼつた画家の話とか、いろいろの話がある。多少の誇張はあらうが、一事にそれほどまで魂をうちこんだ芸術家の話をきくにつけ、心うたれるものがある。

徒然草に、「万事にかへずしては一の大事成るべからず」といふ有名なことばがある。きびしいことばである。かなしいことばである。中世隠遁者の独善などといつてしまへない、切実な人生の箴言である。

芸術にしても、学問にしても、片手間とか、ひまつぶしとかで、立ち向ふべきものではない。一生の大事といふものは、文字通り命がけであらう。さういふ仕事は、当事者にとつてはどうにもならない宿命なのである。それは、一つの悲劇であるともいへるであらう。

それについて思ひ出すのは、むかし、よく観に行つた「敵討以上」の終りに近い舞台面で受けた感激である。青の洞門の岩窟の中で、観音経を読誦しながら、一心に槌をふるふ老僧了海を父の仇とねらふ中川実之助、了海の神々しいすがたにうたれて刀を下すことができず、かへつて敵を助けて、一心不乱に槌をふるふその実之助、悲願成就のときには、喜んで実之助に討たれようと誓ふ了海、一槌、一槌、洞門は掘られて行く。つひに、最後の一槌がおろされる。岩片がぐらぐらと崩れおち、そのすきまから月光がさし、涼しい風とともに山口川渓流の音が、淙々として聞えてくる。二人は歓喜する。父の仇をうたれよとすすめる了海……といつた場面である。

わたくしは、文芸座の初演の時にも、それから後沢正一座の上演の時にも、観に行つたが、この三幕目の最後の場面には、恍惚としないことはなかつた。カタルシスとでもいふ境地なのであらう。わたくしは、わたくしなりに倫理的な解釈を加へ、了海の大願こそは、あらゆる芸術家、あらゆる学究者の悲願を象徴してゐるやうに考へられた。まだ田舎から出てきたばかりの書生で、ギリシヤ悲劇の常識すらも、ろくに心得てゐなかつたころではあつたが、この、「敵討以上」から受けた道徳的感化といふものは、今もなほ生々としてわたくしの内にある。

了海は、大願成就を期して、たゆみなく槌をふるふ。しかも、その成就の日こそは彼の生命の終焉の日である。その宿命の日に向つて、彼は一刻も停止することなく精進の槌をふるふ。芸術のもつ悲劇的宿命とはかういふものなのであらうか。小才や、機転で、器用にまとめられるものではない。すべてがそこにかけられてゐる。骨をけづるといふのがこれであらう。そんな仕事こそ、徒然草のいふ「一の大事」なのであらう。さういふ仕事をもつことが幸福であるか、不幸であるか、それは世界観によつてきまるであらう。しかし、当人としては、たしかに歓びにちがひあるまい。初一念を貫ぬいた大石良雄は、彼自身としては、法悦の境地に生を終つたに相違ない、とわたくしには思はれる。

紫式部は、源氏物語を書いたが、その報酬として、一体何をえたであらうか。書くといふことが、式部にとつての最大の報酬ではなかつたらうか。しかも、彼女は、まだ書きのこした、といふよりも、書きえなかつた部分に向つて心よせながら、その生涯を終つたのではないか、さらにいふならば、完成を目ざしながら、つひに完成にいたらずしてたふれたのではなかつたらうか、源氏物語は、紫式部においては、永遠に未完成の巨篇ではなかつたらうか——そんなふうにも考へられる。紫式部ほどの作家でありながら、その晩年はあまりに不遇であつた。一般に芸術家のもつ悲劇性とはかういふものではあるまいか。

学芸の部門に、栄達といふやうなことは考へたくない。社会が、この部門の巨匠たちに、尊敬と援助の手をさしのべるといふことは、美しいことである。しかし、それは、当人が社会に向つてもとめるべきものではない。もし当人が、そのやうな要求をもつやうになるならば、わたくしは、その人の芸術なり学問なりに失望せざるをえない。彼らは、さうした心の転向とともに、完成への熱意を喪つて、――たとひどのやうにそれが弁解されてゐようとも――他の純粋ならざるものに関心をよせてゐるからである。作品に対する報酬は、作品そのものであるとはいへないであらうか。

未完成といふことは、芸術や学問に従事するものにとつて、宿命的である。芸術家が、その本質に生き、未完成のままでのたれ死をしたとしても、その生涯は、文化勲章の栄誉をかちえた人々のそれにくらべて決して軽蔑されたり、嘲笑されたりするほど、つまらないものではない。すくなくとも、わたくしにはさう思はれるのであるがどうであらうか。

（文芸広場二八・六）

惜命

ある一父兄の手紙

O君、あれからもう六十日もたつてしまひました。一父兄のたち場で、君たちの編集してゐる雑誌に何か書いてくれといふ申し入れに、うつかり「承知しました」と返事をしたのは、十月のはじめごろでしたが、もう二ヶ月もたつてしまつたのですね。はからずも、わたしは病気にかかつて、そのまま入院、長い間、静養をつづけてきたのだが、しかし、君との約束は決して忘れてはゐなかつたのです。

単調な病院のあけくれでした。わたしには十月から十二月にうつる「季節」を窓の外にうごく大気のけはひに感じとるほどの敏鋭な感受性はないが、すみきつた空に、青い星が美しくまたたいてゐるのを見ると、ああことしも冬になつたな、とさう感じるのです。わたしのベッドは東向きの窓に近いのだが、南側の高い建物にさへぎられて、冬の陽はさしてくれない。スティームの設備はあるが、石炭不足のために一度だつて通つてきたことはない。どの病室も、みな寒さにふるへてゐるといふわけなのです。

病院にゐると、今まで気のつかなかつたことが、身にしみて感じられます。それは、健康といふことの有難さです。わたしは、君も御承知のやうに、今まで健康でもないくせに健康の有難みを考へたことはなかつた。夜など、一時になつても二時になつても、興味にまかせて本を読んだり、調べものをしたり、全くもつて無茶なことをやつたものです。別に苦痛でもなかつたので、そんな生活を何十年もつづけてきたのは、わたしの大きな失敗だつた。いま、元気ざかりの君に、また君の年頃の人たちに、健康第一に——といつたところで、よく分らないだらうが、分つたときはおそいのです。よくわたしの平凡なことばをかみしめてほしい。兼好法師の徒然草といふ本は、近ごろ受験参考書になつて、格が落ちたやうだが、あれはたいした本だ。ご存じのやうに、あの本の中に、友だちにして好ましくない人といふやうな項で、いろいろあげてゐるが、その中に、「からだの丈夫な人」とある。健康な人は、自分が強健なので、思ひやりがない、思ひやりのないやうな人は、友だちにしても、し甲斐のない人だといふのです。味はひのあることばです。

この病院で感じたことは、若い先生たちがとぼしい設備の中で、困苦にたへてよく勉強してゐることです。いつか君にもお話ししたやうに、現代の日本の医学は、たしかに外国にくらべて後れてゐる、それは敗戦によるものだが、その距離をちぢめるために、ここの病院の先生たちは、一生けんめいに勉強してゐるのです。さいはひに、わたしは、君の学校を出られたK先生にお世話になつたが、この人は、だいたい夜の九時ごろまで研究室について勉強してゐるやうだ。十一時ごろ自宅にかへつて、食事をすませ、翌朝また早くおきて、とび出してくる、といつた日課ださうです。国家が、もうすこし、かういふ基礎的な学問研究を尊重して、十分と行かないまでもせめて血圧計くらゐは、不自由なく備へつけるだけの予算を計上してほしいものだと、さういふことをつくづく感じました。それにつけても、戦争中、ここの大学から、学術尊重に関する意見書が当局に提出された時、草案に「学術もヽヽヽまた戦力である」といふ文句を時の総長は、みづから朱筆をもつて、「もまた」の三字を、「こそ」の二字に訂正されたことを思ひ出さずにゐられない。ともかくも若い学者たちが、それぞれの本分に真面目にはたらいてゐる。それをわたしはこの目で、つくづくと感慨ふかく見たのです。

日本武尊といふ英雄は、死にのぞんでふるさとの山河をおもひ、若人に、青春を惜しめ、故郷の山にのぼつて若葉をかざしにさして命を惜しめ、自分はここでたふれても、君たちの幸福を祈つてゐる――といふ意味の歌をよんでをられる。伝説化された英雄の一生ではあるが、しみじみとわたしたちの心をうちます。

先日、はからずもT先生の御見舞をうけました。T氏は生涯を日本伝統芸術の研究にささげようとしてゐるお方で、いつも、わたしの心の中の光となつて下さつてゐます。その先生は、研究のためには、生命をすてても惜しくはないはずだ、といつもわたしをはげまして下さつたのですが、このたびは、しんみりとして、「命を大切にしろよ」といはれるのです。七十歳をこえられた老先生の、ほんたうのお言葉は、実にこれであつた！　とわたしは心からありがたく思つたことです。

O君、お約束が変な形になつてしまつた。これが役に立つとは思はれないが、文字の底にある意味を、くみとつて下されば仕合はせです。

（桐陰二九・二）

知性の美

若い人たちが外見の美しさを求めるには、十分理由がある。それが悪いといふのではない、ただ、わたくしは、内面の美しさが、それに伴なふやうでありたいと希望するのである。

近頃は病気のために引きこもつてゐるので、めつたに銀座あたりに出かけることはない。ときたま、やむを得ない用事があつて、池袋駅前のさかり場を通つたりすることがある。そんな時、若い人たちの服装や容姿が美しくなつたなと、いつもさう思ふ。

美しいものを見ることは愉快なことである。街を美しくすることは、それぞれ個人の心がけ一つにかかつてゐる。若い婦人がお化粧をするといふことは、もう社会的な、公衆的な意味をもつやうになつてゐる。ところで、外面の美とともに、内面の美がそれに伴なつてゐるだらうか、といふ点になると、どんなものであらう。これは、たしかに、重大なことのやうに、思はれるのだが。

池袋の写真屋さんが来ての話である。その写真屋さんは話上手で、手まね、口まね、まるでテレビでもみるやうに、その実況をつぶさに話してくれる。一人で聞くのはもつたいないほど面白いニュースである。その話といふのは――。

自分の店の隣りに喫茶店がある。ある夜、その前の大通りで大事件が突発した。奥さんらしい洋装の美人をつれた青年紳士が、喫茶店を出たとたんに、向うからハイヤーが疾走してきた。運転手はおどろいて、ブレーキをかけたがおよばず、通りの隅の大八車に激突した。あれよと思ふまもなく、車の上に満載してあつたこやし桶がひつくりかへつたからたまらない。たちまち、そこら中が黄金の海になつてしまつた。洋装の美人は、靴からスカートから台なしにされたのでかんかんになつた。あいにく高級車にも、同じやうな洋装の美人が乗つてゐたので、大へんな騒動になつた。車内、車外、両美人のかな切り声の応酬に、何事かとばかり、やじ馬が、あちらから、こちらから、たちまちの中に人垣をつくつた。喫茶店の主人が、これでは商売にならん、営業妨害だと、とび出してくる、交番からおまはりさんがかけてくる、臭気ふんぷん、異説ふんぷん、どえらい騒ぎでしたよ――と写真屋さんの話はつきない――。で結局、おまはりさんの仲裁で、運転手が何がしかの罰金を出すことでけりがついたのですが、その罰金が三十円ばかり足りないといふので、私の店にその三十円を貸してくれといつてきたのですよ。罰金を借りられたのははじめてでしたなあ――。

と写真屋さんは愉快さうである。

わたくしは、この前代未聞の糞尿譚と、話術のうまさに、うつとりしたほどであつたが、この巷間の一事件の女主人のあり方にひどく心ひかれた。そこで、

「二人の美人はどうしました。うまくをさまりましたか」

とたづねると、写真屋さんのいふには、

「いやどうもあきれましたよ。壁のやうにお白粉をぬつたり毒たけのやうに紅をぬつてゐても、教養といふものが、全然ないですからね。糞尿の中で、つかみあひをやつた具合など、いやはや、何とも言語道断でしたね。あ

れがなければ。お里が分らずにすんだのですがね」
と、しんみりとした口調で結んだ。

○

女性はそれぞれ美しくなつてきた。一人一人が美しくなることは、社会全体を美しくすることになるであらう。外部を美しくすると同じやうに、内部を美しくすることを、これからの若い人々は考へてよいのではないだらうか。文学や、美術や、科学や、宗教や、さういふ教養に眼をあけてほしい。さういふ教養といふものは、必ず外面にまであらはれてくるものだ。そして、外面の美しさに、さらに深い、高い光を加へるものだ。知性の美といふやうなものがあるとすれば、まさにさういふ美であらう。編集者が意図してゐる美人も、たぶんそんな美であらうと思ふので病中あへて筆をとつた。

（某新聞二九・八・一）

○

試験を試錬に

高等学校の課程を修了して、大学の入学試験を受けるといふことは、さけることの出来ない人生行路の一事実である。大学の収容力には限界があつて、多数の志望者を入学させる訳にはゆかない。そこで当然選抜試験といふ方法によつて、適当な人を選び出すことになる訳である。試験の難関を突破して大学に入学することの出来た人は、勿論優秀な人に相違ない。しかし、不幸にして志を得なかつた人が必ずしも劣等な人であるとはいへない。わづかの点数の差で、及落の線が引かれるとなると、結果としては、天と地の相違に見える。これは受験生が十分考へておくべきことである。わづかな量の相違が、質の相違となることを人々は忘れがちである。あぶない所で合格した人も、さう得意になるべきではなく、落ちたからといつて悲しむにもあたらない。入学試験など、大したことでもないのだが、受験生にとつては、まるで一生涯の運命の岐路に立つたかのやうに考へられやすい。世間をあまり知らない純粋な若人の気持としては、もつともではあるが、一歩退いて静かに考へてみる必要がある。

わたくしは、二人の弟が入学試験にぶつつかるたびに、そんなことを話して励ました。年寄つた母などは、受験シーズンになると、つくづく試験といふものがなければよいにと歎声を漏らしたものである。清少納言の枕草子に、面白い男がゐて「一升桝に五升はひるか」などと警句を吐くことが書いてある。この記事を読むたびに、わたくしは、入学試験の事に思ひを寄せる。五升桝が出来ないかぎり、大部分の豆はこぼれざるを得ないのだ。入学試験もなくなる時はないだらうし、それにまつはる悲喜劇は年々歳々止むことはないだらう。

○

人間の一生は、試験の連続だといつてもよい。小学校から大学に至るまで試験はつづいてゐる。大学を出ても新しい社会の試験が待つてゐる。社会生活にはその上に門閥とか財閥とか学閥とか、縁故関係がつきまとひ、狭い門を一層狭くしてゐる。好ましいことではないが、それが実情だからしかたがない。そこでわれわれは、試験といふものを単に入学とか、就職とか、一時的な方便と考へず、人間修業の一つの機会と考へたくなつてくる。試験を受けるといふことは、結果的に功利的に考へるべきものではなく、もつと本質的に考へるべきものだといふことに気がつく。どんな手段を選ばうとも点数をかせぎさへすればよいといふやうな態度から、高く抜き出なければならない。試験を「試錬」にまで高めることが必要だと思ふ。その試験によつて自分はどれだけ立派になつたか、といふことを反省してみる。それが大切なことではあるまいか。

試錬といふことは、神が自分に下した試験である。大学とか就職とか、そんな目の先の目的に縛られるべきものではない。たとひ入学試験に失敗したからといつて、正々堂々とたたかつて、それで破れたといふならば、何ら悔いるところはない。捲土重来いよいよ志を堅固にして、三度でも、五度でも立ち向ふ不撓不屈の大勇猛心を振ひ起すべきではないか。さういふ人は、一時の試験に失敗したからといつて悲観したり失望したりすることはない。彼は神の試錬にこたへてゐるからである。

資力に乏しい人、健康に恵まれない人、さういふ人達が、たとひ世間並の試験に失敗するとしても、彼の進むべき道は必ず開けるに違ひない。試錬と考へる時に「憂きことのなほこの上に積もれかし」といふ烈々たる闘志が煮えたぎる筈だ。

良い家庭に生まれ、良い学校に学び、順調なコースを取り、所謂出世街道を通つて、安穏な人生を築いた人々をわたくしは幸福だとは思つても、うらやましいとは思はない。あらゆる困難に生き、試錬に堪へ、刻苦勉励して生き抜いた人々を知つてゐるからだ。それが学問の世界であらうと、芸術であらうと、事業の世界であらうと問ふところではない。信念一筋に生き抜いたその生きかたに心うたれるのである。

学生諸君は若い。若人の行く手には幾多の試錬が待つてゐる。その試錬に向つて自信をもつて進んでほしい。入学試験などで一憂一喜するのは、——現在の立場として、もつともではあるが——おろかなことだ。もつと大きな心で、自分の全生涯といふ立場から考へなほしてほしい。試験を試錬として見ることによつて、新しい希望と、勇気と、信念が必ず生まれてくるものと信ずる。わたくしは、学生諸君に、何かを訓へようとしてゐるのではなく、自分みづからに言ひ聞かせてゐるのである。平凡な言葉ではあるが、わたくしの体験から出たものであることをつけ加へておきたい。

（学灯三〇・一〇）

この一筋に

源氏物語研究の思ひ出

一

この間東大の大講堂で陳列された僕の蔵書と原稿とについて、色々人知れぬ苦心談があるだらうから書いてくれといふ注文をうけた。一通りお断りしたが、ぜひ書けといふ。では、まあ馬鹿な男のたは言として聞き流していただきたい——といふことで書くことにした。

僕が藤村先生から、『源氏物語諸注集成』の大仕事をぜひやれと命ぜられたのは、今から七年前の春、大学を出る年の三月のことである。その時先生は「他にも候補者が二三無いではない。しかしこの大事業をやりとげるのは君だと信ずる。ぜひ私の信頼を裏切らないでやり通してくれ」と云はれた。あの時の慈愛にみちたそして力強い先生のお言葉は、七年後の今日もなほはつきりと耳の底に残つてゐる。その時僕は感激して言葉もなかつたが、一週間ばかり熟慮してから御返事を申上げるやうに約束して引退つた。そして先づ第一に父に相談した。すると父は、『お前のやうな青二才が先生からそれほど信頼して戴くとは有難い事だ。ぜひやれ』と賛成してくれた。第二に吉田弥平先生に御相談した所、先生もまた同じやうな理由で喜んで賛成して、そして激励して下さつた。そこで再び藤村先生をお訪ねして、『微力ながら全力をつくしてやります』ときつぱりお引受けした。

　それから一ヶ月ばかりたつた或る日、新調の背広にレインコートといふ――今でも四月すぎになると本郷界隈にずゐ分見かける図だが――新学士らしい瀟洒？　な足どりで、新緑に包まれた正門前の街路樹の間をてくつてゐると、「君！　大変な仕事を引きうけたね」と通りすがりによびかけた老紳士がある。それが思ひがけず上田万年先生だつたので、面喰つて頭をかいたものだ。

　さて手をつけてみると、源氏の研究は、中々とても容易なことではない。元来源氏は学生の時三べん少くともくりかへし通読した経験があるから、まさか見当のつかないといふ訳でもない筈だつたが、たまたま阿仏尼の書いたといふ源氏の古写本を見て、その本文が湖月抄の本文と全然ちがつてゐると分つて、こんなのが幾つあるかしらとびつくりした事だつた。又、林逸抄とか休聞抄とか、色々の注釈書が、それぞれ一山につみ上げられてゐるその実際を見てからは、これやとてもやりきれない、助からないと悲鳴をあげたが、その時ぴんと来たのが上田先生のお言葉だつた。成程大変な仕事を引受けたもんだなとつくづく考へた。或る日内閣文庫からかへりに、西下君と二人で喫茶店によつて、紅茶のさじをいぢりながら、「参つたなあ」と歎声を洩らすと、「まあさう早くさじを投げるなよ」と慰めてくれた君のユーモラスなウヰットを思ひ出す。

　とかうしてゐる内に一年の月日がたつた。茫々たる曠野をさまよふ心地だ。大海の水をくみ出すやうな気持だ。本を探す、それを写す。校合する。写すにしても、一日平均三十枚となると中々の骨だ。一部五十四帖ざつと三千枚とすると、朝から夜中まで、食はず飲まずでかかつてゐて、それでやつと一部写し上げるのに先づざつと百日かかるわけだ。それが本文だけではない。注釈書とその異本ときたら、恐らくその何十倍になるか計り知れない。今まで何も知らない癖に、何でも知つてゐるなんてうぬぼれてゐた自分にそろそろ愛想がつきてきた。その時の混乱した気持は今でも忘れる事は出来ない。それが二年目の春の頃である。

二

近頃藤田徳太郎氏が『源氏物語研究書目要覧』といふ結構な本を出された。その頃はそんな便利な参考書は一冊もなかつたので、僕は先づ青森から九州まで各地の文庫図書館を歴訪して、源氏物語の現存書目を作製することに骨を折つた。それによると、見なければならない諸本、諸注は、冊数にして先づざつと六万冊位、その中ぜひとも手もとにおかなければならない本が一万冊位ある。平凡な頭、強くない身体、それにかてて加へて貧乏人の子に生まれた僕は、この驚くべき事実の前に、茫然自失してしまつた。全く手のつけやうがない。やめつちまはう！ とさへ思つた。しかし、さういふ時、いつでも僕を勇気づけ、励ましてくれた強い力があつた。その第一はかつて卒業の年の春、特に僕に向つて、「信頼してゐるぞ。しつかりやつてくれ」と云つて下さつた藤村先生の慈愛深いお言葉であつた。先生のお言葉は、七年の間、生きて行く力となつて、常に僕の頭の中を去らなかつた。

僕のひるみやすい心を実際の上で鞭撻してくれた恩人が、藤村先生の外にまだある。それは父と母と、そして前には西下経一君、今では松田武夫君の四人である。父は老後の思ひ出だから、借りてきた本を写してやらうと、自分の方から進んで申出て、毎夜、一時の夜警のチヨンチヨンが聞えるまでは、必ずおきてゐて写してくれた。みぞれの降る寒い夜中など、もう寝たらうと思つて、そつと部屋をのぞいて見ると、六十の坂を三つも四つも越してゐる父が、やはり電灯の前にしよんぼりと坐つて、眼鏡をかけて、せつせと写してくれてをり、又その側では、眼を病み、指の関節をわづらつてゐる母が、背中をえびのやうに曲げて、本の整理やら、仮綴ぢやらをしてくれてゐた。あのいたいたしい二人の姿を忘れることがあつたら、僕は子でないのみならず、同時に人間でもないだらう。又写した本を原本に比校してゐると、夜中の二時頃になつて、つい疲れきつて筆をもつたままうたたねをする事があつた。そんな時、よく母はそつとはひつてきて、僕の眠りをさまさないやうに、後ろからこつそりどてらをきせてくれた。僕の家は、夜の二時頃までは必ず電灯がついてゐたので、隣家の人たちは、金のかからない用心棒がゐて有難いと、大変喜んでゐたさうだ。

背負ひきれない荷物を、どうかして背負はうともがいてゐる中に、四年目、五年目、とたつて行つた。本を買ふ金も、旅費も、紙代も、全く消費しつくしてしまつた。その頃全然浪人のやうな立場にゐた僕の収入では、研究はおろか、その日の生活さへも出来ない悲惨な状態になつた。あちらから、こちらから、僕は恥かしい話だが借金をした。けれどもこの火の車のやうなやりくりは、父と母には少くとも絶対に秘密にしたつもりだつた。しかし何時の間に感づかれたか、ある夜、父は僕をよんで、しんみりと、田舎に残したわづかの遺産を処分して、この非常時の研究費に充てようと云ひ出した。祖先の遺したものに手をつける不心得は、先づ第一に親戚の一部から非難されたが、それは当然の事として予期した所であつた。

「わづかの金ならともかく、何万円といふ大金を湯水のやうに使はれては……後をどうするつもりだ」

と、可なり大きな債権者である所の親戚の一人が父に強談判をしにおしかけてきた。

「何時まで経つても何にもなりはしない。残るものは病気と貧乏とだけだ。第一、大学まで卒業してゐて、おまけにこんなに勉強してゐて、それできまつた職業も地位もないなんて、何といふ馬鹿な事だ。一体……」

といふ言葉をおさへて、父は、

「たしかに利巧な人のする事ぢやない。しかし馬鹿々々しくても、正しい道だ。まあ、黙つてあれを一人の男の子にしてやつて下さい」

と、云つてくれた父の理解には、さすがに涙なしにはゐられなかつた。

或る時、非常にすばらしい源氏の古写本が売物に出たが、それは何百円もするといふ。これがどうしても校本に必要だ。どうしてもほしいが金がない、と、僕はつい父と母とに愚痴をこぼした。その夜は一晩中、本の事が気がかりで眠れなかつた。翌日母はどこからどうしてもつて来たか、その何百円といふ紙幣をそろへて、「早くあの本を買ひなさい」と云つた。その紙幣がどうして出てきたか、ほぼ想像された僕は、悲しくてたまらなかつたが、涙ぐみながらそれで源氏を買ひに行つた。その夜母は、「この本が、この本がそんなにいい本なのか」と、なつかしさうに見入つて、枕もとにわざわざ高くつみかさねて、床の中から、さも満足さうにしげしげと眺めながら、いつもより平和に眠りについた。

三

その中に、五年目がすみ、六年目になつた。研究はまだ中々完成しない。まだ書写しなければならないものが、少なくとも二十万枚位はある。まだまだ前途遼遠だ。世間では池田の仕事はどうした。あいつは遊んでゐる。藤村先生は、だまされてをられる――などとやかましい評判が立つて、それが先生のお耳にもはひつた。先生はしかしそれに対して「君を絶対に信じてゐる」と力強くただ一言仰言つただけであつた。公平と聡明――私心といふものを微塵も持たれない先生は、昔と変らない短い男らしい言葉で激励して下さつた。僕はこの頼もしい偉大な人格の前には、死んでもいいと思つた。

しかし、仕事を早く進行させることは絶対に必要だ。そのためには、僕は如何なる金銭上の犠牲を忍んでも、科学の力を借りるより外はないと思つた。青写真、理研の陽画感光紙、コムマーシャルペーパー、写真など、凡そ利用の出来るものはみな利用した。そしてたうとう、活動写真のフイルムの撮影といふ所まで考へ及んだ。(今ではもつと進

んだ方法を研究してゐるから、この方法が完成したら、本文校訂の上に非常な光明がもたらされるとは思ふけれど）

『源氏物語諸注集成』の事業は、前後もう七ヶ年の月日を費やした。今完成したのはやつとその一部にすぎない。思へばこの仕事のかげには、かくれた援助が多い。学士院からは二回、ある無名の篤志家からは数回、それぞれ研究補助金の交付を受けた。その他実際の仕事には、西下君、松田君が前後して熱心に援けてくれた。ことに松田君は、朝の九時から、夜の二時まで、僕と共に文字通り寝食を忘れて今なほ努力をつづけてくれてゐる。尊い犠牲でなくてそれが何だらう。展覧会がすんだ日、君は夕やみにつつまれた公孫樹の並木のかげで、「すみましたね！　すみましたね！」と、僕の手を握つて、声を立てて男泣きに泣かれた。展覧会で何よりも一番嬉しかつたことは、君のこの声涙共に下つた一言と、会の後、岡山からわざわざ長い長い手紙をくれた西下君の友情と、会の準備中僕の健康を祈念して、毎日人知れず明治神宮に日参してくれたTさんの真心である。就中、過労のために卒倒した父が、会の当日全快して母と共に見に来てくれたこと、吉田先生が第一日の朝早くイの一番にお出で下さつて、「お目出度う」と心からお祝ひ下さつた時の嬉しさうなお顔と、藤村先生が「どんな批評があらうとも、自分としては十分満足です。よくやつてくれた」との一言を特に力強く恵んで下さつたその御心中と、I氏が『よく信じた。よく信じられた』とほめて下さつたその意味深い批評とは、僕の終生忘れる事の出来ない深い印象として残つた。

この研究はまだまだ永久に続く。否続かせねばならぬ。これまでこの研究のために誠意のあらんかぎりをつくして助けて下さつた人人には、徳本・大津・永積・永井・中村・清水・城戸・高橋・岸上・山根・木田その他の諸君がある。就中、松尾聡君と、鈴木知太郎君とは、大切な健康までも犠牲にして献身的に努力して下さつた。僕はその友情を忘れる日の絶対にないことをここで誓ふ。

馬鹿者のひとり言——このたは言を、もし老いた父が後で見たら、何といふ余計な恥さらしをする、と、気持を悪くするかも知れない。ただそれのみを恐れつつ筆を擱く。

（セルパン八・一）

軽犯罪

去年の夏は、戦後型の三つの災難にあつた。その一は四人組の泥バウ、その二は電車内のスリ、その三は今いはうとしてゐる軽犯罪事件である。場所は東京都内、新宿区、牛込の高台から、市ケ谷駅の方に下りて行く途中。そのあたりはもとのいはゆるお邸町で、戦災後はバウバウたる焼野原になつてゐる。

払方町の知人の宅をおとづれての帰り、バス通りを行けばよかつたものを、すこしでも近道をと、裏通りを行つたのが失敗だつた。時刻は夏時間の十時半ごろ、人通りの全くない道を行くと、その道のマン中に、うづくまつてうめいてゐるものがある。暗くて顔も服装もよく分らないが、若い女で、胃ケイレンでもおこしたらしいやうすだ。袖ふりあふも他生のえんといふ。だまつて行くわけにもいかぬ。どうしたのかとたづねると、胸がくるしい、助けてくれといふ。あたりには人家はない。人も通らない。気の小さいわたくしはラウバイした。自分が心臓病なので、いざといふ時に備へてゐるジギタリスの粉末が二包あるのを思ひ出した。この際は強心ザイが第一だと、それをカバンから出して与へ、とにかくツバキでのめとすすめた。わたくしとしてはそれ以上知恵が出てこなかつた。一二分する中に、少しおちついたといふ。家はどこだときくと、市ヶ谷見附のあたりだといふ。では、歩けるやうだつたらわたしの肩にすがるがいい、坂の下まで送らうといふと、すみませんといひながら立ち上つた。おかげで楽になりました、といふ。

　さて、ものの二三間も歩いたところ、突然おいとよぶものがある。わたくし共のことではあるまいと、そのまま歩きつづけてゐると、おい、待てといふに聞えんのかと、その声は近づいてきた。わたくしはムツとした。待てといふのは、わたしのことかと聞きかへすと、三十がらみのその男は肩をいからして、あたり前だ、フザケやがつてと、とんでもないことをいふ。わたくしもフンガイした。フザケルとは何ごとだ、急病人を助けたのが、何がフザケルことになる、考へてものをいひたまへとやつてしまつた。わたくしは、その男と大きな声で口論をはじめた。

　すると、むかうの方から、白い服をきて、白いパナマ帽をかぶつた男がやつてきた。君たちは何をしてゐるのか、わたしは××署の刑事だ、ここは往来でぐあひがわるい、こつちにきたまへと、細い横道につれて行つた。刑事ときいて、わたくしはほつとした。これで助かつた、黒白をつけてもらはうと、大いに力んでその横道にはひつて行つたのが不覚だつた。刑事？　は神妙な口のきき方をして、自分も様子を見てをつた、君はけしからんぞと、意外なことをいふ。わたくしはおどろいた。瞬間にこの連中はグルだなと気がついた。それにしても刑事といふのはをかしい。わたくしは出来るだけおちついて、とにかく署に行かう、そこで解決しようといつて歩き出すと、刑事？　はあわてた。署に行くまでもない、君は軽犯罪だ、たいしたことはない、気にするな、もう十一時半だし、今日は大目にみておく、この辺は淋しいところで、軽犯罪が多くてこまる、今日も特別に署から出張してゐるのだ、まあ、とにかくこの男に煙草代を出してやれ、千円でも二千円でもいいさ、ほう、なかなかいいカバンをもつてゐるなあ、腕時計もあるのか、などといふ。わたくしは、血が逆流するほどカツとなつた。が、考へなほした。かう悪人のワナの中においつてしまつた以上、被害をできるだけ少くするのこそ賢明といふものだ。ここはもう正義や道理などの存在する世界ではない。身ぐるみはがれても止むをえぬ。相手は復員くづれのやうな大の男が二人なのだ、とカンシヤクをおさへて、財布をとり出した。星あかりで見ると聖徳太子が五枚ばかり、それを刑事？　殿に献上した。彼は不服さうに札をうけ取つて、なほじろじろとカバンをみてゐる。そのドン欲な目つきに、わたくしはまたカツとした。とたんに、心臓部がキリキリときた。わたくしはさつきのジギタリス末の残りの一服を夢中でのみくだした。この様子を見てゐた刑事？　殿と、もう一人の男とはさすがにあわてた。もとの往来にわたくしをつれ出して、気をつけて行けといひすててにげて行つたが、実に入り組んだ「軽犯罪」の寸劇ではあつた。

この新型つつもたせは、だが、決して軽犯罪どころではない。相当な社会悪だ。正直な、善良な人たちは、この手の刑事？　殿にどんなにか苦しめられてゐるだらう。こんな不愉快な経験は誰もしたくはないが、未経験の人たちのために、あへてお知らせしておく。念の入り方は「軽」どころか「重」に値する。白昼ではないが、堂々警察の威力を背後にして刑事よばはりをしてゐる。被害者の物質的精神的打撃は大きい。幸ひわたくしはアレは五枚しか持ち合はせず、しかも折よく心臓の発作ときたので、その程度で悪漢どもを退去させることが出来たが、わるくすると、コツンと脳天をやられて、ノビたひまに、丸裸にされるところだつた。

（法律の広場二五・四）

用水桶

戦争も終つて、足かけ七年といふのに、旧態依然とした防火用水桶が、玄関先にでんとすわつてゐる。それにはわけがある。戦争中、小学校に上つたばかりの男の子が、縁日で赤メダカを三四匹買つてきて、この用水桶に放した。春の終りごろ、メダカの雌が、お腹の下に一ぱい卵をぶら下げ、やがて水面すれすれの藻の中に、その卵をうみつけた。子供は、毎日、克明にその卵にあらはれる変化を観察してゐたが、やがて三十箇ばかりの卵を藻から外して、湯のみ茶碗にうつした。幾日かたつてから、子供はわたくしを引つぱつて、「ほうら、目玉が見えるだらう」と教へてくれた。「どれどれ」と、虫眼鏡で見ると、透明になつた卵の外皮を透して、なるほど目玉だ。「メダカとはよくいつたもんだね」「うん、もうすぐ生まれるよ」と、わたくしたち親子は大いに満足した。

翌朝見ると、はたして小さいのがうようよしてゐる。湯のみ茶碗を大宇宙として悠々と自由を楽しんでゐる。子供は別の大きな洗面だらひに、そのメダカの子をうつした。

その翌年の夏、子供たちは田舎に疎開した。留守の間、わたくしは、自分の生命と東京とを空襲から守るかたはら、桶の中の小さな命の保護を、ひきうけた。そして完全にその義務を履行した。空襲中にも、二代三代とメダカの系譜はつづき、すこぶる繁栄をきはめた。

それから後、子供たちはかへつてきた。春になると、雌は無数に産卵するが、卵をそのままにしておいたので、一向繁殖しない。一年目、二年目と、メダカの数は自然に減つてゆく。今では昔彼らの八代の祖先が最初に移往した時のやうな淋しさだ。「メダカは仲間を食べるんだもの」と子供の表情はかなしさうである。他からの力ではなく、自らの意志で自滅の道を行くあはれな魚族の宿命なのか。

わたくしは、この用水桶の中に展開した一つの社会の八代の栄枯盛衰に、いつ、どのやうな終止符がうたれるか、それを見届けようと思ふ。

（旅二七・三）

林檎

亡くなつた母は、目に入れてもいたくないほど、孫たちをかはいがつてゐた。その母がまだ丈夫であつたころ、ある日夕ごはんの後で、幼稚園に通つてゐた男の子が、突然、

「おばあちやまは、何が一等すき？」と、妙なことをいひ出した。「さうね、お林檎だらうね」と母が答へると、子供はひどく真面目な顔をして、「林檎？　よしよし、ぢや、おばあちやまが死んだら、きつとお供へしてあげるよ」といふ。母はひどく笑つて、「死ななくたつていいよ、今だつていいよ」と、いきなり子供を抱きよせ、つづけざまに頬ずりをした。わたくしはその時の母の慈愛にみちたまなざしを、忘れることはできない。

まだ小さかつた子供は、その時の約束は忘れてしまつた。が、何かのついでに、その時の話が子供たちに知らされた。母が亡くなつてから後、命日には必ず赤い林檎が仏壇にそなへられたが、それは子供たちの自発的な意志によつてであつた。

源氏物語の乙女の巻に、夕霧と雲井雁との幼い従姉弟同士が祖母のもとで養育されることが書かれてゐる。祖母の真心と愛情とに守られた、この幼い者たちは、大きくなつて結婚した後にも、亡くなつた祖母の慈愛を何かにつけて思ひ出した。

今月も、命日が近づいた。赤い林檎が、いつものやうに供へられることであらう。「青い鳥」の中に、亡くなつた祖父母が、チルチルとミチルとに向つて、「お前たちが思ひ出してくれさへすれば、わたしたちは、いつでも幸福だ」といふことが書いてある。思ひ出すといふことは、思ひ出される人にとつてはもとより、思ひ出す人にとつても、また幸福なことである。愛こそは、不滅なものである。

（旅二七・三）

小犬

親類から小犬をあづかつた。生後一ヶ月ばかりのテリヤの雑種で、よそにあげる約束なのをもう少しおとなになるまで、あづかつてくれ、といふわけである。小犬のやつ、尻つぽをふりふり部屋中をかけまはる。夜は子供のね床の中で高いびき、お風呂にもついてくるといつた人気者になつた。やがて、親しみと愛情とをこめた「チビ公」といふ名前がつけられた。

一ヶ月ばかりたつてから、もらひ主が引きとりに来た。チビ公は、子供達が学校に行つてゐる留守中に、つれて行かれた。夕方になつて、子供たちが帰つて来たので、わけを話すと、彼らは承知しない。「僕達の留守に、どうしてやつてしまつたの」と大変なことになつた。

翌朝、夜の明けるのを待ちわびた男の子は、自転車にのつてチビ公を迎へに行つた。一時間もたつたころ、「チビ公が帰つたぞオ」と、景気のいい声がした。女の子がまづかけ出した。「帰つた、帰つた」と、女の子はチビ公をだいて、頬ずりをした。

それからまた一ヶ月ばかりたつた。チビ公はもうおとなになつた。いつまでもうちに置くわけには行かない。いよいよ、もらはれて行く日、チビ公はお湯をつかはせてもらつた。子供たちと一緒に、ミルクを分けてもらつて食事をした。家族は、みんなで門に出て見送つた。チビ公は、籠に入れられ、おみやげにビスケットやお菓子をもらつて小首をかしげながら、キヨトンとした顔をしてゐる。チビ公をのせた自転車が、道の曲り角をまはる時に、子供たちは一せいに手をふつた。

「チビ公は、たうとうもらはれて行つたね」「うん」私達は、しばらくだまつて立つてゐた。

（旅二七・三）

たまご

春の陽ざしのやはらかな午後のこと、日あたりのよい二階の書斎で読書してゐると、いつになくねむけがさしてきて、うつらうつらしてゐる中に、たうとう机に顔をあてたまま、ねむつてしまつた。どれくらゐたつたか分らない。

突然、火ばしの尖端で、えりくびのあたりを、きびしく突かれたと感じた。びつくりして眼をさました。反射的に右手が後頭部にまはつた。が、くびのあたりに異状はない。ばうとしてゐた視力が、意識とともに恢復してくる。その時、わたくしの眼は、異様なものをとらへた。わたくしは二度びつくりした。フットボール大の真白な怪物が、そばにおいてある書物の上に、ぬつとつつ立つてゐたからである。

しかし、その真白な怪物が、実は鶏だと分ると、急にをかしくなつた。鶏は、小首をかしげながら、キヨトンとした目つきで、こちらを見てゐる。

「何だ、お前か」

とわたくしは苦笑した。

去年の夏休みの終りごろ、西武デパートで買つてきた三羽の雛の中の一羽である。ボール箱でつれられてきた時には、まるで手芸品のやうな雛の姉妹であつたが。今は、もう立派な白色レグホンである。彼らは、家族の者の真心と愛情のなかに育つたせゐか、実に無邪気である。天真爛漫である。鶏小屋から出してやると、三羽とも、一散に日あたりのよい庭の方にかけて行く。平気で縁側に上つてきては、傍若無人の振舞をする。だが、まさか二階の書斎にまでとは思ひもよらなかつたが、たうとうのして来たといふわけである。

居眠りなんかして、怠けてゐる主人を、コツンとやりに来たとはすばらしいぞ——などと考へてゐると、突然、隣の部屋で、ココココ——、ココココ——とけたたましい声がする。さては異変——、とばかり、かけつけてみると、他の二羽が、半ば明いた押入れの前で、交互に首をのばしながら、一せいに歓声をあげてゐるのである。わたくしはおどろいた。

「おうい、侵略だ、総攻撃だ」

と、階段の方に向つてどなつた。

翌日も、その翌日も、このかはいい者たちの無作法な侵入はつづいた。家族の者たちは、彼らの勝ちほこつたやうな鬨の声をきいてから、はじめて虚をつかれたことを知つた。

昨日の夕方のことである。来客があつたので、座ぶとんを出しに行つた小さな女中が、階段の上から、

「どなたか来て下さい。大変です」

とわめく声がする。その声が、腰でもぬかしたやうな声なので、大さわぎになつた。男の子を先頭に、家内中がかけ上つた。女中は、目をまるくして、押入れのなかを指さした。ふとんの上に、羽二重餅のやうな真白な卵が、何と、一つ、二つ、三つ、うみ落してあるのである。

「まあ、かはいいものですね、安産の場所をさがしてゐたのですね」

と、家内がいふ。

昨夜、おそくなつてから、ふと鶏の姉妹たちのことを思ひ出した。家族の者は、そつと鶏小屋の前に立つた。懐中電灯で照らして、なかをのぞいて見ると、三羽の姉妹たちは、よりそふやうにして、とまり木の上で、仲よく眠つて

ゐるやうすだつだ。

（ＮＨＫ放送二七・三・二七）

友

わたくしは多くの良友、善友、親友に恵まれたが、悪友塩田良平をもつことをほこりとしてゐる。大学の卒業式の朝、本郷の朝風呂に行つて時間におくれたのが、そもそものはじまりで、たいていの世間学は実はこの塩田先生の薫陶によるものである。三十年に近い交はりだが、お上手一ついはない。いつもだまりこくつて、怒つてゐるやうな風貌である。

二十年近くもならうか、疫痢で四歳になる子をうしなつた時、この悪友は、悪筆を叩し、観音経一巻を書写、亡児の霊前に手向けてくれた。その奥書に、いともおぼつかなき漢文ながら、「君の悲傷見るにしのびず、連日未明に起きて、観音経一巻を書写し、もつて傷心をなぐさめんとす。君、願はくば、微意をうけよ」といふやうな一文がそへてあつた。悪友にしてはじめてよくなしうる誠実さといふものであらう。悪友はいつも利害の外にゐるものである。

（毎日新聞二九・六・二三）

愛宕山の思ひ出

放送局がまだ芝の愛宕山にあつた頃、今からざつと二十四五年も昔のことだが、いつ思ひ出してもなつかしい。

山の上の建物はこじんまりとした二階建で、応接室の窓を開けると、芝一帯の街の屋並を隔てて、お台場のあたりがよく見えた。夜などは舟についた灯(ひ)がきれいで、夏の夕方など海から吹いて来る風が実に涼しかつた。その頃、日本古典に対する興味が高まつて来て、古典作品に関係のある番組がしきりに編成された。わたしも二十回あまりにわたつて、連続して日本文学史の話をした。第二放送、時間は毎回三十分。

その頃の思ひ出はすべて懐かしい。中に一つどうしても忘れられない一事件がある。冷汗ものだが、われ知らず微笑を禁じ得ない。それはかうだ――ある晩のこと、いつものやうに放送がすんで玄関に出ると、その晩にかぎつて、あたりの情勢が変である。山の上は宵やみにつつまれてはつきりしないが、何か異変が感じられる。玄関に横づけになつた自動車、扉の前に慇懃に立つてゐる運転手さん、それ等には変りはないが、ただ容易ならぬけはひが感じられる。闇の中に何やらうごめく大きなかたまりがあるのだ。それは、うら若い女性の大群集である。山の上の空地といふ空地はさういふ群集で占拠されてゐるのだ。何といふ異変であらう。わたしはびつくりした。

気を落ちつけて、すかして見ると、敵意をもつ群集ではない。好意をもつ人達らしい。私はふと日本文学史の講義と結びつけた。私の話が評判になつたんだなと合点した。私は赤くなつた、汗が出て来た。が、内心は多少得意でなかつたわけでもない。車内に納まると、いきなりうす暗(やみ)の中の大群衆の一角が崩れた。喊声と共に自動車に向つて殺到する。窓にたかる。車中をのぞく。何かノート様のものを突き出してわめく。大変な騒ぎになつた。運転手さんは、チエツと舌うちをして、警笛をやたらに鳴らしながらその雑沓をくぐるやうにして脱出した。曲りくねつた坂道を下りる途中にも沢山の人達が立つてゐて喊声をあげる。この現象は不可思議きはまるが決して不愉快なものではなかつた。英雄の気持とはこんなものかと思はせた位だ。

皇居前の広場にさしかかる頃に、わたしは運転手さんに向つて、「どうも大変な人でしたね」と、はじめて口をきいた。すると運転手さんはさも興味のなささうな口調で、「ええ、第一で長二郎が金色夜叉をやつてますからね、ファンがたかつてきてうるさいですよ」との、返事である。「はあ、長二郎君ですか」と、わたしははじめてこの映画俳優の名前を確認し、そのすばらしい人気に驚歎すると同時に、少なからずがつかりした。この思ひ出は、二十数年の長い間いつもわたしの微苦笑をさそふ。清少納言なら「はしたなきもの」の中に書きこんだであらうこの世間にありがちな同種類の錯覚に対して、何か教訓めいたものさへ感じたのである。

（ＮＨＫ放送二九・一一・九）

私の受験時代

私が東大へはひつたのは関東大震災の大正十二年です。私の進学コースは多少人と違ひ高等師範から東大へ進みました。その頃は東大に三つの進学コースがあり、一つは高校から正統に入学する人、一つは専科にはひる人、最後の一つは私の進んだ道で、高校卒業資格試験を受けてはひつたものです。しかし後の二つは並み大ていではひれるものではありませんでした。だから勉強したといつても人並み以上かも知れません。

それにしても私は断じて東大へ入学しようといふ意思はなく、通つたらはひらうといふぐらゐの気持でした。高師を出ると女子学習院につとめましたが、ここはあまりにも貴族的な学校で、私はその頃から貴族の様子を知りたいといふ意味も兼ねて、源氏物語を研究するやうになり、その辺が機縁となつて国文学を専門とするやうになりました。それも、先生をやり、夜は家庭教師をつとめて、余つた時間を利用して勉強したのです。神田の下宿で夜の一時二時頃まで読書にふけり、研究にふるひ立つたものです。

受験時代といへば昔の高校時代はよかつた。私は一高で教へてゐましたが、一高生は魅惑的でした。今の学生のやうに点取り虫や受験の奴れいになるやうなところはなく、まさに天下を濶歩、時代の風雲を論じてゐた。現在の学生が悪いとはいへないが、どんなに世の中が世知辛く競争がはげしくとも、自分の気骨、人間力を捨ててはならないものだ。

私は若い時、いつも物ごとの根幹といふものに注目した。現象のなかに必ずある根幹、それを探し出せばどんな複雑な問題も解決できると信じてゐる。このことは立派に受験に応用できるので、諸問題の体系を知るのは大切でせう。昔の高校生のうち秀才は必ず〝死〟の問題を考へるほど哲学的なものに支配されたが、これはじつに美しいことではないでせうか。どんなに苦しくても青春はやつぱり躍動する〝いのち〟である限り大切なものであり、さうした悩みとか哲学にさいなまれて勉強できないといふ法はありません。もつとおほらかに荒けづりに学生諸君は勉強して欲しい。

（時事新報三〇・一・一二）

泥棒

夜中にふと目をさますと、雨戸をあけるらしい音がする。耳をすますと、外からこじあけてゐるらしい。泥棒にちがひない。そつと起きて縁側に出る。音をたてないやうに、そつと雨戸に向つてあぐらをかく。泥棒は苦労して雨戸をずらすと、それを細目にあける。待つてゐましたとばかり、「バアー」と顔を外につき出した。泥棒は仰天して腰をぬかした。

この話は実は自分の体験ではない。もとの第一高等学校の名物教授のI先生の逸話である。I先生は国文学の泰斗で、「もののけ」といふあだ名で通（とほ）つてゐた。剣道の達人で、古武士の風格があつた。「もののけ」とは、先生のあご髯（ひげ）がすばらしく長く、ものを言はれると、それが左右に動いて、到底人間のものとは思はれないところから、つけられたあだ名らしい。

ところで盆の十四日、先祖の霊が帰つてくるといふので、わたしの家では仏間に集まつて、仏様のお伽をする習はしになつてゐる。ある年の十四日の晩、わたしは子供たちといつしよに夜更けまで起きてゐて、いろいろな昔話などしたついでに、I先生のその逸話を披露して皆を笑はせた。それから、二階の書斎にはひつて読書したのち、午前二時半頃床に就いた。

しばらくうつらうつらしてゐると、玄関のあたりで、不思議なもの音がし、続いて門のあく音がした。今どきをかしなことだと、電灯をつけ、ベルを鳴らし、守り刀を片手に階段をかけ降りた。守り刀は進駐軍に出して、返してもらつたばかりの由緒のある銘刀だ。下に降りてみると、果して、洋服だんすは開き、戸もひき出しも開けつぱなしで、目ぼしいものは一さいがつさい持ち去られたあとだ。わたしは三尺の銘刀の鞘をはらつて、曲者いづこと見まはしたが、遅かつた。すぐ駆けつけてくれた警察の人たちの話によると、そのやり口は相当なもので、見つかつたらすぐ凶暴な強盗に居直る筈の少くとも三人組の恐ろしい一味とのことだつた。

「あなたが仏様のお伽をしてゐる時から、賊は仕事をはじめてゐたんですよ」

と刑事さんは言ふ。

「頼りない仏様だなあ。これぢやあ、泥棒のお伽をしたやうなもんだ」

と苦笑するわたしを押さへて、

「ありがたいことぢやありませんか。誰かが目をさましたり、またあなたが生兵法（なまびやうほふ）の刀を振りまはしたりして、棒切れでコツンと頭をやられたりなんかしないやうに、守つて下さつたのは、やはり仏様のおかげといふものですよ」

と、家内は相変らず宿命論者である。

「さうですとも。その通りです」

刑事さんもしんみりとかう言つて、生兵法が大怪我を招かなかつたことを、心からよろこんでくれる様子だつた。

（ＮＨＫ放送三〇・七・七）

東京の夏

うつたうしい梅雨が明けると、東京には夏がくる。

去年は雨がなかなか上がらずほとんど七月中降り続いた。わたしにはその雨が身にこたへる。去年はひどく健康に障つた。七月も終りになつてやつとあがつた空に、これはまたひどい暑さがやつてきて、毎日焦げつくやうな太陽の直射に、たうとう倒れてしまつた。七月から八月にかけて、わたしにとつては一年中かけがへのない勉強の季節なので、去年のやうな異常な天候は、まつたくやりきれない。しかし、それはともかく、夏がきたといふことはうれしい。

両国の川開きは夏のはじめだ。

随分昔のことだが、両親に両国の花火を見せてやらうと思つて、桟敷を買つて弟妹たちも連れて出かけたことがある。たいへんな人出で、橋の上も両岸の桟敷も船のなかも何十万といふ見物でいつぱいだつた。打ち上げ花火、仕掛け花火、わたしたちはその豪華な景観に魂を奪はれた形だつた。

両国の川開きは江戸時代から綿々と続いてきた行事らしい。わたしの母などは、はじめて見る空の美観に目をまるくして感歎した。そして、噂に聞いた川開きを見たのだからもう本望だ、いつ死んでもいい、などと言つた。それはまた安つぽい命ですな、と、わたしも笑つたりしたものだ。

日本が戦争に介入するやうになつてから、この行事は中止されたやうだ。しばらく見に行かないうちに、何十年かの歳月がたつてしまつた。東京も変つたが、あの時、先祖様へ土産にする、といつた母も、もう今はゐない。随分遠い距離ではあるが、わたしは書庫の屋上に上がつて、東の方に空を色どる川開きの花火を望むことがある。そして、あの時よろこんでくれた母を瞼にうかべる。今年も夏がきて、両国の川開きが近づいてゐる。

七月になると大学もだいたい休みに入る。せいぜい十日までの講義だ。夏休が近づくと無性にうれしくなる。この時だけは、「先生」といふ身分に感謝しないではゐられない。この二箇月、どんな風に仕事を進めようか、計画が具体化してくるにつれて、とてもじつとしてゐられない。よくぞ先生になつた、と誰かに聞かせたいやうな衝動に駆られる。

ある年、研究室に閉ぢこもつて調べものをしたことがある。誰もくる者はない。構内の樹木に蟬が鳴いて、大学全体がひつそりとしづまつてゐる。一日中研究室で暮らして、夕方になると真向ひの上野の山に夕焼けの残照が映ろふ。するとえも言はれぬ涼風が三四郎池の方から吹きあげてくる。

上野の山の右はづれから、黄いろな月がぽつかりうかぶ。わたしはその月の出を、少年のやうな感激で眺めた。ほんたうに夢のやうなやはらかい月の光だつた。別にきびしい現実を逃避して夢をたのしんでゐるといふわけでもないが、上野の山のその黄いろな月の出は、勉強に疲れた心をなごやかにしてくれた。それからひとしきり調べものをして、研究室を出るころには、月はもうよほど高く昇つてゐる。人げのない廊下を手さぐりで降りてきて、図書館前の広場に立つと、青い月が中天にかかつてゐる。何か神秘な古城を思はせるやうな図書館の建物が、ぬつと立つてゐるのだ。今日も勉強することができた、と思ふと、何か身内にぞくぞくするやうな感激が湧く。若い時代の思ひ出の一つだ。

赤門を出て食事をしようと、向ひ側の歩道に渡ると、葭簀張りの露店が立ち並んでゐる。近ごろは見かけないやうだが、たいていのものはあつた。わたしは汗を拭きながら、よくやきとりを食べた。あまり好きでもなかつたので酒や焼酎は遠慮した。もつともそのころ焼酎があつたかどうかは記憶にない。やきとりの旨いのがあつて、そこの小父さんと仲好しになつた。このことは、わたしの友だちは皆知つてゐる。そこを出て三丁目の方へ歩いてゆくと、玲瓏とした月が天心にかかつてゐる。「市なかは　もののにほひや夏の月」といふ昔の人の句を思ひ出す。池袋は、さういふものの本場だが、本郷にだつてあつた。一高生が弊衣破帽であの界隈を濶歩してゐたが、夏休になると影はなかつた。そんな夏がこひしい。

東京の夏は、太鼓の音からはじまる。

神田祭で代表されるお祭が、にぎやかなお囃子と一緒に、夏を運んでくる。街の若い衆が毛脛を出して白足袋をはいて、チリメンやメリンスの半纏を着込んで、御輿をかついでゐる。「わつしよい　わつしよい」とねり歩く。大変な騒ぎだ。汗でお白粉の剝げ落ちた様子は、昔清少納言が「雪のむらむら消えのこりたる心地して……」と書いてゐるやうな顔だが、夏祭にふさはしい。若い衆の御輿が行ったあとから、子供の御輿がやってくる。子供たちも揃ひの半纏を着て鉢巻をしてゐる。かはいい声で「わっしよい、わっしよい」とねり歩く。威勢がいい。どうかしたのか列からはなれて泣き出してゐる子供もある。夏の日が照りつけてゐる。枕草子にでもありさうなほほゑましい風景だ。

家々には「御祭礼」と書いた大きな提灯が軒先に下ってゐる。その提灯の陰に島田に結った娘姿の姉さんが立ってゐる。「たけくらべ」のみどりを思はせるやうな艶姿だ。かうして子供たちはいつのまにか大人になる。世代から世代へと人の世は移っていく。ただかはらないのはお祭の行事だ。江戸の昔から明治、大正、昭和へと時代は移っても、お御輿は昔のままだ。子供たちは同じ行事をくりかへして、その行事のなかに大きくなり、恋をしり、嫁にゆき、母となり、そして孫を抱き、その孫たちにすべてのものを譲る。

年々歳々人はかはるが、太鼓の音だけは昔のままだ。そんなことを思ふと、どこからともなく淡い哀傷が心のなかにしのび寄る。郷愁とでも呼ぶべきか、ともかく夏祭の太鼓の音は、東京に夏の来たことを知らせる。にぎやかななかにも、どこか一抹のさびしさをただよはせる夏祭の風景だ。

（東京と京都三〇・八）

うれしい美談

◇あやまりにきた柿ドロバウ◇

庭の柿が色づくころになると、柿ドロバウがやってくる。この柿ドロバウは、たいてい中学生である。

わたしは別に損得を考へてゐるのではないが、庭に果樹を植ゑることが楽しみだ。その中でも、柿が好きで、五本も植ゑてある。柿の木には税がかかるとかいふことで、家人の反対もあつたが、かうして植ゑてみると、小さな木に黄いろく色づいたのが、たわわになつてゐるのを見ると、税金どころではない。実に楽しい。長い間病臥してゐて、疲れた目をなぐさめてくれるのは、この柿の実だ。しかし、こども達は、それを見のがすはずはない。いけ垣をふみこえて侵入してくる。時には表門から堂々とはひつてくる。たいてい三、四人くらゐの組になつて、実に巧妙な戦術をつかふ。家人がどなつてもどうにもならない。若木の枝をむざんに折つたり、実をふところにつめこんだり、ポケットに入れたり、傍若無人の振舞だ。それを病床から見てゐるのは、あまり愉快ではない。

ところが、ある日中学生が七、八人、表門からやつてきた。すはまた侵略かと思つたが、さにあらず、けふは様子がちがふ。玄関に二列横隊に整列し、代表者らしい一人がいんぎんにおじぎをしていふには、

「けふはあやまりにきたんです。柿を盗つたんです。こいつが（と一人を指さして）ばらしたんです。反省会があつたんです。柿を盗つて悪かつたです。ぼく達、アルガ先生の組です。みんなであやまりに来たんです」

と、全員帽子をとつてのあいさつである。

わたしは、家人からこの意外な来訪を聞いて、それは大変な美談だ、決しておろそかな応対はせぬやうにと命じ、

「きみ達があやまりに来てくれたのはうれしい。きみ達は、この近所の小学生の兄さん達だ。さすがに中学生はえらい。みんなから感心されるだらう。よいことをしてくれた」

と伝へさせた。中学生達は一斉におじぎをして帰つていつた、と家人は報告した。

その後、柿ドロバウの出現はぴたりとやんだ。柿の実は日ましに赤くなつて、夕陽に光つてゐる。見てゐても気持がいい。

これはすばらしい美談ではないか。戦後の教育には功罪相なかばするものがあらうが、健康な民主的精神は、すくすくと若い世代の間に成長してゐる。

　な折りそと折りてくれけり園の梅

の句にまねて、このこども達に一つづつ柿を分けて与へるところまでは気がつかなかつたが、これはたしかに美談的な、あまりに美談的な一事件であつた。

源氏物語、夕顔の巻の末尾に、十七歳の源氏のスキャンダルを描いて、こんな色ごとは隠してあげようと思つたが、さうすると、皇子だから作者が手ごころを加へたとの非難をうけるだらう。それは作者の本意としないところだ。だから何もかもぶちまけてしまふのだ――との断り書きがある。柿ドロバウの一件は、作りごとめいた典型的な美談であればあるだけに、わたしはここに実名を挙げてしまはう。中学校は豊島区立長崎中学校、受持のアルガ先生は、実は有賀先生のなまりである。

（日本経済新聞三二・一〇・二九）

小さな実行

どんな小さなことでも、これを実行するのはむづかしい。実行の前には頭が下がるものだ。このあひだ、ある有名な文芸批評家が、ラヂオでおもしろい述懐を洩らしてゐた。その批許家は、講演会に招かれて出かけて行く。声をはり上げて、世界の情勢を論じ、日本婦人の自覚を要望する大演説をぶつ放した。われながら熱を帯びてきたわいと、大いに満足しながらふと会場を見ると、最前列の婦人席から始まつた居眠りが、ほとんど会場全体に行きわたつて、聴衆はしいんと静まり返つたばかりでなく、方々でさも心地よげないびきの声が洩れてゐた。

　そこで弁士は卓をたたき、叱咤して、大いに説得につとめたが、いよいよもつて効果はあがらない。弁士はがつかりした。ふと、しやべるのをやめた。すると、今までコクリコクリとやつてゐた連中が、驚いて目をさまして、あたりを見まはしながら、急に元気づいてきた。——といふやうな話をした。わたしは病床にゐてその話をきいた。ははあ、「無言」の威力といふものだな、とつぶやいた。

　妙な話の出しかたをしたが、大江スミ先生にそんな風貌があつた。先生はあまり多くを語らなかつた。黙つてゐて、自分で何か実行された。なにしろ、大きな御体躯で、お風呂にでもはひられると、いや応なしに、ほとんど八分通りのお湯が溢れ流れるといふ具合で、先生の身をもつて示される行動には、わたしも百万言の訓話よりも深い感銘をうけた。

　怠け者のわたしが、朝御飯も食べきれないほど慌てて家を出るころには、先生はどこかの教会から帰られて、学校の廊下に落ちてゐる紙屑などを拾はれたのだ。先生の教育方法は、「言葉の前にあるもの」の尊重であつた。なかなかむづかしいことである。

　先生は、御自分でよいと思つたら、どんなことでも断行された。文芸部の誕生をいちはやく認めて下さつたのも先生であつた。そのころ、義太夫に凝られて、鏡太夫か誰かが講堂で語つたこともある。「……二つ違ひのあにさんと……」といふ名文句を、先生も諳誦してをられて、身振りをかしく実演を見せて下さつた。壺坂観音霊験記ほどの美談はないといつた調子だつた。歌舞伎座の一等席で、アルミニュームの弁当箱を開けながら見て来られた芝居は、そのまま先生の教育体系の中に組み入れられ、生命づけられ、それが「実践」のかたちであらはれてくるのだつた。一つ一つの小さな行動は、それ自身としては枝葉末節に過ぎないが、教育家大江スミの人間構造の中に燃えさかる熱情のほとばしりと考へることによつて、わたしは大江先生を稀に見る巨大な存在だと、今日でも信じてゐる。

○

わたしは田舎の旧家の長男として生まれた。家業はお酒の醸造で、母は一人娘。全盛時代には五十人までも男衆がゐて、たいした景気だつた。が、祖母なる人が母の六つの時に腸チブスで亡くなり、その後いろいろな事情で急転直下、困窮のどん底にたたき落された。そんな時母は女手で奮闘してくれた。わたしは母を愛し、母もまたわたしを愛してくれた。わたしは中学校にすら行けないみじめな生活の中で、心だけは高く生きたいと念じてゐたやうだつた。

苦難の道はわたしたちの前に果てもなく続いてゐた。はじめて東京に飛び出した時、わたしはよく東京特有の秩父颪のからつ風に吹かれながら、自作の歌を高唱した。今日まで誰にも言はなかつたが、家政学院の会誌が文芸欄を再興するといふので、その若い日の自作の詩を披露しよう。題は別にないが、「孤独」といふか、「負けじ魂」といふか、「母を憶ふ」といふか、そんな気持だつた。

小手をかざして眺むれば　ゴビの沙漠に陽は沈む
馬のたてがみ撫でながら　今日もお前と二人旅
万里につづく長城の　声なき室に星一つ
今宵お前もふるさとを　おもふか外は颪の音

国を出る時玉の肌　今は槍きず刀きず
男一匹これしきの　苦難に負けてなるものか
白皚々の雪の原　篝火たいてまどろめば
夢に出てきた母さんの　涙にうるむそのひとみ

詩としては幼稚なもので、人に見ていただくしろものではない。けれども、わたしの貧乏生活に勇気を与へ、一つの小さなことを守りつづけるエネルギーとなつたのは、この自作の歌である。

わたしは今公私の方々にひどい迷惑をかけて病床にゐる。ささやかな仕事ではあつたが、その仕事も一段落を告げた。昔の少年はいつしか禿頭の老人となつた。一生涯捨てなかつた一つの小さなこと、それを支へるものは、何か文芸の精神に近いものではないかと、そんな気がする。文芸部の再興を祝して、一文を寄せる次第である。

（光塩三二・一・二）

この一筋に

わたしが大学を出たのは、大正十五年の春でした。それからすぐ国文学の研究室に無給副手として勤め、芳賀先生記念会の依嘱をうけて、源氏物語の注釈書を作ることになりました。

芳賀先生記念会といふのは、国文学科の主任教授をしてをられた芳賀矢一博士を記念するために、臨時に作られた会です。その実行委員には、上田万年、三上参次、松井簡治、長谷川福平、藤村作の諸博士がをられました。金釦の制服から背広に着かへたわたしは、大いに力んで、さつそく注釈にとりかかりました。二、三年間でまとめるやうにとのお話でしたが、わたしは、これしきのものは二年もあればできるだらうと、ひそかに自負したものでした。ある日、大学の塀に沿うて、意気揚々と歩いてゐると、うしろから「おいおい」と声をかける老紳士があります。見ると上田先生です。先生はにやにやしながら、「君は、大変な仕事を引き受けたね」と言はれました。しかし、若いわたしの心には、その「大変」といふ意味がぴたりときませんでした。傲慢といふものでせうか。

それから桐壺の巻の注を書くために、活字本の河海抄と花鳥余情(よせい)とを参考にしました。すると、その文章に不審な点がある。そこで写本をくらべてみると、どうでせう、写本と活字本とでは、大変な相違があるのです。これは大変だ、うつかり活字本には従はれない、と考へはじめたのです。調べてみると、河海抄の写本には、作者の草稿本と修正本との二種類があつて、内容が非常にちがふことが分りました。また、花鳥余情にも、おなじやうな事情があつて、うかつに手をつけることができないことを知りました。このことは、わたしを、絶望といふか恐怖といふか、名状しがたい孤独と自信喪失の深みにおとし入れました。もしその仕事が芳賀先生記念会の依嘱でなかつたら、わたしはこれ程、苦悩しなかつたかもしれません。しかし、東京帝国大学教授芳賀矢一博士の名誉を負うてゐるこの仕事です。わたしは実行委員長であつた藤村先生にその心境を訴へて、辞任を乞うたのです。すると先生は、上田先生と御相談下さつて、それでは諸注集成をやつたらどうか、と言つて下さいました。

諸注集成の仕事は、注釈を書くよりも、ずつと客観的です。そこでわたしは、東京都内は勿論、全国的に諸注を求めて歩きまはつたのです。するとどうでせう。諸注のよつてゐる源氏物語の本文といふものがまちまちなのです。河海抄と花鳥余情、それは同一の源氏本文によつてゐるのではない、細流抄に至つては、全くちがつた本文によつてゐる、それが分りました。諸注集成も大事ですが、もつと根本的な問題は、源氏物語の本文はいつたいどうなのか、といふことです。うかつなことはできない、源氏物語には、青表紙本とか河内本とかの名前があるが、それはいつたいどんなものか、何を基準にしてそれを判別したらよいのか、その疑問がわたしの胸の中に新しく生まれてきて、わたしを苦しめはじめました。わたしは先輩にたづねていろいろ意見をききました。青表紙本は湖月抄でよいのだ、ともきかされました。いや首書(かしらがき)源氏物語が正しいのだ、ともきかされました。しかし、河内本については、しつかりしたことを教へて下さる人はありませんでした。何でも、平瀬家に三十帖ばかりの河内本が伝はつてゐるさうだ、また、京都の曼殊院に、三帖ばかりあるさうだ、前田家にちよつと変つた本が数帖あつて、それが河内本らしいとか、そんな程度のものでした。また東京帝大の国語研究室に、正嘉二年北条実時の奥書のある本を、五十四帖について、はじめの一頁づつ影写した本があつて、その系統が河内本だといふ、そんな話もききました。

そこで、わたしは、その本を写しました。また京都の曼殊院にもゆきました。その本を寄託してある京都博物館にも出かけました。そして、平瀬家の本をよく調べられた山脇毅先生を大阪のお宅におたづねしました。その時、山脇先生は、中学校の教諭をしてをられました。先生はわたしを快く迎へて、「それは大変むつかしい仕事ですね」といはれました。その時、わたしは、上田先生が「大変な仕事を引受けたね」とおつしやつた言葉の意味を、つくづく考へなほしました。

そこでわたしは藤村先生を通し、実行委員会の先生方にお集まりをいただいて、その困難さを訴へました。実行委員会は、源氏物語本文研究に、目的を変更して下さいました。わたしは家族の全員を動員して、本の影写・整本など、それぞれ分に応じた仕事を担当してもらひました。それから貧しい家計を切りつめて、写真をとつたり、古写本を購つたり、その一筋に専心しました。勿論生きてゆかなければなりませんから、非合法でない限り、又身体の続く限りのアルバイトはしました。そして、現在まで五十万枚に及ぶ写真を撮影しました。青表紙本にも立派な本のあることが分りましたし、えたいの知れなかつた河内本も、八十数種日本に現存してゐることが分りました。青表紙本でもなく河内本でもない、いはゆる別本も、だんだん発見されてきました。まだまだ決して手をゆるめてはなりませんが、わたしの力など微力なものです。今後は、国家など公的な組織と費用をかけて、この仕事が続けられ、より立派な結実を見たいものです。わたしのささやかな仕事は、その捨石として意味をもつかもしれません。「校異源氏物語」から「源氏物語大成」へ、ずゐぶん長い年月を費やしましたが、その間に芳賀先生はじめ、実行委員の先生は次々と他界されました。芳賀先生に見ていただくことができなかつたのは何より残念ですが、とにかく記念事業は「校異源氏物語」によつて一応の段落を告げました。この赤字出版を引受けられた中央公論社の嶋中前社長も亡くなられ、さびしい限りです。家庭の私事について申すのは恐縮ですが、本の影写や校合などに、郷里からわざわざ馳せ参じて、何日も徹夜してくれた妹も亡くなりました。また、夜更け机にもたれてうたた寝をしてゐるわたしに、そつと着物をかけてくれた母、貴重な本だといふので、その大金を工面し、やうやく得た古写本を枕許に置いて、夜通し眺めては喜んでくれた母も、亡くなつてしまひました。今日まで三十余年、いろいろな人たちがこの仕事を助けて下さいましたが、その期間には長短があり、分担にはいろいろあつたにしても、これらの人の恩恵なくしては、到底なし遂げられる仕事ではありませんでした。今日にしてはじめて上田先生の「大変な仕事」の意味が、しみじみと分ります。

岩波茂雄氏が「風樹の歎き」といふことをよく口にされ、風樹会といふ会を作られましたが、その時わたしにも胸中を洩らされました。「孝行をしたい時に親はない」といふ、人の子の歎きでした。これは在原業平の歌にもありますが、世の中がどのやうに変らうとも、母の愛情、母への愛情、これだけは変ることはありますまい。わたしのささやかな仕事の一筋に、生きる勇気を与へてくれたものは、いろいろありますが、その奥にあるものは、いつもこの「母なるもの」でありました。

（会誌お茶の水三一・三・一五）

国破れたれど

アカディイミズムについて

——浪速なる友へ——

お元気で御精進おめでたく存じます。御新刊の御本を感激をもつて拝見しました。

近頃わたくしはアカディイミズムとジャーナリズムとの対立や相剋について考へさせられてゐます。このことで寸感を申しのべてみたいとおもひます。近頃、文学を専攻する学者といふよりも、一般に知識を愛好してゐる人々の間に、二つの傾向がはつきりと看取されるやうです。その一つは深さを求めようとしてをり、他の一つは広がりを求めようとしてゐます。この二つの傾向は、その人の主体的な個性に根ざすもので、ほとんど宿命的だといつてよいやうです。もちろん他の眼をもつて他を軽々しく批判することは出来ません。しかし、少くとも、かういふことだけはいへるやうに思ひます。つまり、真に深い知識を求めようとする者は、当然広さを求めずにはゐられないでせうし、同様に深い知識をきはめてこそ、真に人を動かすことの出来る知識の概説的な体系が可能となつてくるといふことです。

今日わが国の知識層をおほふものは、日本的なものへの病的な罵倒か、またはエンサイクロペディスト的知識への盲信か、どちらかです。一体この百科全書家といふのは、フランス啓蒙時代の思想家の中で、いはゆるアンシクロペディの編纂執筆に従事した人々をさすのですが、その知識の特色は多方面と実用とにあつたやうです。役に立つ知識とか、深さはなくとも広さのある知識をたくはへてゐるといふところに、この人たちのもつ文化史的な意義がありま す。今日、ラヂオで人気を博してゐる「話の泉」は、かうした傾向のものですが、あれは放送局の企画としては非常な成功ですが、しかし、ああいふふうな知識への盲信と氾濫とは、文化再建の途上にある日本としては、ずゐ分反省しなければならないとおもひます。もちろんあのやうな知識の広さと遊戯性とは、十分の存在理由をもつてをります。しかし、ラヂオの影響力の甚大なのに照らして、知識とはこのやうなものであるといふ安易な考へ方を若い世代の人々に、しらずしらずの中に強ひるやうな結果になつてはたいへんです。

同じやうな傾向は、各種学校の入学試験として課せられてゐる知能検査にも見られます。あのやうな方法も、人間の能力を測定する多くの方法の中の一つの方法であることはたしかでせう。しかし全部でもなければ、大部分でもありません。知能には、早さとともに鈍重さが必要です。原子爆弾だけを問題にして、その背後にある基礎理論――幾多の物理学者が心血をしぼつた量子力学の理論体系の存在することを知らず、また知らうともしない少数の国民はかはいさうではありませんか。無形のもの、基礎的なものを軽んじて、出来上つたもの、形のあるものだけに目を注ぐ、さうして評価したり、摸倣したりする。さういふ商人的な根性はいやしいものだと思ひますね。このやうな根性が、人類を高貴にしたためしはないと思ふのです。

わたくしたちは現実の中に生きてゐます。一時でもこの現実から逃避することは出来ません。現実は空の雲のやうに、一寸の間も停止するものではありません。この一刻も停止せずうつりかはる歴史的現実の先端に、ジャーナリズムがあります。新しい時代は、政治や経済や学問や芸術などのあらゆる分野にわたつて、丁度春の野のかげろふのやうに搏動してゐます。それは「明日」を生まうとしてゐる「時代」の呼吸なのです。わたくしたちは、たとひ一日でも、このいぶきから逸脱することは出来ません。出来ないばかりか、その中に生き、また生き甲斐を感じてゐるのです。ジャーナリズムはこのやうにして肉体的にも精神的にも、われわれの生活に深い関係をもつてゐます。ジャーナリズム的知識は、われわれにとつて、たしかに強烈な魅力です。どんなに時代ばなれのした老学究でも、ひしひしと身にこたへる生活的現実から超然として、霞を食つてゐるわけにはいきません。昔は、清貧孤高を学者の美徳とした時代もありましたが、しかし、今日ではもう通用しないでせう。今日は、さうした個人主義的な独善を許さぬ時代になりました。

アカディミズムは、しかし、かうした傾向に対立してゐます。過去の大学令は「学術の蘊奥」への献身と、「人格の完成」への精進とを、その第一条に規定しました。このやうな大学のあり方に、時空を超えるところの一種高貴なものの存在することを認めてよいと思ひます。転変と騒擾とをこえて、学の自由と独立とを護り、これに殉じようとするところに、大学の理想があり、伝統があつたと思ふのです。すくなくとも私はさう理解してきたし、今日もさう信じてゐます。

かうした大学の性格に対して、中世的だとか、封建的だとか、とやかく批評したり、非難したりする人があります。もちろんアカディミズムにまつはる弊害はあるでせう。それらについては十分反省されなければなりません。しかし、一面の欠点をもつて、全面を否定する態度は決して正しい態度ではないと思ふのです。

ジャーナリズムとアカディミズムとは、誰人にも容易にその性格の対立が看取されませう。おそらく誰もがこの対立をもつてゐるでせう。この対立は私自身の精神史の中にも体験されたのです。どうかすると現実の魅力に幻惑されがちな私には、修道院の戒律のやうなきびしさが要求されました。しかし、この迷ひと、このなやみとは、一つの解決を私に暗示してくれたのです。それはほかのことでもありません。この二つのものの対立は、結局わたくしたちの肉体の中で、行動なり、信念なりとして、自づから統一されるべきものだといふことなのです。これは解決ではなくて妥協であるのかも知れません。しかし、私にとつては、大きな安心であり、救済であつたといふことはたしかです。

正しいジャーナリズムは、――現在の私の見解によるならば、アカディミズムの静寂の中から、現実へのたくましい生活意欲として、また社会への正義感として、自づから外に、あらはれ出るものです。また正しいアカディミズムは、ジャーナリズムの闘争の中においてさへも、魂の安住として、清らかな望郷として、しみじみと生まれてくる筈のものです。わたくしは、ここに文化人の倫理の基盤があると信じてをります。

今日の国文学研究は、私の考へるところでは、もはや絶叫の時代ではなく、むしろ反省の時代です。もちろんこのことは日本文芸を否定したり、破棄したりしようとするのではありません。むしろ日本文芸への烈しく底力のある愛と、その研究への強い肯定を意味してゐることは申すまでもありません。それは大兄が最もよく理解して下さることと思ひます。敗戦国民が、日本的な一切のもの、日本に生まれた世界的なるものさへも、それらが日本に存在し、又は存在したとの理由から、何の省察も加へられることなく、軽蔑し、罵倒し、弊履のやうにすてて顧みない軽薄な現状に対する一学究のいきどほりです。それはかつて軍閥政治のはなやかであつた時に、西洋文化に対する全面的な否定が強要されたのに対して抱いたいきどほりと同じものなのです。わたくしたちは、いつでも、祖国を、人間を、真理を熱愛してゐます。日本文芸のもつ世界史的な意義を、謙虚にとりあげるのは今日のわたくしたちの重大な任務だと思ふのです。大兄にはこの心持がお分りいただけることと思ひます。例によつて饒舌お許し下さい。

（白珠二三・一〇）

「今日の世相の如何なる点に開心をもつてゐますか」

世界には今二つの立場の「平和」が互いに抗争してゐます。平和を護持しようとする青年の気持に関心をもちます。二度と若い人たちに戦争の愚かさを経験させないやうにしたいものです。

しかし、戦争はこりこりでも、世界の現実がわれわれに戦争を強ひるやうな事態がおこらぬともかぎりません。さういふ時、真の平和のためには、一命をささげるやうな強い覚悟が必要だと思ひます。どのやうな国であるにせよ、その国のお情けをうけて、奴レイのやうな情ない生活をすることは、決して真の平和の建設ではありません。享楽や頽廃や無為を平和と心得てはなりますまい。


（フーズ・ヒー二六・一〇）

祖国の文化を愛する人々に

一昨年、日本文学協会に学術資料調査委員会といふ会が設けられて、戦後佚亡を悲しまれてゐる重要学術資料の散失実態に関する調査のことにあたつた。これは、日本学術会議学術資料委員会の諮問にこたへるのを直接の目的にしてゐたのであるが、さらにこれによつて協会独自の信念を固め、危機に対処すべき方策をたてることを念願してゐたことはいふまでもない。

委員会は、各方面の協力をもとめ、数回にわたつて、文学、史学、言語学、民俗学、美術史学等の諸研究団体および博物館、図書館関係の人々と会合し、ひろく情報をあつめ、総合して、（A）分散または佚亡した学術資料、（B）海外に流出した学術資料、（C）散失の懸念されてゐる学術資料、（D）分散をまぬがれて襲蔵されえた学術資料の四群に分類し、戦後数ヶ年の学術文献散失の実態をほぼとらへることができた。

そこで委員会としては、右の調査の結果を具体的に、かつ正式に文書化し、左の意見をまとめて、学術会議学術資料委員会に報告したのである。その意見といふのは、

一、散失は目下なほ進行、停止してゐないから、できるだけ早く適当な阻止の方法を講ずべきである。
二、学術資料の保護を立法化することがのぞましい。
三、文化財保護法の適用が消極的に失してゐる。
四、学術資料売買に際しての課税撤廃の必要がある。
五、学術資料保護協議機関が全国にわたる組織によつて設立されるべきである。
六、学術資料異動の記録が必要である。
七、一般に学術資料（文献）に関する認識が低いから啓蒙運動の必要がある。
八、ユネスコ要請については再検討の必要がある。

等であつた。

筆者は、その委員会の一人の責任者として、日本学術会議学術資料委員会会長に直接面談し、また同委員会の招請にかかる協議会にも出席して、われわれの信念を披瀝し、もし、今日の危機をこのまま看過するならば、必ずや日本文化の将来に悔いをのこすにちがひない所以を訴へ、すみやかに国家的措置の講ぜられることを要請したのである。

その後、学術会議は関西においても協議会を開き、また同憂の士は、あるひは論文に、あるひは講演に、この問題の重要性をとり上げ、ひろく世間一般の良識に愬へたのである。かうして、相当数の都府県に、文化財保護条例が布かれたとか、官公立諸機関の中に、予算編成の際、前年度に比べて比較的多くの予算がとれたとか、等々の事実が報

告されたのである。しかし、それにもかかはらず、日本伝統文化は軽蔑され、学術資料は依然として散失をつづけてゐる。一部には、日本には文化資料を保護する能力もなく、それのみならず、日本には保護に値するだけの文化など存在しないといふやうな暴論さへも聞かれたのであるが、これらは、自嘲や反語として黙殺してよい言説ではない。まことに国を憂うる士のたつべき秋だと思ふ。

日本には古典といふものがない、古典といふものは、新しい日本人の形成に役立つものでなくてはならない、さういふ意味での古典は日本にはない——といふ人がある。しかし、筆者には、そのやうには考へられない。一たい真にもとめられてゐるものは、往々にして自覚されぬものである。それほど緊密にわれわれの生活にむすびついてゐる。水のありがたさは、容易にえられない高山の上で知られるものである。健康のありがたさを自覚しない者ほど、実は健康にめぐまれてゐるのである。古典ははげしくはないが、それほどわれわれの現実生活の奥底に生き、人間構成に参与してゐる。人間は、はげしい刺戟や興奮のないゆゑに、時にさういふ古典を忘れがちである。一体誰が空気の恩恵をうけないであらうか。それほど、人間の生活に必要であり、親和してゐるのが古典である。

われわれの生活は、「人間」といふ基本的な生活の上に営まれる。国境や、年代をこえる世界性とでもいふやうなものである。しかしそれと同時にわれわれの生活は、「民族」とか「国民」とかの制限の中において営まれてゐる。されぱこそ、戦後の悲惨を経験し、同胞の引揚問題などが、今日なほ深刻な問題になつてゐるわけであらう。古典が、民族的、国民的感情に根をおろしてゐるといふことは、自然なことである。問題は、その国民的性格と、世界人的性格とが、どのやうに調和するかといふ点である。

東洋と西洋、これは風土的にも、歴史的にも、それぞれ異質的な性格をもつてゐる。風土と歴史にふさはしい文化が生まれ、人類の平和と幸福とに寄与してゐる。文化は、このやうに共通の性格をもつて、東洋と西洋とを結んでゐる。誰でも、世界各国の古典的作品の中に、生き生きとした「人間」の心をすがたを見ることができる。わが国の古典も、世界の人々に愛されてゐるが、今後は、理解の深さにつれて、一層親しまれるであらう。日本の国民古典は、その本来の姿のままで、新しい世界と人間形成のために参与するであらう。

このやうに、わが国の文化遺産は、世界の、人類の文化遺産である。われわれ国民が誠意と熱心とをかたむけて保護する責任を負うてゐるこのやうな、文化財をもつことを誇りとし、これを永久にまもりつづける国民的熱意は、決して排他的、独善的なものであらうはずはない。自明のことである。

ところが、このやうな考へ方は、往々にして復古的であるとか、逆行的であるとかの罵倒をうけることがある。ちやうど、戦争の惨禍を訴へ、その防止こそ、人類の文化遺産を護りぬく最善の措置であるといふ正当な言説が、どうかすると、国家の秩序を破壊する危険思想を宣伝してゐるかのやうに中傷されるに似てゐる。愚劣きはまることである。

われわれが調査した所によると、日本の重要文化財は、戦争によつて直接佚亡したものも相当量に上つてゐるが、戦争後散失したもの、散失しつつあるものが、かなり多いのである。その佚亡の理由としてあげられるのは、戦後の生活窮乏と、戦争への不安とである。

戦争に敗れた国の国民が、生活の窮乏に追ひつめられ、からうじて一命をささへて行くためにも、手段はえらんでゐられない。今まで伝へてきた典籍なども、命をつなぐためには手離さざるをえない。個人の所有の文庫が、海外に流出したり市場に分売されたり、原形をとどめぬまでに散失してしまつたのは、かうした理由によるものである。また、国家としても、文化財保護のために、その誠意が疑はれるほどしか手をうちえなかつたのも、何はともあれ、今日を生きて行く急場の間にあはせが、大事であつたからであらう。われわれは、その点を理解しないわけではない。戦争に敗れた日本人が、現実の生活におびえるとともに、日本を軽蔑し、自嘲的な気持になつたことも否定しがたい。さうして、自分だけが元来正論を吐いた、国を破滅させたのは、戦争犯罪人だといひ、日本的なものはすべていけない、破棄すべきだなどの妄想に駆られ、それに反して戦勝国のものは、すべて美しく高貴である、との羨望によつて、日本人から国民的信念を喪はせてしまつた。わが国の伝統の文化や、文化遺産などといふものは、それこそ弊履のやうに顧みられない有様となつた。

かうして国民は戦争のもたらした生活不安にあへぎながら、占領治下において、数ヶ年を送つたのであるが、今日なほ戦争の危惧は解消してゐない。朝鮮では、同じ国の国民が北と南とに分れて殺戮し合つてゐる。それに近い事態が、いつ日本におこらないともかぎらない。原子爆弾の比でない、おそるべき水素爆弾が、いつ何ん時、われわれの頭上におちるかも知れない。それを最初におとす爆撃機がどこの国のものであらうとも、その危険は、日本国民を不安と恐怖に駆りたててゐる。さういふ国民生活において、文化財保護などといふ恒久的な関心など起らうはずがない。貯蓄すらも馬鹿々々しく、今日一日をたのしく暮せばいいのだといつた刹那主義や、快楽主義が、しらずしらずの中に、国民の生活意識を占領したのである。しかも、国民のかうした生活感情を明朗化するための積極的な手はうたれず、いやしくも平和を希求する声に対しては、つきまぜて危険思想よばはりをしてゐる。生活不安は、一切のものを粗末にしてかへりみない生活態度を生むものだ。さういふ生活態度のもとに、文化財保護など口にしたところで、耳を傾ける者のあらうはずがない。何をねとぼけてゐる、など、馬鹿者あつかひされるのが関の山である。筆者のごときも、何べんそんな侮蔑と冷罵をあびせられたかしれないのである。

日本学術会議が提唱し、学界の諸機関が欣然として協賛の意を表し、われわれもまた微力ながら熱誠をもつて努力してきた学術資料の散失防止については、今日何ほどの策も講ぜられるにいたらない。はなはだ遺憾の次第である。もちろん、その必要をみとめないといふやうな考へ方をする人はないであらうが、敗戦国としては財政が成り立たない、何はともあれ国民生活を安定させねばならぬ、一切はそれからの事だ、といふやうな考へ方をする向きが多い。

衣食足つて礼節を知るといふ処世観はある程度まで正しいであらうが、しかし、衣食足つて礼節を知らぬ者の多いこともまたありうるのである。大百貨店では、戦争前とすこしも変らぬやうな高価にして華美な品物が、ぎつしり並んでゐて、それらが飛ぶやうに売れて行く。もちろん、それがそのまま国民生活の現実を反映してゐるのではなく、ごく一部の人々の生活状態をあらはしてゐるのかもしれない。今日なほ最低生活の保障さへも与へられてゐない人々のあることも否定できない。しかし、大百貨店は、戦争前にまして復興し、さらに各所に続々と新築されてゐる。経営の可能性があればこそ、拡張されるのである。国民生活が、戦争の痛手から、徐々に回復してきてゐることは認められねばなるまい。衣食は足りつつあるのである。しかも、礼節はどうであらうか。

新聞紙の報ずるところによると、クリスマス前夜の盛り場の狂態は、言語に絶するもののやうである。前夜祭の本旨は決してそのやうなものではなかつた筈である。クリスト教徒でもない者が、はきちがへた前夜祭に、乱チキ騒ぎをやつて、文明国人気取りでゐる。これらの人々は、はじめから、礼節など考へてもゐないのである。衣食足つてすなはち享楽を知るといつたところであらう。

国民文化財の保護、これはゆるがせにしてはならない焦眉の問題だ。国民の関心がここに向かはなければ、悔いを千載にのこすこと必定である。政治家の責任や、官僚の責任を云々する前に、国民の一人一人が自ら考へてみるべき秋ではあるまいか。ダンスにうかれ興じてゐる間に、二度とかへつてこない文化財は刻々と散失してゐるのである。

祖先からうけつぎ、子孫に伝へるべきわれわれの責任は重い。無謀な戦争を強行したその当時の指導者たちの責任を追求してゐる時機はすでに去つた。今は、われわれ自身の肩に責任がかかつてゐるのである。

日本は、破れたりとはいへ、われわれにとつてはかけがへのない国土である。この日本こそは父母の国なのである。われわれを容れてくれる山河はこの日本よりほかにない。世界の文化に寄与した日本、また将来寄与するであらう日本は守り育てなければならない。文化財保護の問題のごときは、保身の易きにつかぬ人々が、真に国を憂ひ、固い信念をもつて行動すべき秋は今日をおいてない。妥協、保身や、売名のよくなしうるところではない。命がけの研究、身をもつてする蒐集によつてなされよう。しかし、それだけでは十分でない。さらにより大きな団結においてなされる正論と行動とによつてのみ解決の方途は見出されよう。

新しい愛国心、その不撓不屈な実践の力をおいて、どこにこの至難の課題を解決する途があらうか。

（文学評論二八・三）

作家といふもの

わたしは戦後自分の出てゐる大学で、「作家論」といふテーマの演習（セミ）を三箇年ばかり続けたことがある。具体的な作家をとらへて、それを究明することにより、作家論の方法論的基礎を求めようとしたのだつた。この演習（セミ）には相当優秀な学生が集まつて、愉快な討議を続けたものである。が、結局作家論のまさにあるべき方法的根柢にまで堀り下げることはできなかつた。作家論は、作家における外的なるものと内的なるものとの、次元を異にすることはできなかつた。そのころ、「下部構造」とか「上部構造」とかの表現が、学生諸君の間でしばしば口にされたが、この二つの構造を統合するもの、そこになると、「生命」とか「人間」とかの観念論がとび出してきて、浅いなぞりで、分つたやうな気持になつたものだ。ただし、これはその演習（セミ）の指導者であるわたしの体験をいふので、学生の中には、もつと突つこんだ考へを身につけた人もあつたではあらうが。わたしはその当時、教育者としての、また学究者としての自分の立場や本質について、ふかく反省する機会があつた。どうも自分は、とりすました紳士、世才にたけた常識人、それ以上の何者でもない、立身出世主義は決して好ましいとは思はないまでも、どこか小利口なところが自分の生き方にあり、それが学究者としても、教育者としても、ものにならない原因をなしてゐることに気がついた。その点、作家には学ぶべきところがある。

そのころ、わたしはN・H・Kの学校放送、高等学校の時間の人選に、意見を求められたことがあつて、石田波郷を推薦した。担当者はわたしの最も親愛し、信頼してゐる人で、その人の頼み方に失礼な言辞はなかつた筈だが、波郷は頑としてその願ひをきかなかつた。本質的でない仕事に手を染めることをいさぎよしとしなかつたのだらうか。また、雑誌の原稿や著書の執筆を依頼しても、きいてくれたためしはない。それでゐて、波郷はそれほどの豊かな生活をしてゐるとは思はれない。彼がかつて「馬酔木」を去り、市井の呑み仲間と安酒をあふりながら放浪したことを、わたしはちやんと知つてゐる。その孤独の寂しさ哀しさは、彼の芸術を深め、かつ純粋に育てたのではないか。

わたしは、まだ彼に一面識もない。彼が「惜命」をおくつてくれたことは、彼に対する親愛と尊敬の念を一層深めさせた。写真で見る彼の風貌は、どこか華族様の御曹子か人気スターか、そんな感じを与へる。その作も、水原先生の風格を思はせるやうに端麗である。が、その生活態度には、小手先でないもの、煮えたぎる、えたいの知れない炎の混沌があるのではないか。

作家といふものは、いつも外界を気にしない。外界の、例へば権力とか、金力とか、名誉とか、そんなものに眼をくれない。また衆をたのまない。つねに孤高と貧窮に生きる。既成秩序に対しては、彼は多くの場合強く反発する。その形は、ある時は無頼漢であり、ある時は遊蕩児であり、ある時は隠遁者であり、ある時は街の道化者(ピエロ)であり、ある時は辛辣な諷刺で世相を白眼視する毒舌家でもある。どのやうな形をとるにしても、底にあるものは、既成秩序のもつ矛盾への不信と怒りと憤りであらう。さうしてこの反世間的な精神の渦巻が、作家を支へてゐるといへるのではなからうか。わづか十七字の短詩形も、やはりこの渦巻を通して造型されるものである——とわたしには思はれる。

だが、作家には、やはり彼をとり巻く社会がある。いつまでも彼の気ままを許しておかないかもしれない。彼は指導者の立場にみづからを置かなければならない運命にある。その時、彼は後進を率ゐ、その才を認め、それを大成させるために、心ならずも余計な仕事もしなければならなくなるに相違ない。それは、やむをえない作家の宿命といはなければなるまい。ただその時、さういふ立場にある作家が、真に偉大な作家であるならば、決して派閥や偏見の介入を許さぬだらう。そしてまたそのやうな作家は、権力や財力などに動かされることは断じてないだらう。公共の巨人として、後進が、いや歴史が、その存在を仰ぎ見るに違ひない。指導者たる巨大な作者が、自分のことばかりを考へたり、仲間だけを褒めちぎつたりするやうなのは、風上に置けないと思ふがどうだらう。尤もそのやうな指導者にぶつかつた経験はないけれども——。

（鶴三二・一）

国破れて山河あり

もう三四年くらゐにもなりませうか、中学時代の親友が遠い田舎から上京して来ました。彼は東京に来たからには、最も尖端的な、現代の東京の姿を見せてくれと言ふのです。そこでわたくしは、銀座やその裏通りや数寄屋橋のあたりの人ごみの中を、彼といつしよに歩きました。かなり刺戟的なダンスやレヴューなどにも案内しました。しかし、彼は別段感銘したらしい顔色を見せず、何か物足りないやうな様子でした。そこでわたくしは、これ以上近代的な東京を、彼に見せる能力のないことを知つたのですが、やがて歩くともなく、日比谷の交叉点のあたりから、お濠のそばへ出ました。G・H・Qの巨大な建物が、どの窓にも皎々たる電灯を輝かせ、屋上には戦ひに勝つた者を象徴するやうな大きな旗が静かに揺れてをります。二人は黙つてお濠に沿つて歩きました。すると、お濠を隔てて向ひ側の松の木のあたりから、朗々とした歌の声が聞えてくるのです。

春高楼の花の宴
めぐる盃影さして
千代の松が枝分け出でし
昔の光、今いづこ……

まぎれもない「荒城の月」の曲です。唱ふ人は誰か、いかにも男性的な、しかも限りない哀しみをこめた調べです。わたくし達は殆ど同時に足を止めて、その調べに聴き入りました。二人共こんな所で、古典「荒城の月」を聴かうとは、思ひもよりませんでした。昔、中学生の頃、月の明るい晩など、お城址の石垣に登つて、この歌を唱つた思ひ出が、つい昨日のやうなはつきりした印象で、よみがへつてきたのでした。同時に、戦ひに敗れた日本が、激しい歴史の渦巻の中に、どうして今日を生きてゆかうかと悶える姿、それをわたくし達は、G・H・Qの建物を目の前にして

「荒城の月」を朗唱する、その調べの中に、ひしひしと感じとつてゐたのでした。

　天上影は変らねど
　栄枯はうつる世の姿……

それこそは、古典と近代の対決――わたくし達が足を棒にして歩き廻り探し求めて、つひに発見出来なかつた「近代」、つまり最もなまなましい「今日（こんにち）」の東京の姿なのでした。「荒城の月」は、今日（こんにち）のわたくし達には、荒城の月、荒れ果てた都の月、すなはち焦土を照らす月であつたのです。

　さて、皆さん、皆さんの中には既に御存じの方もあるかと思ひますが、現代の或るすぐれた作家の作品に、こんな句があります。

　はこべらや、焦土の色の、雀ども
　はこべらや、焦土の色の、雀ども

この句は、東京都が爆撃をうけて焦土（やけつち）と化した時、詠まれたものですが、春がめぐつてくると共に、いつしか焼けあとの空地（あきち）に緑の草が萌え、焦土の色をした雀どもが、その空地（あきち）で遊んでゐる、といつた眼前の情景と深い深い感動とを詠んだ句でせう。ところで、皆さん、皆さんは、これと同じやうな情景や感動を詠んだ昔の人の句を思ひ出しませんか。

　夏草や、つはものどもが、夢のあと

いふまでもなく芭蕉も眼前の情景と感動を詠んでゐますが、この句の載つてゐる「奥の細道」の記事によりますと、古典の感化がその底に流れてゐるやうに思はれます。その古典といふのは、唐の詩人杜甫の作品です。長い詩ですから、ここに引くのはやめますが、あの有名な「国破レテ山河在リ。城春ニシテ草木深シ」に初まる詩です。芭蕉は、この詩の句を引いて、あの文章をつづり、そして、「夏草や」の句を詠んだのです。

　そこで皆さん、「はこべらや焦土の色の雀ども」の句を、孤立した立場から、単独に鑑賞する態度から進んで、古典の系列の上にこの句をおき、そこからもう一度味はつてみて下さい。勿論「はこべらや」の句は、単独で味はつても、深い感動をわたくしどもに与へます。しかし芭蕉の「夏章や」の句、杜甫の「国破山河在」の詩と、何かのつながりがあるとするならば、そしてそのつながりにおいてもう一度よみなほすならば、もつと深い大きな感動を、わたくしたちに経験させるのではないでせうか。杜甫の心をかなしませた或るもの、芭蕉の心をかなしませた或るもの、それが、現代のすぐれた作家に生きてゐればこそ、かくも切実な美しさ、泣きたくなるやうな深いかなしさが生まれてくるのだと、わたくしは自分の経験から断言することができます。東洋最大の詩人杜甫、日本最高の詩人芭蕉、それらの人たちの作品は、「古典」として、時と処とを超え、永久に人間の魂をあたため、浄め、深め、尽きるところがありません。「はこべらや」の句も亦、同様であらうと、わたくしには思はれるのです。杜甫の詩は「春望」と題するもので、長安の都には戦乱が続く、春はめぐつて来て、心なき草木の色のみ新しい、と、目の前の風物に即する深い哀しみをうたつてをりますし、芭蕉の句は、平泉三代の栄華を回顧し、夏草の茂みに笠をうち敷いて、眼前の悲しみをうたつたものです。そしてまた、現代の詩人の「はこべらや」の句は、改めて申すまでもなく敗戦後、眼前の風物に即して、深くやるせない悲傷――かなしみいたむ――の心を、さりげなく詠み出したものです。そこに、わたくしどもは一貫した、「古典的なるもの」の精神の系列を、認めないではゐられません。いつの時代でも、すぐれた詩人たちは過去の作品を乗りこえ、また乗りこえて、新しい題材、新しい発想、新しい感情、新しい詩型、を求めてやみません。戦後の文学者たちも、真にすぐれた作家と認められる程の人たちは、刹那的な生活の混乱の中にゐても、絶えず新しさを求め、美しさを求めて進んできましたし、現(げん)にさういふ努力を続けてをります。この「はこべらや」

の句を見ましても、民族の魂をゆすぶるやうな慟哭——声をあげて泣くこと——が、その句の根柢にあります。もはやこの句はさういふ意味で、杜甫の詩や芭蕉の句を遥かにのりこえてゐるといはなければなりません。しかもこの作者は、少しもことごとしい身構へを示さず、誰もが普通に目にする焼け跡、そして、ごく平凡な、はこべらとか、そこで遊んでゐる雀とかを見つめて、それを坦々たる形に詠み了(おほ)せてをります。焦土の色といひ「雀ども」といふ表現にも、この作者でなければ不可能であつたとさへ思はれる、新しく美しい愛情と感動の世界が、五、七、五の短詩型としていみじくもうち出されてゐるではありませんか。古典の精神は不変でせうが、その形は、常に美しく、常に新しく、建設されてやまない、といふことを、わたくしは強く感じないではゐられません。真に偉大な創作は、また偉大な鑑賞であり、またそのやうに、鑑賞はすなはち創作であるといへないでせうか。芥川龍之介が、その随筆の中に、鑑賞を論じて、「芸術の鑑賞は、芸術家自身と鑑賞家との協力である」と言ひ、また「いかなる時代にも名声を失はない作品は、必ず種々の鑑賞を可能にする」と言ひ、また「それは盧山の峯々のやうに種々の立場から鑑賞され得る多面性を具へてゐるのであらう」と言つてゐますが、それは、今日(けふ)のべてまゐりました古典的と近代的との関係を明らかにしたものでありませう。わたくしどもは、古典に沈潜すると共に、つねに古典を乗り超える努力を続けなければならないと思ひます。かうした努力によつて新しい古典の創造が可能であらうと信ずるのです。古典をまなぶ大きな目標はここにあると考へて、さしたる誤りはないと確信いたすのであります。

（ＮＨＫ放送）

源氏を大衆の手に

古典の生命

ごく最近のある新聞に、ノーマン・カズンスといふアメリカの著名な評論家の寄稿が載つてをりました。その人はその文章の中で、日本ほど文学の上で世界的、国際的意識の強い国はない、作家や批評家が集まる場合、いつも自分の国の文学を世界の文学に関連させて考へようとする、それに反してアメリカの哲学者や文学者が、東洋の文化に対して、あまり理解をもつてゐないのは、どういふものか、と自分の国の作家や批評家に警告を発してゐます。かういふ意見をそのまま日本人の我々が喜んでよいものかどうか分りませんが、もう一つ非常に面白く感じましたことは、このアメリカの批評家が、日本のある有名な批評家や翻訳家と話しあつて、世界の古典としてどのやうな書物が最もすぐれてゐるかといふことを論議したいきさつと結果とをのべてゐることです。その結果として、シェクスピアの作品、ダンテの「神曲」、杜甫の詩、ゲーテの「ファウスト」、トルストイの「戦争と平和」、プラトンの著作、アリストテレスの著作、紫式部の「源氏物語」、セルバンテスの「ドン・キホーテ」、スタンダールの小説、以上の作品を世界十大古典、つまり世界古典のベスト・テンとしてえらび出されてをります。ここに我我日本人として注意されることは、申すまでもなく、源氏物語が世界十大古典の一つに数へられてゐることです。源氏物語が世界古典のベスト・テンの中にあつても少しも見劣りのしないといふことは、東洋に対して、あまり注意しない外国人の中でも、心ある人々には、早くから考へられてゐたことです。しかし、日本人の方はどうだつたでせうか。先年、源氏物語が映画化されたことがありましたが、その時でも、源氏物語といふものは、源義経のことをかいたものだといつた全くどうもお話にならない知識の持主が、いたる所に出てきたのです。もちろん、あの映画そのものが源氏物語を立派に再現してゐるかどうか、そんなことを私は申してゐるのではありません。源氏物語といふ古典に対する知識を、われわれ日本人が正しく身につけてゐるかといふことを反省してみたいために申してゐるのです。とにかく、世界の高い知恵の眼をもつて見るとき、源氏物語は十大古典の一に数へられてゐることは、もはや常識のやうになつてをります。それはどういふわけでせうか。一体世界的な古典といふものは、それを生み出した作者はある特定の個人であつても、作品そのものは作者をはなれて、その国なり民族なりの所有となつてゐるものです。シェクスピアをもつことはイギリスの誇りでせうし、ゲーテをもつことはドイツの誇りでせう。同じやうに源氏物語をもつことは、われわれ日本国民のよろこびでなくてはなりません。もちろん日本の古典としては、このほかにも、古事記、万葉集、枕草子、平家物語、芭蕉、近松など、いろいろありませう。それらの中で、特に源氏物語が、世界大古典のベスト・テンの中にえらばれたといふわけは、言葉の障害さへ克服すれば、つまり外国のそれぞれの言葉に翻訳さへすれば、すぐ世界のどこの国の人にも共鳴をよびおこし、高い感化を与へることができる、さういふ性格をもつてゐる小説であるといふ点にあると考へなければなりますまい。そして、さういふ性格こそは、国家とか民族とか、そんな壁をとりはづすもの、つまり世界的とか、人間的とか、さういふ言葉であらはすべきものであると申さなければなりません。

先にあげられた世界の十大古典は、西暦紀元前にさかのぼる古代ギリシャの作品から、十八、九世紀の各国の作品に至るものです。実に二千年以上にわたる人間の最高の知恵とつつましやかな感情によつて生まれた人間記録であると申せませう。二千年後の今日なほ、生き生きとしてわれわれの胸に迫るものをもつてをります。いつも、人間の精神生活を豊富（ゆたか）にし、高貴（ノーブル）にしてくれるものです。その本来あつた位置において、そしてその本来の姿において、人類の平和と幸福に寄与してゐるのです。よく現代人は現代の言葉を習ひ、現代の文学をよめばよい、古くさい、非文明の時代の万葉集や、十二単衣をきてゐた時代の源氏物語など、何の必要があつて読むのか、そんなことをいふ人がありきます。戦争後には特にさういふ声が盛んになつてをります。さういふ意見も決してまちがつてはをりませんが、では、戦後、日本人の話し言葉ははたして立派になつたでせうか、また文章もうまく書けるやうになつたでせうか、それは問題だらうと思ひます。古典を学ぶといふことは何も古代の生活にかへれといふのではないのです。古典の中に永久に若々しい、永遠にほろびることのない生命にふれたいと願ふからです。申すまでもなく、われわれの生活は、日々に進歩してをります。日進月歩といふ言葉がありますが、科学は日々に進んで止まるところを知りません。それに伴なつて、われわれの生活もまた衣食住の各方面にわたつて日々に変化し、進歩してをります。古代ギリシャの現実生活は決してバラ色の光につつまれたものではなく、源氏物語の作られた時代も現実的には決して理想的ではなかつたでせう。十大古典を生んだ人たちが、はたして今日の原子力の時代を予想したでせうか。もし、我々が、新しいもの、新しいものへと眼を注いでとどまることがないならば、われわれは、過去の一切をすてなければなりません。なぜならば、今日の生活は昨日の生活ではなく、明日の生活は今日の生活でないからです。しかし、そのやうな変化してやまない現実生活のほかに、人間には永久に変化しない生活の面があります。人間永久の課題といふものがたしかにあるのです。どのやうに科学が進歩し、生活様式が変らうとも、永久に変らぬ生活の面がある。親子の愛情、男女の仲らひ、いろいろな人間の苦しみ、よろこび、運命、さういふものは、万葉の昔も、今日も少しもかはる所はない。つまり、人間生活には、歴史的な課題と、人間永遠の課題とがあります。文学や宗教は、さうした人間的課題を追求してゐるものだ、さういふふうに私には考へられます。キリストが生まれてから、二千年に近い歴史が流れました。世界は今や原子力の時代にはひつたのです。それにもかかはらず、キリストの教へは現代の人々に光りを与へてゐるのです。おそらく、どのやうな時代になつても、キリストへの信仰がほろびることはないでせう。さて、お話の筋を、古典の勉強の方向へかへしませう。古典をよむことは決してたやすいことではありません。外国文学などといひましても、翻訳ですませざるをえない一般の人々にとつて、日本の古典も、やはりすぐれた現代語訳が出なければ、無理でせう。しかし、外国文学を本当に味読し鑑賞しようとならば、どうしても語学の力を深めて、原文に接しなけばなりますまい。同様に、日本の古典の場合にも、原文に接する機会を、多くすることが大切です。皆さんは日本アルプスなどの高山に登つて、大きな感激にひたつたことがあるでせう。その感激といふものは、決して写真や絵などから経験されるものではなく、自分で嶮しい山道を登り、幽邃な森林をくぐり、大きな山霊に打たれることによつて、得られるものです。また大和の古寺を巡礼し、そこに残つてゐる仏像を見て、心をゆるがすやうな感動を覚えた方もあるでせう。さうした大きな感動は、やはり写真や絵などからでは、起らない筈のものです。それと同じやうに、日本の古典も、直接原文に接して、はじめてその本当の生命に触れることが出来るわけであります。骨をしみをしてはなりません。

皆さん、皆さんはこれからこの講座で、それぞれの立派な専門の先生方から、原文に即して日本の代表的な古典について学ばれるわけですが、以上申し述べたやうな事柄を心に置いて、何か為にする、たとへば単なる受験のための勉強などではなしに、広く深い人間教養として、これを聴講されるやうに希望いたします。

（ＮＨＫ放送）

源氏物語劇化の意義

源氏物語は「小説」といふ文学様式を最適の様式として表現されたものであるから、これを他の様式たる演劇に化して原作以上の効果を求めようとするのは、中々困難な事と言つてよい。又源氏物語は王朝時代の作者が、その時代の事実を、その時代の言語を以て表現したものであり、言語にはそれぞれ時代的の特殊な感情といふものがあるから、これを現代の言語に訳しても、筋を伝へるだけで、原作のままの情調や気分や作者のデリケートな心づかひまで移すことは出来ないであらう。現代語訳のみしか知らない人が、冗漫だと投げ出してしまふのも、いはれの無いことではない。このやうに考へて来ると、源氏物語は原作のまま、古典のままにぶつかつて鑑賞すべきものである。口語訳や梗概はまがひもので、「いのち」がない。近頃完成したウエリー氏の英訳の如きも、大部分の現代人にとつては原作よりも分り易いかも知れないけれど、結局あれも本物ではない。源氏物語を古典としてのみ考へる場合、原典に親しみ得る能力のある人々にとつては、外国語訳は勿論、口語訳も梗概も無用のものであり、演劇などに至つてはいよいよ意義の少いものと言はざるを得ないのである。

しかし源氏物語は頗る難解な古典であつて、国文学の専攻者ならいざ知らず、普通の人であれを原作について全部正しく鑑賞したといふ人は、先づ少いであらう。つまり文学に縁の少い人々は、自分達のもつてゐるせつかくの世界的な大文学を知らずにしまふのみか、ややもすれば「悪文」などといふ批評さへ出てくるのである。元来難解といふことは決して悪文と言ふことであつてはならない。英語のよく読めない人が、シェクスピアに向つて悪文よばはりをしてもはじまらない。「時」と「処」の懸隔の甚だしい言語が分かりにくいのは当然である。分りにくいといふことは、断じてその作品の無価値を意味することではない。さういふ風に考へると、外国文学の日本語訳が無いよりもましである如く、源氏物語の口語訳も梗概も必要であり、もつと直接的な効果のあるべき筈の演劇も亦必要であると言はざるを得ない。即ち古典文学の普及化もしくは大衆化といふ意味に於いて、源氏物語の劇化に一つの意義を認めることが出来るのです。

しからば進んで、源氏物語劇化の意義は、右のやうに消極的な意味に於いてのみ考へられ、積極的には何等考へられ得ないのであらうか。自分は考へられると思ふ。例へば平家物語の俊寛や、お伽草子の三人法師が戯曲として現代に生かされ、原作以上の効果を納めてゐるやうに、源氏物語の劇化にも積極的な意義が認められ得るのである。かう言ふ場合には、我々は小説としての源氏物語といふ限られた立場から離れて、広い意味の文学特に演劇といふ立場から考へて見なければならない。かかる立場に於いては、源氏物語はもはや古典としての独自の意義はなく、まさに生まれようとする新しい文芸の素材としてのみ意義が認められる。詳しく言へば源氏物語を素材として、新しい小説とか、新しい叙事詩とか、新しい戯曲とかが、別に創作されても少しも差支へないのみならず、それは古典としての源氏物語とは全然独立して存在の意義を認められ得るものである。ラムのシェクスピア物語は、戯曲の形式を小説の形式に再構成したものである。が、あれは原作とは別に存在の意義がある。決してまがひものではない。近頃ウエリー氏の英訳を、さういふ風に解釈して、原作以上の大創作だと感心する人もあるが、必ずしもさう断言出来るかどうか、自分には分らない。とにかく源氏物語を材料として、別に新しい芸術が生み出されることは、とりもなほさず文学としての源氏物語の展開に外ならない。言はば日本古典文学の再生であり、発展である。この意味に於いて、源氏物語の劇化といふことには、日本文学史上きはめて重要な意義が認められると言はなければならない。

凡そ古典の新生といふことは、古典の中に新しい生命、永久に朽ちることなき精神が現代人によつてはつきりと見出されることである。即ち現代に動きつつあるものが、古典の中にそのまま躍動してゐることを確実に認識することである。冷めたい形骸として、遠き世の遺物としてのみ眺められる時に、古典は現代生活から全く縁なき無用の存在となるであらう。源氏物語の演劇化は、原典の摸倣ではない。単なる逐語訳でもなく、梗概でもなく、実に一つの創造である。それ自身に於いて原作とは全然独立した一つの芸術である。

要するに我々は源氏物語の演劇化といふことの意義を、上述のやうに二つの立場から考へることが出来る。一は源氏物語の単なる摸写を要求するものであり、二は源氏物語の発展を期待するものである。しかして前者に於ける結果は、恐らく原作から直接ゑがかれる幻影の上には出まいと思ふ。後者に於いては、原作を如何に現代的に解釈したか、原作を如何に巧みに戯曲的形式に於いて再構成したか、原作のもつ情調や雰囲気を如何に新鮮な現代的魅力を以て再現したか――即ち演劇として如何に成功してゐるかといふことが、問題となるであらう。又問題とされねばならぬ。

かくの如く、源氏物語の演劇化といふ企図は、古典を素材とする新しい芸術の創造といふ点に於いて本当の意義を認めることが出来るが、今一つ是等とは全然別に、極めて実利主義的な低い立場に於いても、他の一つの意義が認められるやうに思ふ。それは学問上の参考としてである。元来源氏物語の本文を解釈して一つの情景の幻影を空想するとしても、それはきはめて概念的で、その幻想たるや実に漠然たる場合が多い。例へば空蟬と碁をうつてゐる軒端荻の姿にしても、「胸あらはにばうぞくなるもてなし」なるものが、本文を読んだだけで、どれだけ正確に読者の幻影に上るであらうかは疑はしい。やはり目の前に紅の生絹の袴をはかせ、白い羅の単襲をきせ、二藍の袿をひきかけさせ、その懐ろから手を出させて見て、はじめて「胸あらは」なる姿も、成程とうなづけるであらう。家屋・調度・服飾等は、これ等を古い絵巻物や文献によつて、出来るだけ源氏物語時代に近づかしめる必要があり、その実績は必ず国文学研究者の得難い参考となるであらう。しかしそれは劇芸術としてはどこまでも第二義的である。演劇は単に筋書の朗読でない如く、決して風俗展覧会ではない。又あつてはならない。むしろ写実以上の芸術的な魅力に富む生き絵巻物であるべきである。我々は、片々たる小事実の考証や穿鑿にとらはれて、ともすれば芸術の本質とか精神とかに対して盲目的であることがある。殊に自分の如きは、どうかするとすぐこの頑なな実証主義的な立場にはまりこんで、そこから中々抜けきれない学究者流な根性を、自分ながらはづかしく思ふことが多い。今回の上演に於いては、学問上の参考としてよりも、むしろ劇芸術自身としての成功といふことが、勿論何より一層有意義であることは言ふまでもない。

（文学八・一二）

○

晶子源氏について

最近、出版界は不況だといふ声をきくが、さうでない出版もある。その一つは与謝野晶子夫人の訳した源氏物語の四巻である。

この出版はあたり前な、地味な道を行つて成功ををさめたものである。それは思はくや、あてこみの企画ではない。ベスト・セラーといはれるほどの出版には、どこかに必ず投機性があるものだ。時勢の波にのつて、その機をつかむといふことに成功した、いはばきは物が過半を占めてゐる。ところがこのたびの晶子源氏にはさういふものがない。企画としてはきはめて平板で、先年出版されたもののむしかへしにすぎない。しかも三千部ぐらゐの予定のものが、六回も重版してなほ足りないとかいふ。このことはわたくしの心を明るくしてくれた。まだこの世は捨てたものではない。世間はやはり眼を失つてゐないといふ信頼感を強くすることができたからである。

きは物でない晶子源氏が、常識的な予想を破つて一万六千部六万冊も出たといふことは、立派なものが正しく評価されたといふ意味において日本の文化のためによろこぶべきである。ともかく低俗な煽情記事か、えげつない暴露記事かでなければ商売にならないといふ出版常識が見事に破られて、よいものはよいのだといふあたりまへな事実を確証してくれたのは、何といつても愉快なことである。

○

晶子源氏がかやうに本年の上半期の王座を占めたについては、種々の理由もあらうが、要するに「古典」に対する正当な評価がなされたといふ点に帰する。「古典」としての源氏物語に対して、またすでに「古典」の聖列に加へられた夫人の訳そのものに対しての尊敬と思慕の情が渾然一体となつて、この出版に注がれたからであらう。

夫人は少女時代よく土蔵にはひつて、薄暗い光線の中で湖月抄の木版本をひろげてみたといふ。遠い昔のにほひのするやうな、あのふるめかしい和紙の一枚一枚をたどりながら、「いづれのおほむ時にか……」と桐壺更衣の物語をよんでゆく中に、いつのまにか、このものがたりに魅せられてしまつたらしい。これを一の巻から、五十四の巻までみんな順々によんでみたい、ぜひ読み通したい、さういふ乙女らしい熱情がこみあげてきたのだ。天才少女が、土蔵の薄明の中で、かうした古への物語に強いあこがれを感じ、それを書いた一千年の昔の人にたまらなくなつかしさを感じたといふのは美しい話である。この純情こそ、夫人の全生涯を動かした力であつた。みだれ髪以下の多数の歌をよみ、源氏物語の全訳を完成させ、栄花物語、紫式部日記、蜻蛉日記、和泉式部日記、徒然草などの全訳をひきつづき完成させたあのおどろくべき精力の原動力であつたのだ。

○

菅原孝標のむすめは、十三歳のころ、父の任国の上総にゐる間、源氏物語をあこがれ、等身の薬師仏を作り、人の見てゐないひまに、手を洗ひなどしてその前にぬかづき、「京にとくのぼせ給ひて、物語の多くさぶらふなる、あるかぎり見せ給へ」と祈念したが、やがてその希望がはたされて上京することの出来た後も、どうかしてその物語のつづきが見たく、太秦（うづまさ）に参籠してただそのことだけを祈つた。その真心が仏に通じてか、叔母なる人から五十余巻をおくられ、よろこびのあまりにわれを忘れてしまつた。――とり入れてえて帰る心地のうれしさぞいみじきや。はしるはしるわづかに見つつ、心もえず、心もとなく思ひ、源氏を一の巻よりして、人も交らず、几帳のうちにうち臥してひき出でつつ見る心地、后の位も何にかはせむ――とその時の感激が日記につづられてゐる。その純情は、実に彼女の全生涯を通じて生きつづいたものである。彼女は勅撰集に多くの歌をのこした。また更級日記の作者であり、浜松中納言物語、夜半のねざめなどの作者でもあらうかと推定されるほど、それほど源氏的世界への憧れの中に一生をささげた。その憧れは、几帳のかげで、息をころしながらよみふけつた少女時代の純粋な憧れそのものにほかならなかつた。永遠の乙女心といふか、夢みる心といふか、さういふロマンチシズムに彼女は生きたのである。いつもうひうひしく、そしていつも若々しく。

○

几帳のかげで源氏をよみふけつた一少女の感激は、九百余年の「時」をへだてて、土蔵のうす明りの中で同じ物語をよみふける鳳晶子といふ少女の胸に再生した。紫式部も、孝標のむすめも、明治といふ新しい時代のこの天才少女の肉体の中にそのまま新生したのである。

むかし、人間を、夢を、恋愛を、未知なる世界を、自由を愛した天才たちの魂は、近代のヨーロッパの浪漫精神をとり入れ、一きはあざやかなすがたで成長して行つた。新訳晶子源氏は、いくたびか良心的な修正増補をかさねながら、つひにこの決定版を見るに至つた。そこには晶子源氏そのものの発展がある。それはとりもなほさず、夫人みづからの発展でなくてはならない。夫人は、その天才的な作家的生活を、先づ源氏物語の抄読にその第一歩をふみ出し、多くのめざましい仕事を次々となしとげ、新々訳源氏物語に「あとがき」を加へることによつて、巨大な歩みををはられたやうである。上野の精養軒で、その出版を記念する盛んな饗宴が張られたのは、戦争の直前であつたが、かつての乙女の日の純情は、還暦をすぎた夫人の心の中に、やはり同じやうにはつらつと息づき燃えてゐた。夫人は永久に若かつたのである。

晶子源氏が出版界をおどろかしたのは、源氏物語そのもののもつ若さと、永遠に老衰を知らない夫人その人の若さとの魅力が、大半を占めてゐるといつてまちがひではあるまい。

（冬柏一四・一二）

妖艶の美

一

「少将滋幹の母」は、源氏物語の世界の新しい発展である。その構想は前後の二つの部分に分れる。前の部分は、平中とよばれる色好みが、老大納言国経の美貌の妻と通ずる。それを耳にした左大臣時平が、みづから国経の邸に出かけ、策謀の通り、公然とその妻をもらひうけてかへる。そのあとで老大納言が懊悩する――といふテーマである。後の部分は、国経とその妻との間にうまれた幼い滋幹が本院の邸にゐる母をたづね、そのふところに抱かれた時の母のすがたを、世にも高貴なまぼろしとして守りつづける。好きな酒もやめ、詩歌もすて、不浄観を凝らしてまでも、妻への愛執をたちきらうとしてなほ救はれず、悶々としてつひに死にいたる父をかなしみながらも、なほ母の幻影をひしと胸にいだく滋幹が、四十年の後、墨染に身をやつして西坂本に行ひすましてゐる母をたづね、ほの白い晩春の月の夜、荒廃に帰した山荘のほとりで、なつかしい母尼にめぐりあひ、幼い日のままに、母の名をよびつつ涙する――といふテーマである。

このやうな主題と構想とが、源氏物語の世界の近代的再生であることは、源氏に親しむ誰もが、ひとしく直観するところであらう。性格も、情緒も、背景も、文体も、どこまでも源氏的である。ものがたりは、ほのかな微光をたてて顫動しつつ、克明に、しかも淡々としてかたられる。それは妖しいまでに美しい絵巻物である。

谷崎さんは、この小説のいたるところに史書や文献をあげて、こゝでは一つも虚構はないといふ態度を示された。たとへば、大和物語や、平中物語や、今昔物語や、宇治拾遺物語や、大鏡や、さては後撰集、拾遺集といふふうに、一々根拠を示されてゐる。これは源氏の作者が、蛍の巻の小説論において強調したのと同じ態度である。しかし、源氏の作者の主張する写実主義は、すぐその後に、青やかな夕霧と、ほのかな月光の神秘につながつてゐる。自然は芸術を摸倣する――と誰かがいつたが、谷崎さんの示された遵古閣文庫蔵の残欠滋幹日記といふものは、さういふ意味で、まことに後味のよいものである。

二

この小説には、いたる所に、源氏の人物と情趣との再生がある。国経の邸にのりこんだ時平の人間構成の中には、空蟬・若紫・花宴などの巻々にあらはれる源氏や、行幸の巻にあらはれる内大臣の像が生きてゐる。国経の懊悩は、朱雀院の生涯にも見られたものであつた。美の象徴として母を恋ふ滋幹の心は、源氏が一生にわたつて藤壺を慕ふ心に通つてゐる。滋幹の母が、幼な子の腕にかかれた平中の歌をみて、あらぬ方を見つめて涙ぐむ可憐なすがたは、空蟬にも、朧月夜にも、紫の上にも見られたおもかげであつた。

若く美しい妻に去られた老いた父は、その愛欲ゆゑに身をこがし、終夜闇に向つて慟哭し、われとわが心に泣訴した。ある時は、酒にゑひしれてわめき、ある時は庭に立つて白詩を高吟した。またある時は、普賢菩薩の絵像に向つて一心不乱に合掌し、ある時は、野中の草の中に腐れくづれた死体に対して凝然と端坐することもあつた。すべては妻を忘れ、時平を忘れ、一切の我執と煩悩をたちきらうとするもがきであつた。幼い滋幹は、この父に同情はしたが、しかし父と自分とをすてて権門に迎へられた母をにくむことはできなかつた。母はにくむにはあまりにも美しすぎる人であつた。むしろ母の美しさを、不浄観によつて滅却し去らうとする父をうらんだくらゐだつた。倫理をこえた美の絶対境とでもいはれようか。

国経は、はたして救はれたであらうか。いや、彼は、なほ煩悩の情炎に身をこがし、迷ひ、苦しみ、のろひつつ、八十の生涯を終つたのであらう。薫も、八宮も、また朱雀院さへも、おそらくかうした人間の愛執の中に苦悶しつつ生涯を生きた凡夫の群れでしかなかつたであらう――谷崎さんは、そんなことをふと考へたのではないであらうか。

この小説の最後は、まさしく世にも美しい源氏物語の新生である。あの荒廃した西坂本の山荘は、月光の幽暗と、桜花の妖艶とで、朧々たる美の極致に高められてゐる。宇治の院の荒廃の中で見出され、やがて小野につれてゆかれた浮舟をおもはせるやうな細やかな母の尼すがた、それを見つけた滋幹は、四十年前の春の日、几帳のかげで抱かれた幼い昔にかへつて、母の名をよび、母にすがり、甘えるやうに、はふれ落ちる涙を母の袂でぬぐふのだつた――源氏物語の大尾に漂ふおほらかな余情がこゝに見られる。

妖艶の美――それは源氏物語といふ一大古典にあり、さうして、またすぐれた現代の一作品をかざる性格でもあつたと思ふ。

（出版ニュース二五・八・二一）

欲しい『源氏』の勉強

――歌舞伎座の上演に当つて――

来年の三月、歌舞伎座で源氏物語が上演される筈である。今から十六年前、研究劇団の「小劇場」が同じことを企てたが、実現を見ないで終つた。あの時は、番匠谷英一氏が脚本をかき、坂東簑助や市川紅梅や伊藤智子などが出演の予定であつた。なくなられた松岡映丘氏が自ら彩管をとつて、舞台装置をした。紫式部学会も、進んで指導したが、劇団としても、学会としても、すべて真面目な態度で終始した。衣裳の方は、相当な費用をかけて新調したが、その時は、たしか高田装束店が引受けたとおもふ。

番匠谷氏は、ドイツ文学特にファウスト研究の権威者で、劇作家としても知られた人である。あの時の番匠谷氏の戯曲は、六幕十七場の構成で、帚木の巻の雨夜の品定めの部分から、須磨の巻の頭の中将と源氏との会見のあたりまでが扱はれてゐた。つまり、十七歳から二十六歳ごろまでの源氏の多彩な時代である。

一ヶ年の歳月をかけ、いよいよ新歌舞伎座で上演といふところまでになつたが、突然、当局の命令で上演禁止となつた。その理由は、

一、主要人物が上つ方の人物らしいから、皇室に対して不敬である。

一、主人公と数人の女性との連続的な恋愛生活が取扱はれてゐるから、社会風教上有害である。

の二点であつた。

小劇場では、不許可の理由が明らかになつたので、当局の意を汲み、再脚色を企てた。主要人物を〝或る時代の貴族〟といふ風にし、源氏と藤壺との恋愛の場面は全部削除し、新しい筋に即して梗概を書いて再審査を求めたが、やはり同じ理由で却下され、一ヶ年の苦心と、莫大の経費とを犠牲にしてつひに断念せざるを得なかつた。

わたくしは学会を代表して、たびたび当局と折衝した。そのときの印象では、役人といふものは文学などには全然見識をもつてゐないとがつかりした。そのときの某要官は、「我輩だつて高等学校時代にはちやんと源氏を読んだものだ。あの作品がどんなものか位は知つとるよ」と威張つてみせたが、すぐ「寝殿」といふ言葉をつついて「こんなワイセツな場面を大衆の前に示せるかといふんだ、君、考へてみ給へ」と造詣？　の深いところをみせたのにはおどろいた。寝室と間違へたらしいのである。この種の見識？　では結局問答無用だとあきらめざるを得なかつたわけだ。

その当時の世論は、新劇場の真面目な態度を支持してゐた。ことに朝日新聞の鈴木文史朗氏のごときは堂々とした態度で終始一貫庇護してゐた。しかし一方では「不敬千万だ、二三日中に命をもらひにゆくから経カタビラを用意してまつてろ」などとはたし状をつきつけてきた志士もゐないではなかつた。

今度の上演には、この前の様な意味での恐喝はないであらう。しかし、ないからといつて戦後派的なつまらぬ商売気を出さぬやうにしてもらはねばならない。見る人も真面目に見て欲しい。わたくし自身としては、十六年前に考へた源氏物語も、今日考へる源氏物語も「古典」といふ点で同じである。同じ扱ひをすべきだと思ふ。立派な劇が上演されて、源氏の偉大さが、すこしでも正しく大衆に理解されるならば喜ばしいことである。わたくしどもの立場はただそれだけである。

それにつけても、多くの人々に希望したい事はできるだけ親切な信用に値する参考書に依つて、一通り源氏を読み、かつ鑑賞して戴きたいといふことである。その眼で明年の歌舞伎座の素晴しい芝居を見て戴くことを希望して止まない。

（東洋大学新聞二五・一二・八）

源氏劇上演について

源氏劇の上演になるまでのいきさつと、その劇を覧る上の注意とをのべてみたい。

実は昭和九年十一月頃、研究劇団の小劇場（坂東簑助）が紫式部学会の支援をうけて、番匠谷英一氏の脚色、故松岡映丘氏の美術考証で上演される筈であつたが、当時の当局の見解と一致せず、その企てはやめられた。それから源氏物語に対する世間の考へ方がかたよつて来て、源氏演劇は到底考へられなくなつた。所が紫式部学会ではその望みを捨てず、懸命にその実現を主張して好機を待つて居た。昭和二十五年二月頃朝日新聞社と話し合ひ、松竹の高橋常務にもちこんだところ、松竹側にもその気持が熟して居た時とて忽ち上演の気運が動いた。源氏物語は世界の大古典であるから、その重大性を考へ、我我は公的な立場をとりたいと考へた。そこで紫式部学会は安易な立場をとらないで、学会と他の団体と歩調を合はせて協力してやりたいと思つた。そこで立派な作家を指名して、立派な脚本を作りたいと思ひ、それを日本文芸家協会に依頼した。それを公的にする為に、朝日文化事業団の協力を願つた。さやうにして日本文芸家協会、紫式部学会、朝日新聞社の三者に松竹が加はり、源氏物語演劇の具体化に乗り出した。私としてはこれを最も公のものとしたい念願から、学会、文壇の意見を聞き度いと要請した。朝日新聞社の会議室で第一回委員会が開かれた。その席上二つの意見が出た。その一つは小島政二郎氏が「舟橋君が書くならやかましい学者連中をつるしあげにして（除外して）、作家精神で源氏物語の演劇化を企てるべきである」と云はれた。他の一つは小宮豊隆氏が「源氏は大古典であるから学会特に紫式部学会の専門家の意見を求め完全な準備を整へてから、ストーリーを作る作家を指名し、演劇的に構成する方法をとるべきである」と云はれた。その時は後者の説が全体の雰囲気のやうであつた。

しかし舟橋氏が文芸家協会を代表して名のりを上げ、小島氏の意見をとつて、自分の見解で戯曲構成をした。私の学的立場と多少喰ひ違ひが出来た。それは私は源氏物語を非常に愛してゐるから、如何なる形にせよ原作から遠ざかることは不満である。それ故出来上つた戯曲に不満をもつたのである。決して舟橋氏の脚本が悪いことではなく、物語的芸術価値を演劇的芸術価値に置きかへる困難さである。では紫式部学会はなぜこの様に源氏劇を後援したか。なぜ劇構成に責任を持たぬ紫式部学会が骨折るのか。それは源氏物語を一部の書斎に秘められてゐるだけではいけない。大衆のものにしたい。谷崎氏、窪田氏、晶子氏の現代訳も一つの方法だが、もつと手つとりばやくわからせるのは歌舞伎芝居で鑑賞するに越したことはない。紫式部学会が特に力を入れたことは、古代は如何にして現代に再現するかと云ふ事である。その為の舞台考証、衣裳考証等には吉村忠夫氏が私の病床を訪うて協議された。その努力に対しては学会としても責任を負ひたい。たとへば第一幕、桐壺帝の衣裳に就いて正装か略装かについて考へた。夜のおとどから出て桐壺の更衣を見舞ふのであるから、正装ではなく袿姿にした。又十一歳の光君は少年であるから、みづらに髪を結つて着物は何を着せるか。（これは水干をきせる）。元服後は何を着せるか。（これは直衣を着せる。直衣は神主が着てゐるやうなのではない。源氏絵巻からとって割りふりして新しく作るのである)。四宮の入内の時の服装の考証にも苦心した。隆能源氏の考証をして裳が二重になってゐる。上裳、下裳二重になって正装をこらしてゐる。花道をしづしづと登場するこの服飾をよく観賞してほしい。

空蟬、夕顔の着てゐるのは小袿である。夕顔の巻に(新講源氏物語八三頁)

「門は蔀のやうなるおしあけたる。」

これは「あけたる」か「あげたる」かのよみ方でちがってくるが、これを「あげたる」の形にして舞台の装置とした。これは春日験記絵巻にさうした門がある。又遣戸口からめのわらはが出て来る。即ち「きなるすずしの一重袴長くきなしたる」は一重の所で区切るべきである。即ち一重の黄なるすずしである。袴が黄色ではないのである。藤壺が出家する様子はいろいろの参考文献を見た。堤中納言物語等いろいろからうであったか、どうであったかとその場面を考へたのである。

このやうに我々は舞台に現はす為に本文と取組んで、古代を可能のかぎりあらはすのに学会が参与してゐる。若し隆能源氏、紫式部日記等の絵巻がなかったなら、幻影を開くことが出来なかったらう。

筋としては桐壺を簡略にして、須磨までにしたかった。小さい過ちの為の人生の苦悩、一人は尼になり、源氏は須磨に行って罪をつぐなふ。そのモラルの一貫性を持ちたかったが、この度の上演は藤壺出家で終ってゐる。

どうか藤壺物語(薄雲の巻)迄の源氏物語の本文をよく研究なさってほしい。(二月二十四日紫式部学会主催源氏物語特別講演会にての講演筆記責任在記者)

(東方文芸二六・三)

源氏物語の上演

○

世界最古最大の長篇小説「源氏物語」が、いよいよ上演されることになつた。去年の春ごろこの企画がたてられた時に、各界の代表者があつまつて意見を交換したことがある。その席上、小島政二郎氏は、声を大にして、舟橋君、学界のやかましい意見などは一切かまはず、君一人でやり給へと激励された。さうして、その言葉の通り、舟橋氏一人でやつてしまはれたのが、このたびの脚本である。脚本に関するかぎり、すべては舟橋氏一人の功績である。

この脚本にはしかし批判の余地はあるであらう。正直なところ、わたくしにもないではない。だが、演劇のやうな総合芸術に対して、わたくしのやうな素人が、軽々しく口を出すべきではない。それに、この芝居が源氏物語の普及化に貢献することはたしかであつて、紫式部の霊もきつと喜んでゐるにちがひない。ありがたいことである。アーサー・ウエリーさんの英語訳には、省略もあり、ずゐぶんまちがひもあるが、しかし、源氏を世界古典の祭壇にすゑてくれた恩は大きい。小さな欠点をひろひ出して、冒瀆よばはりをしてゐる時ではない。この脚本も、やはり、さういふ意味のものであらうと思ふ。

○

この芝居では、桐壺の巻から賢木の巻までが扱はれた。一体、源氏については思想性がないとか、劇的葛藤がないとか、色々いふ人があるやうだが、さういふ人は、この物語を通読したことがあるのだらうか。こんなところで講釈めいたことをいふのもどうかと思ふが、一体この物語は三部作と見るべき作品なのである。つまり、第一部は藤壺とよばれる美貌の后（二十二歳）と、光源氏とよばれる皇子（十七歳）との宿命的な悲恋を語る。藤壺は、さけえないもののまぎれに、その愛人の子をうみ、一生を苦悶の中におくる、つひに黒髪をきつて懺悔の生活に入る、源氏もまた贖罪のために須磨に引退するといふ運命とかなしみとを語つてゐる。第二部は、光源氏の若い妻女三の宮（二十二歳位）と、右衛門督（三十二歳位）との、これもまた同じやうな宿命的な愛恋を物語る。源氏は、ここで、青春時代に自分のをかしたと同じ罪のすがた、いはば、自らのゑがく地獄変相の絵図を見る。第三部は、不義の子として生まれた薫の君が、父源氏からつづいてきた宿業に生き、愛人の浮舟と離れ離れになりながらも同じ永遠のすくひをもとめてさまよふ、といふ筋である。

作者は、恋愛と、死と、死を超えるものとの三つの対象をゑがいてゐるが、それらをつらぬくものは、藤壺と源氏との運命的な恋愛が、どのやうにその生涯と死後とを支配するかといふ課題である。人間の苦しみは、はたしてどこで救はれるだらうか。五十四帖の大小説は、神への思慕と、人間への執著との中に、大きな疑問をのこし、漂渺とした余情を後ろにひいて、終るともなく終る。

源氏物語の作者は、藤壺の物語を主流とし、これに紫の上といふ女主人公の物語を重ねあはせ、その上に明石の上といふ女主人公の物語をからませ、さらに雲井雁と玉鬘との二人の女主人公の物語を二重うつしにしてゐる。作者は、それらの物語の上に、また空蟬、夕顔、末摘花といふ三人のあざやかな女性のすがたを浮彫にした短篇物語をさし入れた。この野心的な工作のために、かへつて源氏物語の長篇的な性格は弱められた。源氏物語の第一部には、かうした構図の弱さを否定しえない。

○

このたびの芝居では、第一部の前半が上演される。空蟬の巻と夕顔の巻は、あとから追加したもので、藤壺の物語の本筋ではない。それらは、一幕物として、それぞれ独立してもよいものである。高橋常務から聞いたことだが、大谷社長は、脚本を見て、空蟬、夕顔の部分はなくてもよいではないか、といはれたさうである。一目で、その孤立性を直観されたのだらう。えらいものである。多年の間、一道に鍛へた「勘」の力といふものは、物の底まで見とほすものらしいと感心したことである。

舟橋氏も、もちろん、その点には気づいてをられたことだらうが、多くの人々の親しんでゐる部分でもあり、また劇的効果もある花やかな場面なので、すてがたくて採用されたのであらう。その意向はよく分る。しかし、誰にも岡目八目といふことがある。失礼ながら、もし、わたくしが勝手に構想をたててみたとするならば、どういふふうにしたであらうか。まづ桐壺更衣のことははぶく、藤壺参内のあたりからはじめる、もとあつたらしい「かがやく日の宮」といふ巻の内容を想像しながら、藤壺と源氏との交渉をもつと詳しく説明する。そして、空蟬の巻ははぶき、夕顔の物語だけは藤壺の物語に関係づけながら挿話として取扱ひ、若紫、紅葉賀、賢木の巻々から、さらに進んで須磨、明石の巻にまで、藤壺を主としてすすめて行つたであらう。これは、もちろん学究者のひとりごとである、そのつもりでき き流していただいてよい。

○

藤壺の物語は、時勢の圧力のために、谷崎潤一郎氏の全訳にも削除を余儀なくされた部分である。今度の芝居は、藤壺落飾の場面を重く取扱ふことによつて、その筋は、世間が大騒ぎをしたやうな猥俗なものではなく、むしろ女人として負ふべき深い苦しみと、切々たる哀しみと、高いモラルとを示したものであることを、人々に知らせるにちがひない。もし須磨、明石の巻まで上演されたならば、源氏自身も、暴風雨の海岸で、生死の境界にまで追ひつめられる運命の中に、原作者の抱いた高邁な精神を、一層徹底して示すことができたであらう。

○

ついこの間、能弁な女学生がやつてきて、源氏物語には思想性がない、劇的危機がない、深みがない、などと、誰かのいひさうな議論をはじめ出したので、さうだね、鐘はうつ人の力に応じて音を出すものだからね、と答へたら、意味が分つたか、分らなかつたか、さうですわ、さうですわ、と感激しながらかへつていつた。やはり、女学生は女学生である。無邪気なものだ。たわいのないものだ。

○

ともかくも、待望の源氏は上演される。この芝居は、昼夜つき通して大々的にやるべきです、公明正大な総力を結集してやるべきです。興行的には必ず成功しませう、源氏であるかぎり、失敗するわけがない、しかし、文化史的に見て、意味のあるものにすることができるかどうか、それは、当事者の古典愛と責任感とにかかつてゐるでせう――とは、去年、はじめて松竹の首脳部の人と面会したときに、口にしたわたくしの最初の言葉である。今日といへども、わたくしの信念にかはりはない。

○

監修といひ、脚色といひ、装置といひ、演出といひ、第一流の方々である。それらの方々のお名前で人気が出るにちがひない、といふことも考へられよう。が、それはかりだと思つてはなるまい。事態はさう甘くはない。「源氏物語」そのもののもつ底知れぬ力といふものが、ぐつと大きく人々を動かしてゐるといふことを、わたくしは信ずる。われわれは、はたして、責任をもつてなすべきことをしてきたか、――千年に一度出るか出ないか分らぬやうな、この大古典の前に、協賛者として名をつらねた一団体としてのわれわれの学会は、いまこそ静かに内省に沈むべきときである。（二月二十五日記）

（歌舞伎座二六・三）

「源氏」をみる

歌舞伎座の「源氏」は、いろいろ批評もあらうが、まづ成功だと思ふ。久保田さんや、吉村さんの御苦労をお察しする。わたくしは病中ながら、ただただ大古典のために、とのそれだけの初一念で行動した。病室がいつの間にか参謀本部のやうな形になり、がんこな学究でつき通してしまつた。舟橋氏をはじめ、朝日や松竹の方々に、あらためておわびを申し上げる。さいはひ装置の吉村さんと演出の久保田さんとが、わたくしの意見をとりいれて、陰翳のふかい古典的古代の絵巻物を、近代の感覚と知性とにおいて、豪華に展開して下さつた。

この劇は、何分にも二十年間にわたる事件を内容としてをり、それに主要テーマから少しはづれた一幕物的短篇の空蟬、夕顔の物語がわりこんでゐる上に、さらに時間の関係上散々カットされたので、話のすぢがよく通らぬといふ欠点があるが、それは、率直にみとめなければなるまい。

猿之助の桐壺帝は、正直なところ随分懸念したが、さすがに多年きたへた演技は、その危虞を完全に克服してゐる。天子の尊厳は決して冒とくされてはゐない。むしろ人間性がこの天子の姿を高貴にしてゐる。梅幸の藤壺は、登場の機会が少く、しかも、この劇での最も重要な人物である。微妙な心理表現にいたましいまで苦心してゐることが分る。悲しい宿命に生きた美貌の后を、ここまで演じおほせた梅幸の精進はみとめてよい。

海老蔵の光源氏は、源氏に対するわれわれの幻想が美しくありすぎたために、さぞむつかしかつたであらうが、さすがによくやつてゐる。わたくしは、この人が、この大役を引きうけた時の真摯な敬けんな、命がけの気持に、悲壮なものさへ感ずる。松緑の頭中将、これはあらゆる点から、間然するところのないはまり役である。堂々たるものだ。笑猿の光源氏、紫上、男女蔵の典侍、六条御息所、福助の夕顔、いずれも好演である。他の人々もすべてよい。

どの芝居でも同じことだが、特に源氏のやうな、絵巻物的演劇構成においては、一人一人の人物は、総合美のための、なくてはかなはぬファクターである。役不足とか何とか、小乗的な考へ方は、ここでは一切すててもらはねばならない。そして、今後の源氏劇の完成のために献身してほしい。

ある学生がやつてきて、自分は文学としての源氏の世界に幻想をもつてゐる。その幻想をけがしたくないから、劇は見ない、といふ。思ひあがつた料簡である。「古代」を知ることなしに、何の幻想だ。そんなあやしげな「幻想」などに、一人よがりをしてゐるひまがあれば、謙虚に隆能源氏でも見るがよい。古代の風俗と人間像とを、色彩と光線と音楽とにおいて象徴化しえた、この劇でも見るべきである。君の「幻想」が、てんで問題にならない、愚にもつかぬものであつたことが、きつと分つてくるであらう。

（家庭朝日二六・三・一七）

「源氏物語草子」を読む

舟橋聖一氏の「源氏物語草子」は、最近わたくしの読んだものの中で、最も面白く、かつ、有益な本の一つであつた。

「源氏物語草子」は、舟橋といふ作家の眼にうつり、心に映じた源氏物語的世界の新しい構成と表現である。研究ともつかず、評論ともつかず、随筆ともつかず、小説ともつかない一種独特な新しいスタイルによつて、昭和源氏物語を創造してゐる。舟橋氏らしい解釈が実におもしろい。「草子」とは、さうした意図をあらはしたものと思はれる。

舟橋氏は、この原稿を書くに先立つて、わたくしにも資料の点で援助を求められた。「太液の芙蓉、未央の柳云云」のところで、白氏文集にぶつかられたときにも、早速、長恨歌に関する参考文献はないかときいてこられた。そこで、書架をさがして見たが、あいにく、たしかにある筈の「長恨歌伝」や「長恨歌絵抄」など、どうしても見つからない。そのことをつたへると、氏は、すぐ全市の古本屋をあさりまはるといふ熱心さを示された。こんなふうに、中々勉強してをられる。さういふ氏の苦心を誰が、知つてゐるであらうか。

国文学者の中には、舟橋氏の見解の全部を承認しない人があるかも知れないが、どんな学者に対してだつて、反対説は立てられよう。わたくしとしては、「舟橋説」として、注釈史の上に記録してもよいものがあるとさへ考へてゐる。その一例をあげよう。それは、桐壺帝が最愛の更衣を喪つて、悲歎にくれてゐる時に、古くから仕へてゐる典侍が先帝の四の宮を推薦する。そこで帝は、「ただわが女御子たちの同じつらに思ひ聞えむ」と懇ろに入内をすすめる、そこの解釈についてである。従来の注釈史を見ると、どの注も、「入内」といふこと自体が結婚を予想してゐるから、ここも当然女御（天子の妻妾の一種）たることを承知しての輿入だと説いてゐる。ところが舟橋氏の解釈は面白い。「女御子たちの同じつら」――「内親王と同列」――とは養女のやうな立場といふことで、結婚といふ意味のものではないといはれる。これは氏の新説である。「つら」といふ言葉は、源氏物語五十四帖の中に、桐壺のこの場所のほかに、合計二十箇所にあらはれてゐて、それらの用例を吟味してみると、同列、同様、同じ仲間、同じ並み、同じ種類のものなどといふ意味に解すべきで、その点からいへば、舟橋氏の説にまちがひはない。しかし、「みこのつら」――皇女と同列――といふことは、だからといつて、すぐさま夫婦関係のない親子関係だときめてしまふわけにも行かない。古注は「入内」といふ儀式自体が結婚を予想してゐるから、この場合皇女と同列といふのは、夫婦関係の有無にかかはらず、四の宮に対する帝の親愛の気持の表現だとしてゐる。しかし、女御といふのは後宮の位で、入内後にきまるものである。女御といふ位をえてから入内するのではない。また、かりに桐壺帝の意志は古注の通りであつたとしても、全く世間を知らない十五六歳の無邪気な四の宮の娘心としては、夫婦関係などといふことは全然夢想もせず、ただ言葉通り養女といふつもりでゐたのかも知れない。ことに平安時代の内親王は、未婚のままで一生をおくられる方々が大部分であつたといふ歴史的事実もある。舟橋氏は、さういふことを考証されたかどうか分らないが、作家の直観力で、この初心な乙女の気持の奥底を見ぬき、感じとつてをられるのではないか。

（文芸二六・五）

源氏物語の現代訳

――与謝野・窪田・五十嵐・谷崎・舟橋氏の労作――

○

歌舞伎座の三月興行に源氏物語が上演されたのを機会に、この古典に対する世間一般の関心は急に昂まつてきたやうである。まさに源氏時代といつてもよいほどである。この現象には、一面には好ましからぬ性格もないではない。流行化や、商業化に対しては十分厳戒を要する。しかし、大局から見ると、先づ喜ぶべき現象といつてよい。この機会に、今まで知られなかつた源氏物語の価値が、ともかく一応知られるであらうと思はれるからである。

源氏物語の偉大さは、実はもつと早く理解されてもよかつた。それがさうでなく今日に及んだのは、われわれ学究者の無力、すくなくとも、普及化の仕事を学者らしからぬ俗事のやうに考へる封建的な習慣が、原因をなしてゐたと思ふ。学究者は勿論学問研究を本領とすべきであらうが、同時に普及化のための指導的立場をとることも、望ましいことである。われわれが、研究に精進してゐるといふ自信さへもつてゐれば、進んで普及化のために協力してよいのではないか。

そのこと自体が社会に対する一つの義務でさへあるとはいへないであらうか。特に、流行化の危険の感ぜられる今日においては。

歌舞伎座の興行実績を見て、にはかに企画されるやうな見えすいたものに対しては、「流行」の圏外にあるものとして価値を与へることはできない。さうした動機には共鳴し難いものがある。しかし、摸倣や追従ではなく、独創的な熱意をもち、しかも全心全霊をうちこんでなされるやうな仕事に対しては、たとひそれらが同じ種類のものであるとしても、敬意を払はずにゐられない。与謝野晶子、谷崎潤一郎、窪田空穂、五十嵐力四氏の現代訳の如きは、まさにさうした注目すべき業績といへると思ふ。

○

与謝野晶子の現代語訳は、何回かの修正増補をへて今日に至つたものであるが、その最初の執筆は、明治の末年、彼女の三十歳をすこしこえた頃であつたやうである。今日、現代語訳をしようと思へば、谷崎氏や窪田氏などのすぐれた全訳があり、金子氏や吉沢氏の全注もあるのだから、それらを土台にすれば、女学生にも一応のことはできないでもない。晶子は湖月抄か岷江入楚ぐらゐしか適当な参考書のなかつたころ、この大古典の翻訳に着手してつひに難事を遂行した。彼女は、女性の心理において女性の心理を見、原作者の境地に入り、そこから彼女自身の語彙と文章様式とを創造し、大胆な再現を試みてゐる。この仕事は誰から頼まれたのでもなく、彼女自身の熱意によつて着手され、しかも生活と闘ひながら強行されたものである。彼女は、この尊い仕事の中から、古典の精神を身につけ、「女歌」のいのちにふれた。晶子はいはば源氏とともに成長したといふこともできよう。彼女の新訳が、今日なほ不滅の魅力をもつて読者に迫るのは、このやうな真摯なものがその仕事の根柢にあつたからである。

窪田空穂の訳は、以前にその一部が改造文庫に発表され、後、昭和二十三年三月から、改訂の上全訳として刊行されたものである。窪田氏は歌壇の巨匠であり、抒情と叙事と渾然とした源氏物語の文体に強い憧憬を感じ、その豊かな作家的体験と、正しい古典的知識とを傾けて、全訳をおし進めて行かれた。作中の和歌や難語に対しては、各帖の巻尾に、細注を加へ、読者の理解に便し、晶子の訳とは性格を異にして、逐語訳といふ形式をとられてゐる。この態度は、原作を尊重するといふ敬虔な心情に発するもので、学者としての氏の性格の一面を示してゐる。氏は、伊勢物語や古今集や新古今集や万葉集などの研究を発表してをられるが、これらの研究は源氏物語の訳とともに、芸術家としての氏を育てたと思はれる。訳文の中に、誠実さが示され、そこに氏の人柄を見ることができる。

○

五十嵐力氏の訳は、第二巻（明石の巻まで）が昨年の一月出版されたままで、それ以後は中絶してゐる。をしいことである。わたくしは、氏の在世中から、親しく交はつた関係上、氏がどのやうに源氏に傾倒し、その研究を生涯の仕事として努力されたかを知つてゐる。晩年病床にありながら、なほ病ひをおしてこの全訳の筆をとられた。それは悲壮であつた。文章は原文の一字一句をも省かず、原意の一点一画をも曲げずして、ありのままに全部を訳するといふ方針をとられ、時には適当に筆を加へ、引用成句の補注を添へるなど、学者らしい忠実さを示された。氏は、修辞学や、文章論については別に業績もあり、さういふ方面の識見の持主であつて、訳にはそのやうな特色が著しい。三巻以後の刊行が待たれるのである。

谷崎潤一郎氏の訳は、先年中央公論社から出版され、洛陽の紙価を高からしめた名訳である。この訳は、谷崎氏が至誠と熱情とのすべてを傾けて完成されたものであるが、山田孝雄博士がその訳文の全面にわたつて校閲されたことは、この訳に学問的な重さを加へるものであつた。しかし、その当時の社会情勢は、源氏の完訳を容認しなかつたので、藤壺の物語が削除されるなど、遺憾な点もあつた。氏はその後、新訳のことを企て、旧訳において省かれた部分を全部補ひ、さらに全体にわたつて修正加筆されて、ほとんど完璧ともいふべき新訳を完成された。その新訳は目下刊行中である。われわれがこのたびの新訳について深く心をうたれたのは、氏がいかに敬虔真摯な態度で大古典に向かはれたかといふ点である。新進有能の若い源氏学者三人の協力をもとめ、再度山田博士の審閲を乞はれるなど慎重を期し、しかも全責任を負うて鏤骨の精進を重ねてをられる。この新訳は「ものがたり」といふ特殊な様式の文体の神髄にふれてゐる。原作の文体にひそむニュアンスは、驚嘆すべき正確さをもつて、現代に生かされてゐる。紫式部は偉大な長篇作家であるが、谷崎氏もまさに式部に比肩すべき大作家である。おそらく、当分は、これ以上の名訳を期待することは困難であらう。

○

われわれは、源氏物語の現代語訳として、与謝野、谷崎、窪田、五十嵐四氏の労作をもつ。これらは、それぞれの訳者が一生（ライフ）の仕事（ワーク）として、精魂をうちこまれたもので、みな個性的な特色をもつてをり、立派な業績として推称すべきものである。いかなる人でも、これらの労作に等級をつけることはできまい。ばらにはばらの美しさがあり、さくらにはさくらの美しさがある。その美しい特性をしかととらへ、各人の好むところに従ふよりほかはないと思ふ。もちろん、いかなる人の訳でも誤りといふものがないわけはない。また、古来不明とされてゐる箇所も少くないし、訳文にも、人によつていろいろな表現が可能である。瑕瑾をさがし出して、とやかく文句をつけるのは、笑止千万である。児戯にすぎない。狭量も甚だしい態度である。

以上のべたのは、代表的な現代語訳の労作についてであつた。このほかに、訳ではないが舟橋聖一氏の源氏物語草子がある。氏の古典教養と、作家的才能とは、よく源氏の本質に迫るであらう。桐壺の巻は既刊、以後は「文芸」に連載中である。また某社においては一年前から映画化の企画をたて、爾来営営として真摯な準備を進めてゐる。その良心的な努力には期して待つべきものがある。

ただ、警戒すべきことは、これらとは別に、単なる営利を目的とした種々一夜づけの企てが続出、擬古典復興の形で、源氏流行時代を招来するきざしの見えることである。このやうな無気力にして不純な源氏氾濫に対しては、厳重な監視が必要であらうと思ふ。

（出版ニュース二六・六）

新藤・吉村源氏考

映画『源氏物語』を見て

三代八十年にわたる大長篇の源氏物語を、二時間内外の映画にまとめるといふことは、不可能に近い難事である。しひて企てるならば、空蟬、夕顔などの短篇的な巻を単独にまとめるか、または、五十四帖の巻々にわたつて絵巻物のやうな場面的なレヴュー化を試みるか、あるひはまた、物語の主要テーマを大きくつかんで再構成するか――の三つの方法が考へられようか。

数百万といふ大勢の観客にむかひカメラといふ機械を通して、きはめて短小な時間の制約の中で、直接何物かをうつたへようとする映画は、文芸とは全然異なるジャンルの芸術である。新藤・吉村源氏が、現代人の感覚と世界観とにおいて、大胆な再構成を企てることにより、原作の精神を、より端的に示さうとした意図は是認されてよい。

原作源氏物語の他芸術への第一の展開は隆能源氏絵巻であつた。従来の源氏物語観のオーソドックスは、この隆能源氏的イメージのわくから一歩も出なかつた。が、新藤・吉村源氏は、あへてそのわくを突き破らうとしてゐる。美しい雛人形の代りに、なまなましい個性的人間の体臭を、歴史的現実の中に感じとらうとしてゐる。これは源氏解釈への革命であらう。このリアリズムが果して正当か否かは別としても、新藤・吉村源氏は、その年次、事件、人物の関係や性格などの思ひきつた改変のゆゑに、保守的な源氏学者から抗議を受けるかも知れない。新藤・吉村源氏は、彼らに具体案の提示を求める前に、先づ謙虚にそれらの批判をきくべきである。

筆者は、シナリオ第一稿から第二稿にうつる時に、新藤・吉村両氏から熱心な相談を受けた。藤壺と光源氏との宿命的な恋愛を軸として、一夫多妻の風習に生きた女性たちが、どのやうに純粋なものを憧れて苦悶したか、摂関体制下に展開される貴族の相剋と庶民の生活とが、どのやうな意味のものであつたかなどの歴史的な現実を描き、原作の底に流れるヒューマニスティックな精神を高揚しようとする熱意には全面的に同感した。しかし、出来た映画を見ると、必ずしも十分満足しきれないもののあることも事実である。風俗、習慣、言語など生活の諸方面にわたつて、時代考証に疑点があるのみならず、シナリオでは気づかれなかつた点にも、形になつてはじめて不満に思はれる個所がないではない。たとへば藤壺と源氏との恋愛の必然が十分説明されてゐないなど、その一である。また源氏物語の美の本質をなしてゐる象徴性や抒情性の稀薄な点なども、今後慎重に再考すべき新しい話題となるであらう。

しかし、映画源氏物語は、大映が社運をかけた冒険的企画であり、日本映画界にかつてなかつた良心的な大事業である。日本古典の復興と宣揚のためにささげられた至誠と努力は、何人にも率直に認められてしかるべきであらう。

（毎日新聞二六・一一・一）

歌舞伎の源氏と映画の源氏

わたくしは、松竹の演劇源氏物語にも、大映の映画源氏物語にも、源氏を研究してゐる学究者といふ立場から、始終相談をうけてきた。この経験は、演劇といふもの、映画といふものの性格を考へる上に非常に有益であつたばかりでなく、源氏物語といふ小説の性格を考へる上にもまた極めて有益であつた。

源氏物語といふ長篇を、五時間または二時間の演劇および映画にまとめるといふことは、不可能に近い難事である。この難事をしひて強行しようとするならば、おそらく三つの方法以外にはあるまいと思ふ。すなはち、その一つは、空蟬、関屋の巻々とか、夕顔、玉鬘の巻々とかのやうな短篇的な内容のものを、単独に立ててまとめる方法である。これはまとまつたものはできるが、「源氏物語」の名を冠するには適当でない。今一つは、各巻の中で、面白さうな部分を絵巻物ふうにカットしてレヴュー化する方法であるが、これは活人画程度のもので劇にはなるまい。最後は、源氏の主要テーマを圧縮して、劇または映画芸術として再構成する方法である。舟橋氏の脚色も、新藤氏のシナリオ化も、すべてその線にそうたものであつた。

ところで、演劇の場合は、五時間といふ時間が許され、色彩や光線による演出効果も可能であつた、再構成するとしても、かなり原作に忠実に脚色することができる。一方映画の場合は時間的にも半分以下であり、色彩の効果は不可能であつて、しかも演劇の場合のやうなかぎられた観客ではなく、教養の程度を異にする数百万の観衆を予想しなければならない。しかも、映画は、その本来的な性格からしても、リアリスティックでなければならない。大体において演劇の方は、隆能源氏絵巻を目標にして、抒情性を強化してよいのであるが、映画の場合は、絵巻的イメージをつき破ることが要請されてゐる。演劇では夢幻の世界が許されても、映画では現代における意味が主張され、現実的世界が重んぜられて、夢幻の世界は一応拒否されるのが自然であらう。夢幻を取扱つた映画もないではないが、源氏物語の場合はたしてそれでよいかどうかは、大いに疑問である。

演劇と映画とは、結局性格を異にする芸術様式であり、しかも、この二つの様式は、より高い次元において、文芸と対立する様式であるといはねばならない。従つて、演劇も映画も、古典文芸としての源氏物語とは全く異なるものであり、その構成には、それぞれ独自の解釈が加へられ、新しい意味が創造され付加されるべきである。特に映画源氏物語においてはさうでなければならない。
われわれ古典文芸の研究者は、さういふ意味で、これらの芸術に対しては寛容であるとともに、それだけに自己の研鑽に対してはいよいよ峻厳でなければならぬと思ふのである。

（早稲田教育二六・一二）

古典の復興について
――浪速なる友へ――

「白珠」も隆々としてお盛んで、わたくしも遠くからよろこんでをります。栄えるものを見るといふことは自分にとつてゆかりのないことであつても、たのしいものです。まして白珠は、わたくしにとつては、久しい以前から他人とは思はれないなつかしい人々の集ひです。東の都からはるかに讃歌をお送りいたします。みな様の御自愛を祈つてやみません。

本年は、文壇にも、歌壇にも、そしてより以上に、教育界に、「古典」が論議されはしないだらうかと予想されます。敗戦後六ヶ年、混乱と自嘲の中から、祖国と古典とが生きかへらうとしてゐるやうに感じられます。源氏物語が流行化しさうな傾向もありましたが、流行といふ狂噪の中から、ほんたうのものが生まれようとしてゐます。その流行から、けはしく自己を対峙せしめる意志をもつて、孤愁の旅をつづける人もありませう。流行の驟雨のすぎ去つたあと、その大地から芽生えてくるものに、わたくしは期待してをります。古典はルネッサンスの時代の精神が発見した「人間」のすがたであり、「近代」のすがたであり、「世界」のすがたであつたと思ひます。西洋の文化史は、「ギリシャ古典すなはち近代」への回帰によつて展開してをります。古典を身につけることは、近代を身につけることにほかならぬと思ひます。すくなくとも西欧においてはさうであつたと思ひます。

ある人が、君は古典といふことを口にするが、近代の人間形成が古典によつてなされてゐると思ふのか。日本には、少くとも近代の日本には、古典などといふものはありはしないのだ。岩波文庫の赤帯がどんなに売れてゐて、黄帯がちつとも売れないといふことが論より証拠だ。源氏が流行してゐるやうだが、あれだつて古典文学として考へられてゐるのではない。谷崎や舟橋など変なくせのある作家の、その変なところにひきづられてゐるのだ。まあストリップを見たい気持で源氏を読んだり、映画を見たりするんだな、馬鹿馬鹿しくてお話にならんよといはれるのです。またある人は、言辞をストリップ的な興味で見てゐるともいへなからうが、しかし、今さらそんな古くさい十二単衣を着たところではじまらない、古くさいものは捨てるんだな。同じ古さでも、西洋のものはいいからねといはれます。またある人は、日本の文学を世界的なものにするためには、日本で古典といはれてゐるやうなものは、有害無用だ。よろしく焼きすてて西洋の傑作を読むことだよといはれました。

それらの人々の意見には、一応の理窟はあります。しかし、少し極端ではないでせうか。映画の観客は大変な数で、何でも八百万人とかいふことです。谷崎さんの源氏でも、十万部以上も出てゐるとか聞いてゐます。しかも、ストリップの劇場では、あの手、この手で、死物狂ひをしてゐながら、一体どれほどの観客をよびつけてゐるといふのでせう。ストリップを見に行く気持と、源氏の映画や演劇を見に行く気持とは別でせうと思います。また古典は何も古代の生活をくりかへすことを求めてはゐません。今さら十二単衣でもないやうに、エリザベス女王の王冠をかぶつて見たいとも思ひません。そんなことはつまらないことであらうと思ひます。わたくしどもは、日本のほかに生きて行く土地をもたない人間です。破れた国土ではありますが、それだけに愛執の深い祖国です。この国のほかに、どこにわたくしたちを容れてくれるところがありませう。わたくしたちが、古典をもつことは、すこしも間違つたことではなく、正しいことであります。いやしくも古典の名に値するやうな作品は、そのままの姿において、世界の、人類の高貴化に参与することができます。国民的であり、民族的であるとともに、世界的であり、人間的であると信じます。

忘れられてゐた古典を、もう一度考へて見たいものであります。さうして、幸ひにも、さういふ機運が、どこかに搏動してゐるやうに思はれます。「古典とは何か」といふ根本問題に対して、先づ教育界に若々しい探求の精神がめざめてくるものと期待されます。古典に最も密接なつながりをもつてゐる歌壇にも、やがて澎湃とした新運動が展開してくるのではないかと予想されます。古典復興といふことには、いろいろな本質的ならぬ夾雑物が入りこんできます。この古典の新生は、正しく見守られ、育てられなければなりません。

「白珠」は、古典的抒情と近代的知性との調和を目標として努力精進をつづけてをられる結社です。この際、正しい動きのために、奮起されんことを祈ります。わたくしも「白珠」の衛星の一つとして、感激をもつて反響（エコー）をかへしたいと思つてをります。重ねて「白珠」の発展を祈ります。

——昭和二十七年一月二十日——

（白珠二七・五）

日本古典の映画化

先年、映画の「源氏物語」の試写のあとで、ある新聞から感想をもとめられたので、自分としては三代八十年にわたる大ロマンスを二時間内外の映画にまとめるなど不可能だが、しひてやるなら、夕顔、末摘花など短篇のものを単独にまとめるか、または全体にわたつて絵巻物ふうに場面的なレヴュー化を試みるか、あるひはまた物語の主要テーマを大きくつかんで再構成するか、その三つの方法がありさうだが、どちらにしても「源氏物語」の名を冠することはどうだらうか、この映画は、第三のやり方をえらんでをり、しかも原作には明示してない現実的なものをとらへ、生きた人間の体臭までも感じとらうとしてゐる。このリアリズムがはたして正しいかどうかは別であるが、古典を現代に生かす一つのあたらしい分野を示唆したものである。しかし、源氏物語の美の本質はむしろ象徴とか抒情とかにあるのだから、さういふ点でこの映画はきびしく批判されてしかるべきだらう――といふ意味のことをのべた。

つぎに「西鶴一代女」の試写の際の批評会では、自分は、この映画は決して西鶴そのものの複製ではない。しかし老練な着眼とアレンジには驚嘆すべきものがある。自分としては、サブタイトルに「女性はいかにして今日の自由を獲得したか」とでもつけてほしかつた。封建的なものにしひたげられた女性のかなしみを、西鶴とはちがつた方向から描くことによつて、現代に生かした秀作だと思ふ――といふ意味のことをのべた。

つぎに「雨月物語」の批評会のさいには、この映画は秋成の原作そのものの注釈ではなく、二つの物語の巧みな組合はせによる野心的な創作であるが、そのために、たとへばいんたうな女へびの愛欲としてはじめてうなづけるものが、武将の姫君の亡霊としては邪いんと執念との説明に無理が生ずる。しかしこの映画はかへつてそこを契機に現代の世相と関心とに結びつけようとしてゐる。画面にただよふ詩味と抒情とを高く買ひたい――といふ意味のことをのべた。

そこで、ふりかへつて「羅生門」「源氏物語」「西鶴一代女」「雨月物語」といふふうに見て考へられることは、まづ映画芸術は文芸作品の単なる注釈ではないが、古典の名でよばれるほどの作品には、たやすく登ることのできない高さがあることを強く意識してゐたいといふことである。つぎに日本古典には伝統の性格として抒情の美しさがある。

その性格は決して軽んぜられてはならない。それは西洋からの借りものではない。映画の当事者は、謙虚な、そして敬けんな気持で、ひろく古典研究者の意見をきいてほしい。そのことは、結果をより立派にする力にこそなれ、決して妨害にならないといふことである。お互に誠意をもつて協力しあひたいものである。

（北国新聞二八・九・一八）

古典はけがされたか

源氏物語「浮舟」上演に関連して

この数ヶ年の間に、古典「源氏物語」は、演劇化・映画化などの企てにより、いろいろ新しい問題をひきおこしたが、さういふ企てが、だいたいにおいて原典に忠実であらうと努力してゐたことはみとめられねばならぬ。しかし、古典文芸を、演劇の形で現代に生かすためには、どうしても原典に対して手が加へられねばならず、その手の加へ方に対しては、各人各様の意見があるはずである。古典の親衛隊員をもつて任じやすい学究者のなかには、右のやうな企てに対して、かなり厳しい批評を下す人もあり、またその論旨には傾聴すべきものがあつた。筆者自身にも、一貫して原典護持？　の気持が動き、そのためによくヤツカイ者あつかひされてきたが、この、やや志士的な気持は、原典研究に生きてゐる学究者の潔癖として大目に見てもらはねばならぬ。

従来、源氏物語を素材として劇構成をはかつた作家は、舟橋聖一氏にしても、番匠谷英一氏にしても、榊原政常氏にしても、その性格や規模に相違はあつても、原典に忠実であらうとつとめる点においては一致してゐた。これに対して、さきの新藤・吉村両氏のシナリオや、最近の北条秀司氏の戯曲には、むしろ創作に近い性格が見られた。北条氏の場合には「脚色」といふ用語をさけ、あへて「作並びに演出」といふ用語によつて態度を明らかにしてゐる。古典の劇化に対する現代作家の一つの方向がうかがはれてはなはだ興味ぶかい。

北条氏は源氏物語宇治十帖の女主人公の浮舟と、彼女をもとめる二人の貴公子とを、必ずしも原典にあつかはれてゐる通りではなく、氏自ら想ひゐがくすがたにおいて今日の舞台に生かさうとしてゐる。女主人公の浮舟は、原典とは正反対に、ピチピチした東国そだちの野生的な少女として、またその実母の中将は世にもまれないんたうな女としてゑがかれ、母性的なものの一切が除去されてゐる。匂宮や薫大将の性格や言動にもかなりの変改が強行されてゐる。その点では原典に忠実であるとはいへない。

宇治十帖の悲劇といふものは、前の四十四帖からきりはなして考へられるものだらうか。浮舟の死は、はるかに女三宮や藤壺の生がいのかなしみにつらなるものである。ここだけの三角恋愛のハタンとして単純にわりきれるものではない。それはずつと複雑なものをつつんでゐる。ここには、女性の、人間の、深い深い罪業、宿命の哀しさ、さういふものを通じて、時代の苦悩が語られてゐる。宗教の世界につづくやうな、漂渺とした神秘な余韻がひかれてゐる。「浮舟」の戯曲構成は、原典のもつ重大なものを割愛して、舞台と筋を単純化した。太い一本の線でカツトウをもりあげ、悲劇的破局に導くやうにアレンジしてある。これは、劇芸術としては、やむをえなかつたであらうが、なほ原典に即して一工夫を要する点はなかつたであらうか。もちろん、舞台の上に王朝絵巻をくりひろげる必要はないが、劇と絵画と音楽とを総合して原典に近づける正常な努力の余地はあつたと思はれるが、どうであらうか。

ところで、この戯曲は古典源氏物語をゆがめたりけがしたりしてゐるであらうか。一たい古典といふものは、享受主体に応じて生きかへるものだし、享受者は自分の幻想だけが原典に忠実だと過信しやすいものだが、原典の真実ほどあいまいなものはない。テクストも注釈も、幾世紀かにわたる歪曲を集積して今日に及んでゐる。さういふ点からすると、映画源氏物語や、このたびの「浮舟」にかぎらず、現代化の試みはことごとく原典をゆがめてゐる。新しい解釈を加へ、現代人の理解と鑑賞にたへるやうにするためには、いきほひ原典に対して手を加へねばならず、手を加へることはゆがめることだからである。しかし、ゆがめるといふことは、必ずしもけがすといふことではない。この二つのことばの意味はきびしく区別されねばならぬ。

ただ、難解な古典が他の芸術様式に展開する場合、共通していへることは、専門学者の意見が、原典解釈に関しても、風俗、考証に関しても、そこにうたはれてゐるほど、必ずしも採用されてゐるとはいへないといふことである。作者が自分の作品に全責任を負ふ以上、それは実はやむを得ないことである。としてみれば、そんな実質をともなはない協力者の名目などは不用ではあるまいか、いざとなれば協力者も責任を負ふほどの覚悟が必要だからである。

（朝日新聞二八・七・一九）

「谷崎源氏」について

「文芸」の編集部から、谷崎さんの『新訳源氏物語』について何かかけとのことである。わたくしがその適任者だなどとはつゆ思はないが、是非とのことだし、また自分としても関心のあることなので、引受けることになつた。

戦争前のことだつたか、国際文化振興会で、ある外国の作家の来朝を歓迎する会か開かれ、そこで正宗白鳥氏にお目にかかつた。その時、正宗さんは、谷崎君が源氏物語を現代語に訳してゐるさうだが知つてゐるか、ときかれた。わたくしが、噂には聞いてゐます、たいへんけつこうなことと思つてゐます、と答へると、正宗さんは、ぼくはさう思はんね、天才のする仕事ではないよ、谷崎君は天才だから、と言はれる。わたくしも、天才だからこそやつて欲しいですね、と譲らず、そのままになつたことがある。そのことを今思ひ出しては、若かりし日の白鳥の、いかにも利かぬ気な風貌を思ひうかべる。

古典の現代語訳に訳者の独創といふことがあり得るかあり得ないか、それは当面の課題ではない。わたくしとしては、与謝野晶子の訳、窪田さんの訳、谷崎さんの訳、佐成さんの訳、それぞれに特色があることを否定し得ない。そのやうな特色は、本来ならある筈のないものだ。それが単なる現代語への置き換へである限り――。ところが、これらの諸家の訳にはそれぞれ独特の持ち味といふものがある。それは語彙・文体などは勿論、ものの考へかた、感じかた、その他広汎な範囲にわたる個性――つまり独創性の支へによるのではなからうか。

さて谷崎さんの訳のことだが、わたくしが知る限りでは、谷崎さんは万事を放擲してこの一事に専念されたし、またどんな権力にも屈することがなかつたときいてゐる。これは容易ならぬことだ。この物語の背骨になつてゐる藤壺と光源氏とのあやまちが省かれたのは残念だが、さうしなければ出版が許されない程の情勢下で、この難業は完成された。やはり谷崎さんの不屈な魂にしてよくなしえたものだ――とはいへまいか。

次に頭のさがることは、谷崎さんの原典に対する愛情と真心の篤さだ。訳者が一語々々の隅々までおろそかにせず、山田博士に文法上の疑義をただされ、それを更に自分の眼で再吟味されるなど、その精進は並大抵ではなかつたといふ。どの頁にも、さうした苦心の跡を感じとることが出来る。上すべりをするやうな点が毫もなく、どつしりとした重量感を身に感ずることが出来る。それは結局「人」によるのであらう。わたくしはやはりこれは一つの創作だと考へずにゐられない。勿論創作の定義にもよるだらうが――。源氏物語や枕草子や栄花物語などを材料として、薄命の皇后を小説に作りあげる、それは創作の名を与へられるだらう。自由に夢を語ることが出来るからだ。さういふ仕事も勿論よいに違ひない。が、谷崎さんの新訳がそれだから劣るとは、どの点からも言へはしない。また、すくなくとも源氏物語の現代語訳の仕事が、作家としての谷崎さんを育て培ふ上に豊沃な土壌となつたことは、『細雪』や『少将滋幹の母』などを一読すれば、誰にも異論はあるまい。

谷崎さんは「文章読本」の中で、文章には二つの型があることを説いてをられる。一つは情緒的な傾向の濃いもの、他の一つは論理的な傾向の強いものである。どちらがよいとか悪いとかの問題ではなく、各人の好き嫌ひによることである。谷崎さんは、自分としては前者が好きだと言つてをられる。源氏物語の文体は、近代の作家の間では、よく、悪文の標本のやうに評される。わたくしはひいき目かもしれないが、名文だと思つてゐる。これは、近代の世界文学がリアリズムの方向に発展してゐることを認めての発言である。しかし、きたるべき原子力の世界は、また新しい生活革命をもたらすかもしれず、それに伴なつて全然新しい文学が生まれるかもしれない。しかし、さういふ意味での新しさが文体の価値を決定する唯一の基準となり得るだらうか。

このやうな点に関して、源氏物語の解釈に古来二つの態度があつた。一つは俊成・定家らの態度であり、いま一つは源光行・親行などの態度である。前者は幽玄・妖艶などの理念によつて、雰囲気を重んじ、後者は意味の通り易いことを主眼とした。彼等の遺した本文や注釈によつて、その対立が知られる。その対立は、命がけの真剣な論争を展開してゐる。一例を挙げるならば、明石の巻、八月十三日の月が美しく浦々を照らす夜、源氏が明石上をはじめて岡辺の宿にたづねるくだりに、青表紙本では、「月入れたる槇の戸口、けしきばかりおしあけたり」とあり、河内本では「……けしきことにおしあけたり」とある。これに対し今川了俊は、河内本の本文には不自然な作為の跡が見えるとして斥け、青表紙本の本文を、自然で余情があるとして推奨した。またある所では、河内本の校訂者が文芸作品をほしいままに改修してゐることを指摘し、殊更自己の才覚を誇示したものと非難してゐる。因みにこの箇所を谷崎さんの訳についてみると、前の訳では「月の光をさし入れた槙の戸口を、ほんの心持開けてある」とあり、後の訳では、「月の光を入れた槙の戸口を、心持ばかり押し開けてあります」とある。青表紙本によられたものと推察される。

　くり返すやうではあるが、青表紙本を伝へた定家の門流では、古典の理解において、合理的よりもむしろ雰囲気的なものを重んじてゐる。源氏物語や伊勢物語の理解のためには、気分象徴こそ欠くべからざるものと主張してゐるわけだ。つまり、月光の美しさはあるがままに感じとるべきもので、そこに強烈な光線を照射しても、それ自体が美を壊滅させる以外の何ものでもないとの意見なのだ。それについて思ひ出されるのは天福本伊勢物語第九段「塩尻」の語に加へられてゐる勘物（かんもつ）だ。この勘物の文脈には、原本に存したと思はれる陥穽によつて種々の錯簡が生じ、諸説があるが、要するにこの語は難解で、どれも俄かに信用することはできない、もし人が聞いたならば、よく分らないと答へておくべきものだ、と先人が教へられた――との意にならう。「先人」とは恐らく他の諸例から推して俊成を指すものと思はれ、その家の学風を知ることができよう。また所謂流布本の巻末に存する長い識語に、「伊勢物語」といふ書名に関して藤原伊行の説を批評し、「件の本狼藉奇恠なる者なり。伊行の所為なり。これを用ふべからず」ときめつけてゐるのも。同じ態度といへるであらう。但しその態度はすべて正しい――と今わたくしは言つてゐるのではない。（昭和三一年一月三〇日）

（文芸臨時増刊三一）

抒情詩曲

浮舟

――源氏物語より――

はしがき

源氏物語五十四帖を小さな形の抒情詩曲にまとめることは非常に困難ですが、構成者は次のやうな計画をたてて、幾分でもこの困難を克服してみようと努力しました。作曲、朗読、独唱、合唱、演奏、擬音、指揮等に当られる方々に、多少でも御参考となれば幸甚です。

一、この抒情詩曲は、源氏物語宇治十帖の終（浮舟、蜻蛉、手習、夢浮橋の四帖）即ち浮舟を女主人公とする部分から取材しました。

一、この抒情詩曲は左の四部から成つてゐます。

1、序曲――源氏物語の文学としての本質を幻想（ファンタジィ）の形式で表現してみたものです。

2、夜の山荘

3、庵室の秋

4、小野の別れ

一、この抒情詩曲には、技巧的にラヂオのあらゆる性能を十分に発揮していただき度いと思ひます。例へば擬音、音の二重化、三重化等々。

一、この抒情詩曲は、表面は戯曲的な姿勢をとりながら、効果としては抒情詩的な雰囲気の醸成に主力を集中してをります。

解説

源氏物語は今更いふまでもなく今を去る九百五十年の昔、紫式部といふ一人の女流天才によつて創作された世界最古最大の長篇小説である。今回の試みは、その壮大な物語の中から、特に宇治の巻々、わけて浮舟といふ可憐にして薄倖な佳人を中心とする最後の四帖、即ち浮舟、蜻蛉、手習、夢浮橋の四帖の重要な筋と抒情詩とを拾つて、一つの詩曲を構成したものである。

五十四帖といふ壮麗な物語は、この最後の美しい哀話によつて、筆を擱かれてゐる。絶えるが如くして絶えず、断たれざるが如くして断たれたこの最後は、いかにも大小説の末尾としてふさはしい。そこに限りもない漂渺たる余情と神韻とにうたれない人はないであらう。

序曲（プロロオグ）

（江戸子守唄の変曲にて、ゆるやかに）

男の声（静かに、荘重に）

「ここは夢の中だ。魂の光のとどかない青い霧の中だ」

女の声（眠りからめざめて）

「あ！　今の声は?」

男の声

「私だ」

女の声（驚きの表情にて）

「あなたは?」
男の声
「お前だ」
女の声
「え?」
男の声
「女よ! 私はお前の魂だ」
(深い霧次第にはれて行き、伴奏次第に明るく軽快に。はるかに小鳥の声きこえ来る)
男の声
「何か見えるか」
女の声 (感激をこめて)
「見えます。絵巻物のやうな美しいお邸が、お庭が、花が、池が、舟が、人が」
(はるかに小鳥の声、楽の音、次第に大きく)
女声独唱 (遠き程にて)
春の日の うららにさして 行く船は さをのしづくも 花ぞ散りける
女の声
「どこでせう。ここは」
男の声

「やよひなかばの六条の院だ。いや幻のだ」
（小鳥の声の上に重なりて波の音はるかに聞え、その音次第に大きく）
女の声
「あ！　海だ！　碧い波、遠い島、白い鷗、紅い夕日」
男声独唱
わくらばに　問ふ人あらば　須磨の浦に　藻塩たれつつ　侘ぶと答へよ
（河の音。千鳥のこゑ）
女の声
「須磨の浦！」
男の声
「さうだ。秋の須磨の浦わだ。いや幻の海だ」
（伴奏漸次悽愴の調を帯び、かすかに川の音、風の音次第に高まり来る）
男の声
「あれを見よ。冬の月が青い。」
女の声
「川のやうです。島もあります。舟が漕いできます。」
（艫の音。川千鳥の声。流れの音）
女声独唱（遠き程にて）

たちばなの　小島は色も　かはらじを　この浮舟ぞ　行方知られぬ

女の声

「舟の中の女の人、あれは誰でせう」

男の声

「千年も前の人だ。いや今の今だ。それとも千年も二千年も未来の人と云つてもよいかも知れない」

女の声

「え？」

男の声

「お前は物語の世界を見たのだ。いやお前自身の姿を見た。永遠の女性(にょしやう)の姿を見たのだ。お前は今、人間の真実と運命とを知らうとしてゐる」

（再び子守唄の変曲にうつりて）

一　夜の山荘

（遠く川の流れの音。梟(ふくろふ)のなく声）

やよひ半ばすぎ、宇治の山荘の夜は更けてあたりはひつそりと静まつた。

（はるかに犬の遠吠）

浮舟は今まで大切にしまつてゐた最後の手紙に火をかけた。自分を妻にと熱心に望んでゐる薫の君からのやさしい言葉の数々、それは、今淡い一すぢの煙となつて消えて行く。思へば二十年の生涯は煙よりはかない夢であつた。

浮舟

「お母さま、私一人をたのしみに生きて下さつたお母さま。私は今夜かぎり死んで行きます。過ちとは云ひながら、信ずる人を裏切つた私です。生きてはをられません。死んだとて犯した罪の消えるものではありませんが、でも、せめて、恥知らずの不埒な女だと云はれないだけでも私には慰めになります。私は死んでお詫びをいたします。どうぞお許し下さい。お父さまのいらつしやるみ仏の国で、あなたのお出でを待つてをります」

浮舟は人々の寝静まるのをまつた。そして白の綾の衣の一かさね、そして紅の袴といふ「死」の門出にふさはしい白装束に改めた。今となると、母と、薫の君と、それから腹ちがひの弟の小君のことだけが、恋しく、かなしく思ひ出された。

（かすかに遠く山寺の誦経の声。鐘の音。松の梢を吹く風の音）

浮舟

「山寺では後夜（ごや）のお勤（つと）めもはじまつた様子、では、お母さま、薫さま、小君、さやうなら」

浮舟はそつと立つて妻戸をあけた。外には下弦の月が一つ、宇治川の空にかかつてゐた。

（犬の遠吠。梟の声。鐘の音。誦経の声、遠く近く交錯して聞ゆ）

独唱

鐘の音の　絶ゆる響に音をそへて　わが世つきぬと　君につたへよ

（風の音。流れの音。いよいよ高く、誦経の声とだえつつかすかに聞ゆ）

二　庵室の秋

（伴奏と共に）比叡の秋は深まつた。

（虫の声。筧の水の音）

今宵も青い大きな月が空に出てゐる。小野庵室では主（あるじ）の尼君たちは初瀬に詣で留守であつた。折からこの庵室を訪れた尼君の兄の横川の僧都は、留守の美しい若い女と灯を中にして向ひあつた。僧都は高徳の聞えの高い聖であつた。

（虫声、水の流るるが如く）

僧都

「ともかくも、御身の生ひ立ちをお話しなされよ。強ひての御願ひとならば御出家の儀、考へないでもありませぬ」

女

「後生でございます。どうぞそれだけはお尋ね下さいますな。仔細あつて、この世に生きてをられぬ罪深い身、ただそれだけのこと。出家の御願ひおききとどけ下さいまするやうに」

（虫の声。筧の音）

僧都（独語のやうに）

「半年前、暗い春の夜であつた。宇治の院の森かげに、白く怪しい者の姿が見える。変化（へんげ）の者かと近づいて見ると、若い女性の屍、つれかへつて手当をつくし、やうやく息をふきかへらせた、その女性がそなたぢや」

女

「その死ななければならない人知れぬ秘密がございます。あの夜も宇治川に身を投げようと、決心いたしまして、外に出ますと、いきなり木かげから不思議な者が出てまゐりまして、私を抱いてどこへともなく走つて行きました。それから後は、気を失つて何もかも夢のやうでございます。どうぞ何も、おきき下さいませんで、御慈悲の袖にすがらせて下さいませ」

僧都

「深い仔細ありげに見ゆる。さりながら、行先遠げなる御年頃、あたら花の顔(かんばせ)を、墨染の衣にくたすとは、罪障のほども恐ろしいことぢや。それに女性と申すものは、…………」

女

「いやいや、その御懸念は御尤もながら、決して一時の情にまかせての事ではございませぬ。はづかしながら、幼少の頃から人なみならぬ身の上にて、親などにも『尼にでも』と口ぐせのやうに申されてきたものでございます。今はせめて、後の世だけでも願ふ心でいつぱいでございます。どうぞ御慈悲におすがり申しまして…………」

僧都

「堅固な御道心、ゆめゆめ疎略には思ひ申さぬ。が、今はこの庵の主も留守…………」

女

「いや尼君にもかねて申し上げてをります。今宵を外しましては、また如何やうな障りが起らうやも知れませぬ。せつかくの発心(ほつしん)も無駄になりましては一生の不覚、どうぞお願ひでございます。明日といはず、今夜の中に、ぜひとも御坊の御導きにて御戒うけたう存じまする」

(しばらく間(ま)。虫の声。筧の音。静かなる伴奏)

月はいつしか西に廻つた。秋の夜はふけて行く。

僧都
「客人よ。固き御誓ひ、三宝のかしこくほめ給ふ所と存ずる。ではこれへ」
女
「有難う存じまする」
（虫の声。筧の音。伴奏、哀愁をこめて）
僧都
「申すまでもなく心にゆるぎがあつてはなりませぬぞ」
女
「はい」
僧都
「では、先づ母君の住み給ふ東の方を拝まれよ」
男声朗読（ゆるやかに）
流転三界の中
恩愛を断つこと能はず。
恩を棄てて無為に入る
まことに恩に報ずる者なり。
合唱（誦経の調にて）
流転三界中

恩愛不能断

棄恩入無為

真実報恩者

僧都

「すべての恩愛を断つ。これが恩愛を永劫に生かす道ぢや」

女

「はい」

灯にてらされた女の顔の半面は、石蝋のやうに白く美しい。僧都の鋏の動くにつれて、緑の黒髪ははらはらと肩に落ちる。

（虫の声。筧の音。伴奏）

僧都

「顔色は花の如く、命は葉のうすきが如しとは古の詩の一節、かやうに姿をやつし給うた今日、もはや後悔はなりませぬぞ。清らかな新しい御生涯が今日からはじまるのぢや」

女

「はい、母に、弟に、そのほかすべての人々に、もはやこの世にないものとあきらめていただけます。心の重みも軽うなりました。すがすがしくなりました。ありがたう存じまする」

（虫の声。筧の音）

僧都
「月も傾いた。まもなく新しい朝がおとづれよう」
合唱
松門暁到りて月徘徊す
相成尽日風簫瑟
（虫の声。筧の音。伴奏ゆるやかに）

三　小野の別れ

（遠く鳥の声）

夏の夕暮れ、日が西に傾く頃、人里はなれた小野の庵室には、京から狩衣すがたのかはいらしい少年が訪れてきた。それは、浮舟の弟、右大将薫の君につかへてゐる童であつた。今日彼は、薫の君の命をうけ、その手紙をもつて、庵室を訪れてきたのである。彼はこの庵室にゐるといふ噂の女性が、半年前宇治で行方知れなくなつた姉の浮舟に相違ないと信じ、又さうであることを祈りつつ、子供心にいそいそと山を上つてきたのであつた。

尼君
「小君とか申されます。かはいらしい童ぢや。お姉さまに会ひたいといふ一心で、山をのぼつてこられた、この尼もどんなにうれしからう。せめて一目でもおあひ下さるならば、それ、ここに右大将殿の御文……」

尼君は小君のもつてきた手紙を、ひろげたままで簾の中に入れた。それは忘れることも出来ないなつかしい薫の君からの消息であつた。

「小君！　薫さま」

さすがに、浮舟の心はふるへた。簾の外にゐる小君にもあひたい。母君のこともききたい。が、それは今の自分にとつては醜い心の迷ひであり、恐ろしい試錬である。恩愛のきづなを断つこと、それより外に、恩愛を永遠に生かす道はないといふ、あの尊い僧都のいましめを忘れてよいであらうか。でも！

「…………」（すすり泣きの声）

（ねぐらに急ぐ鳥の声。しばらく間ありて）

尼君

「弟御もかはいさうぢや。日も暮れかかつてきました。年老いたこの尼にめんじて、せめて一目なりとも」

（鳥のなく声。遠くひぐらしの声きこゆ）

浮舟

「名もない世すて人のこの身、右大将殿からお手紙をいただく筈はございませぬ。又小君…………といふ御使者の御名も、一向におぼえのない無縁の御名、これはきつとお門違ひに相違ございませぬ」

浮舟は薫の君の手紙をばそのまま尼君の前に押しかへして、ぢつと目をつぶり、心の中で一心にみ仏の救ひを求めるのであつた。日はすつかり山に落ちて、庵室をこめわたす夕やみの青さよ。

朗読

我れ一切の過（あやまち）を悔い

勧めて衆（もろびと）の道徳（みち）を助け

諸仏を帰命礼（きみやうらい）し奉る

無上の知恵を得さしめ給へ

（遠く近くひぐらしの声）

尼君はし方なくその手紙をもつて、端の間に出た。みすの外には小君一人が淋しさうに行儀よくすわつてゐた。

尼君

「いくら申しても、ただお人違ひとの仰せ、せつかくながら、右大将殿にそのやうに御言づけて下さい」

小君

「いいえ、ここにゐるのはたしかに、お姉様です。お姉様はかくしてゐるのです。後生ですからもう一度ぜひ話して見て下さい」

尼君

「御尤ものこと、先き程から幾度すすめてみたか知れませぬ。しかし、何と申しても無駄なことが分りました。いつまでまつてもかぎりはあるまい。ともかくも今日はお引きとり下さるやうに。日も暮れました。おつけこの尼がよしなに取計らひませうほどに」

小君（泣きながら）

「お姉さまは私たちを見かぎつてゐるのです。あんなやさしいお姉さまだつたのに。尼君さま、お殿さまには、何と申し上げたらいいのでせうか」

尼君（すすり泣きの声にて）

「詮ないこと、又の日を待ちませうぞ」

（ひぐらしの声。遠く、近く）

（夕方の勤行はじまり、誦経の声尊く聞ゆ。鐘の音ゆるやかになり出づ）

小君

「尼君さま、では私はかへります。お姉さまに、小君は泣きながら帰つたとさう伝へて下さい」

（ひぐらしの声。誦経の声）

河の底のやうな蒼い山の夕靄の中を、薫大将の使者小君は、とぼとぼと下りて行くのであつた。一つの魂は心霊の界に、今一つの魂は人間の世に、二つを永遠にへだてた無明の霧は、深い淵のやうに蒼かつた。その大きな運命の路を、小さな使者小君は、ただうなだれて言葉もなく悄然と下りて行くのであつた。

浮舟

「お母さま！　薫さま！　小君さま！　さやうなら」

灯のつかない庵室の闇に、ほんのりと浮ぶ浮舟の顔を白く光つて伝はる清らかな涙の一すぢ、それは人間の涙であつたであらうか。それともみ仏の涙であつたであらうか。

（一しきり鐘の音、読経の声）

（ＮＨＫ放送）

編集あとがき

長野甞一

池田亀鑑博士の随筆は原稿枚数にして約二千枚に上る。いまその中から約七百枚を選んでみた。内容によつてこれも十種類に分かち、同種のものは年代順に並べた。ただ仮名遣ひは歴史的仮名遣ひに統一し、漢字はすべて本字を用ひ、訓み難い字に訓み仮名をつけた。博士が新仮名遣ひを用ひたのは戦後の新聞などに発表したもので、その本意は歴史的仮名遣ひにあつただらうと推測したからである。

博士が平安朝文学の研究に不世出の偉業を成し遂げたことは、あまねく人の知るところである。書庫には万巻の貴重典籍を集め、脚は全国の図書館や文庫を歴訪した。著書は等身大にあまり、雑誌発表の論文は数へ切れないくらゐである。どれ一つをとつてみても「労作」の名にそむかない。その時間と精力と資金はどこから出たか。これは長い間の疑問であつた。

博士は鳥取在の没落した旧家の長男に生まれ、あたら英才をいだいて中学校へも行けなかつた。鳥取師範から東京高師を経て東大を卒業するまでの学生生活は、途中ときどき就職しては学費をためるといふ曲折した長い径路であつた。在学中から少年少女小説や婦人小説を盛んに書きとばし、その稿料が研究費となり、大家族の生活費ともなつた。卒業後は実業の日本社刊行の雑誌「婦人世界」の編集長となり、その給料は大学の助手としてのそれの六倍であつた。その代り博士の研究作業には、夫人や父母弟妹の全家族を初め、多くの門下が協力した。老いたる父は毎夜一時二時まで古写本をたんねんに書き写した。母は傍にあつてそれを綴ぢ、疲れ果てて机に突伏し転寝（うたたね）をしてゐる我が子にそつと掻巻をかけてやつた。

池田博士は人一倍人情にあつい。いつも人の意中を忖度（そんたく）して、相手の心を傷つけるやうなことを決してしなかつた。にもかかはらず、研究のためには全家族の生活を犠牲にするやうな結果になつた。そのために夫人は病床に倒れ、博士自身も満身にいたいたしい手傷を負つた。

私はこれから生きてゐるかぎり、ひたすら目的地に向つて進む列車のやうに、真理の追求のためには、親をすて、友をすて、

家をすて、その他一切のものをすてて進まねばならないだらうか？（旅ごころ）
この自問自答は、人間愛の深い人であるだけに、血を吐く思ひであつたらう。恩愛を殺して「学問の鬼」と化した学究の姿は、骨肉を捨てて仏陀の門をたたいた古（いにしへ）の求道者に似てゐはしまいか。
戦争中、東大から学術尊重に関する意見書が政府に提出されたことがある。その草案に、「学術もまた戦力である」といふ文句があつた。これを時の東大総長は自ら朱筆をとり、「もまた」の三字を消し「こそ」と改めた。この話を池田博士は感激をもつて記してゐる（惜命）。学問を愛するもののみに通（かよ）ふ共感といへようか。
しかし博士はおのれの学問をてらふことを極度に嫌つた。あれはどの学者だから、もつと大きく胸を張つたらよいにとわれわれが思ふときにも、博士の頭は低く垂れた。
愚を養ふことは賢を装ふよりも、はるかに意味深いものだ。（三つの禿）
卑屈にすぎるとの批評も一部にはあつたけれど、知らざるを知らずとなした賢者の跡を追つたのでもあらうか。
戦争中、博士は軍国主義的なことなどほとんど口にも筆にもしなかつた。だが戦後の狂躁の中に博士はいふ。
しかつめらしい顔をして、闘争のことばかり考へるだけが、現実へのまじめな生き方だとは限るまい。（夏の幻想）
世には源氏物語は天皇制の崩壊過程をゑがいたものであるといふ人があるさうである。何とキザな、時流（これはそれ自身一つの権威であるが）にこびたもののいひ方であらう。（源氏物語の美しさ）
これらを簡単にオールド・リベラリストの郷愁と片付けるには、何とシンの強い郷愁ではないか。しづかな情熱、折れさうな柳の中に一本通つた筋金。
こんな博士であるが、子供や犬や鶏のことを描いた小品には絶妙の佳品がいくらもある。これに反して花鳥風月を詠じたものは、今の眼からみると、やや紋切型である。博士には山川も草木も源氏物語的に見えるらしい。
今の青年はドライな生活を愛し論理的な文章をよろこぶ。池田博士には客観的な科学者魂と抒情的な詩人とが同居してゐる。かつて森鷗外といふ巨人がさうであつたやうに、さうしてその歴史物が二者の渾然たる融合を成し遂げてゐたやうに、池田博士の随筆もこの両者が微妙な一線に均衡を保つてをりをりに開花したものといへようか。

桜井祐三

池田亀鑑先生が学問の鬼とも言ふべき生涯を閉ぢられてから、三年の月日が流れようとしてゐる。先生の遺著は大小百余冊を数へるが、紫式部日記・徒然草等に関する研究の学界待望の草稿をはじめ、遺作集として巻を成すべき論考は夥しい数量に上る。私どもは遺作集刊行のための蒐集・整理を進めるかたはら、やがて迎へる三周忌を記念して、随筆集一巻を以て遺作刊行の緒とすることにした。

先生が古典探求の忽忙をさいて、文芸を論じ、自然を想ひ、人生を語つた文章の中から、気易く教養の滋味を味はひうるものを選んで、編集を試みた。この一冊が、探求一筋に生きて、寸時を惜しみながらも、客と談笑して時の移るのを意に介せられなかつた先生の風貌を甦らせるよすがともなり、世の読書家の机辺を飾り得れば幸ひである。

ここに中央公論社の御好意に基づき、あへて随想一巻を世に送つて、今後の仕事をはかどらせたいために、先生ゆかりの方々の御支援を乞ふ次第である。

索引『随筆集 花を折る（前篇・後篇）』

凡例

本索引は、『もっと知りたい　池田亀鑑と「源氏物語」第３集』（2016年、新典社）に掲載した「■復刻■『随筆集 花を折る』前篇（日野川のほとり～抒情の花籠）」と、本書所収の「■復刻■『随筆集 花を折る』後篇（忘れえぬ人々～源氏を大衆の手に）」を対象としたものである。あくまでも、当座の利用に供するための簡易版である。

（例）「前140」は「前篇140頁」、「後255」は「後篇255頁」を示す。

一、本索引は、次の六種類で構成した。

なお、〈写本名〉は立項せず、重要なものは項目の付加情報・参考情報として括弧付きで添えた。

（例）源氏物語（大沢家旧蔵）

二、採録の基準は、必ずしも一般的な重要度・関心度・頻度数によってはいない。編者が想定する読者や、本資料の利用者及び研究者の興味と関心を推測して立項した。

三、立項した項目の読み方は、通例にしたがった。

（例）「藤原定家」（ふじわらさだいえ）

ただし、読みが不明の場合は、音読みを採った。

（例）「義貞記」（ぎていき）

四、本文中に表記されている「明石の浦」（前118）や「明石の上」（前118）などの「の」は、立項にあたって省略するのを原則とした。

五、「三河の鳳来寺で、源氏物語をしらべた」（前79）とある箇所では、次の二項目に分けて採択した。

（例）【地名】「鳳来寺（三河）」

【書名】「源氏物語（鳳来寺本）」

六、本文中には「定家自筆本」とだけあっても、その内容を読み取って「後撰和歌集（藤原定家自筆本）」（前43）など、柔軟な立項をしている。

七、「朱雀院の姫宮」（85頁）や「尼宮」（86頁）は、一般的な呼称である「女三宮」で立項。また、「入道の娘」（86頁）は、筆者池田亀鑑が当時使用していた「明石上」で採択した。

八、人名に関しては、苗字か名前などしか記されていない場合は、可能な限り資料を博捜して特定するようにした。しかし、いまだ不明な点が多いため、「（名前未詳）」を付したものが数例ある。

（例）高橋（名前未詳）……後80

一、書名・誌名・論文名・作品名

二、人名・神名

三、地名

四、文庫名

五、源氏物語 巻名等

六、源氏物語 登場人物名

講演

第三回池田亀鑑賞受賞作の紹介と選考理由

伊藤鉄也

第三回池田亀鑑賞は、須藤圭氏の『狭衣物語　受容の研究』（二〇一三年、新典社）に授与されることとなりました。

第一回池田亀鑑賞は、四〇代後半の杉田昌彦氏（明治大学）の『宣長の源氏学』（新典社）。

第二回は、六〇代前半の岡嶌偉久子氏（天理図書館）の『林逸抄』（おうふう）。

そして今回の第三回は、二〇代後半の須藤圭氏（立命館大学）の『狭衣物語　受容の研究』（新典社）。

幅広い年代から、その受賞作が選ばれています。

私は「池田亀鑑賞」の選考について、次のように考えています。

文学研究の基礎を支える資料を整理し、成形し、提供する営為には、多大な時間と労力と根気が必要である。そして、こうした作業や仕事にこそ、弛まぬ努力と継

続への理解と応援が必要である。池田亀鑑賞は、日頃の地道な調査研究活動に光を当て、さらなる励みと新たな目標設定を支援するところに意義があると思っている。達成したものばかりではなく、進行しつつあるものも含めて、研究環境の整備に貢献した仕事を顕彰したいと考えている。

今回の須藤氏の『狭衣物語　受容の研究』は、まさにこれにそのまま当てはまる研究の成果だと言えます。

基本姿勢として、書誌的事項を押さえつつ写本や版本に立ち返って確認し、文献調査を踏まえた手堅い研究手法には、須藤氏が二〇代であることを忘れさせます。実見できなかった資料は、国文学研究資料館のマイクロ資料で補う姿勢も徹底しており、極めて地道な研究だと言えます。

これからが楽しみな若い研究者を、池田亀鑑賞で顕彰することとなりました。

須藤圭氏の、今後ますますのご活躍を言祝ぎたいと思います。

これを契機として、若手研究者が文献を丁寧に読み解き、コツコツと一歩ずつ成果をまとめる励みともなれば、この池田亀鑑賞もさらに意義深いものとなることでしょう。

読書感想文を突き抜けた、文献で実証する研究を後方支援する池田亀鑑賞となるように、今後とも目配りをしていくつもりです。

池田亀鑑賞選考委員会　選考委員長　伊藤鉄也

『狭衣物語』との出会い
――『源氏物語』以降に書かれた物語の世界――

須藤　圭

1　はじめに

ただいま、ご紹介にあずかりました須藤圭と申します。この度、拙著『狭衣物語　受容の研究』を第三回池田亀鑑賞に選出いただきました。審査にあたってくださいました先生方、また、拙著執筆にさいして、御助言と御支援をたまわりました方々に、この場をお借りして厚く御礼申し上げます。誠にありがとうございます。池田亀鑑（明治二十九年〈一八九六〉―昭和三十一年〈一九五六〉）と聞きますと、わたしたち日本文学研究者の誰しもが、日本文学研究の基礎をつくりあげ、そのなかでも、『源氏物語』に関する多くのことを明らかにした功績を思い浮かべます。昭和三十一

新典社研究叢書246
狭衣物語　受容の研究
須藤 圭 著
新典社

第三回池田亀鑑賞受賞
『狭衣物語　受容の研究』新典社刊

年〈一九五六〉に亡くなられてから、おおよそ六十年を経ているわけですが、その研究とともに、いまなお、仰ぎ見られるべき存在です。名実ともに日本古典文学の中心のひとつといってよい『源氏物語』を研究の対象として、非常に多くのことを成し遂げた池田亀鑑、その名が冠された賞を受賞できましたことは、本当に名誉なことであり、そのふるさとである日南町で、こうしてお話をさせていただけることを、たいへん光栄に思っています。

さて、その池田亀鑑賞の受賞作となった拙著のタイトルは、『狭衣（さごろも）物語　受容（じゅよう）の研究』です。皆さまがまず何よりも気にされますのは、『源氏物語』の研究で有名なはずの池田亀鑑の名を冠した賞であるにもかかわらず、どうして、「狭（せま）い衣（ころも）」の物語と書いてあるのか、ということだろうと思います。もちろん、『源氏物語』の誤植ではありません。「狭い衣の物語」と書いて「さごろもものがたり」と読みます。

今日のわたしの講演では、大きく、三つのことをお話させていただこうと思っています。（一）第一に、『狭衣物語』とは、いったい、どのような物語であるか、特に『源氏物語』とのかかわりに焦点をあわせながら、その概略をお話します。（二）第二に、その上で、わたしが、なぜ、この物語にかかわる研究をすすめてきたのか、そもそも、根本的に、『狭衣物語』は面白いのか、はたまた、つまらないのか、ということをお話させていただきます。（三）そして、第三に、「池田亀鑑と『源氏物語』」ではなく「池田亀鑑と『狭衣物語』」、つまり、池田亀鑑と、拙著のタイトルにある『狭衣物語』との接点を考えます。総じて、『狭衣物語』の魅力的な世界を皆さまに感じとっていただければ、と思っています。

2 『狭衣物語』とは何か

『狭衣物語』の基礎情報

『狭衣物語』は、『源氏物語』が成立したあと、平安時代の後期に書かれた物語です。具体的には、一〇七〇年代後半の成立とみてよさそうです（諸説がある。後藤康文『狭衣物語論考 本文・和歌・物語史』第Ⅲ部2『狭衣物語』の成立時期」（笠間書院、二〇一一年）ほか参照）。作者は、六条斎院禖子（ばいし）内親王宣旨と考えられています。

この物語の主役は、時の関白の息子であり、「狭衣（さごろも）」と呼ばれた人物です。「狭衣」というのは、「光源氏（ひかるげんじ）」と同じように、本名ではなく、通称です。はじめの「さ」は接頭語で、とりたてて意味はなく、つまり、「狭衣」は、衣のことを指します。しかし、衣じたいに大きな意味があるわけではありません。光り輝くような美しい姿であることから「光源氏」と呼ばれたこととは、少し違います。「狭衣」と呼ばれる理由は、この人物が詠んだ「いろいろに重ねては着じ人知れず思ひそめてし夜の狭衣」という和歌に由来します。「色とりどりの衣を重ねて着ることはしないつもりです、人に知られないで想いを寄せはじめてしまった、（ゆかりの紫色に染まった）夜の衣を除いては」とでも訳しておくことができるでしょうか。「思ひそめてし夜の狭衣」以外、別の衣を着ることは一切しない、というのは、ひとりの女性を除いて、決して誰にも恋心を抱くことはない、という激しい恋の歌です。

「狭衣」の由来となった和歌からも分かるように、この物語は、狭衣と複数の女性たちをめぐる恋愛譚で構成されています。おおよそのあらすじは、次のようなものです。狭衣は、従妹であった源氏宮（げんじのみや）という女君に想いを寄せていました。源氏宮は、早くに父母を亡くしてしまいましたが、その後、父のきょうだいであり、狭衣の母でもあった堀（ほり）

川上（かわのうえ）に引きとられ、狭衣とじつのきょうだいのように育てられました。きょうだい同然の間柄として成長していくなかで、狭衣はこの女君への恋に落ちてしまっていたのでした。しかし、この恋はまた、困難も多いものでした。「本当の妹ではないけれども、しかし、妹同然のひとへの恋もあってはならないものだ――。」物語は、このような狭衣の鬱々とした恋の吐露の場面からはじまります。この恋が実を結んだかどうか、それは、ここでは明かさないことにいたします。これとは別に、今上帝（嵯峨院）の娘である女二宮（おんなにのみや）との恋も描かれます。さらに、仁和寺につとめていた僧侶に誘拐されそうになっていたところを助けたことがきっかけになり、関係をもつようになった飛鳥井女君や、源氏宮に似ているらしいと聞いたことから心惹かれるようになった宰相中将妹君などとの恋も描かれています。狭衣と複数の女性たちとのあいだで同時並行的に展開する恋の物語が、『狭衣物語』の主だった内容ということができます。

また、『源氏物語』は、桐壺巻、帚木巻、空蟬巻、夕顔巻、若紫巻……と巻ごとに名前が付けられ、全てあわせて五十四帖になっていますが、『狭衣物語』のばあい、特別な名前はなく、単に巻一から巻四までの四巻仕立てになっています。その文章量を比べてみますと、『源氏物語』が約一〇〇万字であるのに対して、『狭衣物語』は約二十五万字、四分の一ほどの長さになります。「須磨帰り」ということばを聞いたことがあるかたもいらっしゃるかもしれません。『源氏物語』はあまりに長くて読むのが大変、そのため、辟易して、全五十四帖中、第十二帖の須磨巻あたりで挫折してしまう現象を指すことばです。『狭衣物語』は、『源氏物語』の四分の一ほどの長さでしかありません。こう聞くと、『源氏物語』をちょっと敬遠してしまっているというかたも、俄然、この物語に興味がわいてきたところではないでしょうか。

『源氏物語』とのかかわり

さて、『狭衣物語』は、『源氏物語』からの影響を色濃くのこす物語としても知られています。そのひとつを紹介します。『狭衣物語』巻三の一場面です。承応三年〈一六五四〉に刊行された版本の挿絵（図1）も、あわせてご覧ください。

御側に寝入りたる猫、鳴き出でて、端ざまへ出づる、綱に御几帳の帷子の引き上げられて、見合せたまへば、御顔いと赤くなりながら、わざと引き入りなどはせさせたまはず、御扇に紛らはして、少し傾かせたまふ、まみ、頰つき、髪ざし、御髪のかかり、げに光とはこれを言ふにやと見えさせたまふにも、……

源氏宮のお側で眠りこんでいた猫が、鳴きはじめて、端近くに出て来る、その猫をつないでいた綱に几帳の帷子が引っかかって上方にもちあげられて、狭衣と源氏宮は顔を見合わせなさったので、源氏宮はお顔がひどく赤くなりながら、別段、奥に隠れるようなことはなさらないで、扇で顔をお隠しになり、少しばかりうつむかれる、その目元、顔立ち、髪のはえざま、髪の下がりぐあいは、なるほど光り輝くとはこのことを指していうのかと思うほどにお見えなさるのも、……

図1　几帳を隔てた男と女、男のすぐそばには猫がみえる

狭衣は、さまざまな事情から最愛のひと、源氏宮と結婚することが叶わず、あげくのはてに、別の女性と互いに望まない結婚までしなければならなくなってしまっていました。源氏宮と過ごした昔を懐かしみ、源氏宮の居所へ出向くことにするのですが、そのとき、偶然にも、一匹の猫が二人のあいだを隔てていた几帳の帷子（薄い布）を引き上げ、狭衣と源氏宮は顔を見あわせてしまうことになります。この時代、男女がやすやすと顔をあわせることはできませんでしたから、まったくの偶然の出来事に、狭衣は奮い立ったことでしょう。「まみ」「頬つき」「髪ざし」「御髪のかかり」と、これでもかと並びたて、「げに光とはこれを言ふにや」とまで思っています。この場面の趣向は、猫が原因になって、男が女のすがたをはっきりと見ることができたことにあります。そして、この趣向は、『源氏物語』にも見られたものでした。

次に掲げたのは、『源氏物語』若菜上巻の一節です。慶安三年〈一六五〇〉の跋文をもち、同じ頃に刊行された版本（いっぱんに『絵入源氏』と称されています）の挿絵（図2）も掲げておきました。

猫は、まだよく人にもなつかぬにや、綱いと長くつきたりけるを、物にひきかけまつはれにけるを、逃げむとひこじろふほどに、御簾のそばいとあらはに引き上げられたるをとみに引きなほす人もな

図2　中央左あたり、男と女を隔てた御簾を引き開ける猫が描かれる

し。この柱のもとにありつる人々も心あわたたしげにて、もの怖ぢしたるけはひどもなり。几帳の際すこし入りたるほどに、袿姿にて立ちたまへる人あり。

猫は、まだよくひとに懐いていないのだろうか、綱がとても長くつけてあったのを、何か物にひっかけてまきついてしまったのを、逃げようとして引っぱっているうちに、御簾の端がはっきりとなかが見えるほどに引き開けられたのをすぐに直すひともいない。その側の柱のあたりにいた女房たちも落ち着かないようすで、ひどく怖がっているありさまである。

几帳の側から少し奥まったあたりに、袿姿で立っていらっしゃるひとがいる。

柏木は、光源氏と結婚することになった朱雀院の娘、女三の宮への想いを断ちきることができずにいました。ある日、柏木は、女三の宮の住む六条院で蹴鞠に興じることになったのですが、猫がじゃれあい、柏木と女三の宮のあいだを隔てていた御簾を引き開けてしまいます。はからずも女三の宮を見てしまった柏木の心中は察してあまりあるものです。やがて、柏木と女三の宮の密通、そして、不義の子、薫の誕生へと展開していくことは、あらためて、ご説明することもないものと思います。

柏木が女三の宮を見てしまう衝撃的なシーンに凝らされた最大の工夫が、猫です。女三の宮のかわいがっていた猫が御簾を引き開けてしまい、男たちから隠されていた女三の宮のすがたがあらわになってしまう。誰かの策略でも意図的な行為でもなく、猫が、全くの偶然に引き起こしてしまった出来事であったところに、抜群の効果が生みだされているわけです。『狭衣物語』は、この『源氏物語』若菜上巻で用いられたアイディアを利用している、といってよいでしょう。

『狭衣物語』の新奇性

こうした『狭衣物語』に見られる『源氏物語』からの影響は、よくいえば、上手な活用と判断できるのですが、わるくいえば、単なる模倣・転用・亜流・類似品と評価することもできそうです。東京大学（当時は、東京帝国大学）の助教授をつとめ、近代国文学研究の基礎を築いたといわれる藤岡作太郎（明治三年〈一八七〇〉―明治四十三年〈一九一〇〉）は、次のようにいいます。

> 藤原氏の栄華は道長に窮まりぬ、平安朝小説の発達は源氏物語に窮まりぬ、絶世の大作は連続して出でず、源氏物語一度世に出でて、貴族の間に伝播するや、その後の作者はその光彩に眩惑し、これを仰ぎ、これに倣い、たゞその下風に立ちて、みずから甘んずるのみ。諸家先を争うて筆を執れども、いずれも飣餖補綴を事として、別に機軸を出すこと能わず。さるが中に今日に存して最も名あるものを狭衣とす。
>
> （『国文学全史　平安朝篇』平凡社、一九七四年　初版・東京開成館、一九〇五年）

『源氏物語』以降に成立した物語のうち、『狭衣物語』をまだ好意的に捉えているようですが、しかし、かなり痛烈な批判をくわえ、『源氏物語』の模倣・亜流とみなしていることに違いはありません。藤岡作太郎によって、『狭衣物語』を含む『源氏物語』以後成立の物語に与えられた評価は、「平安朝小説の発達は源氏物語に窮まりぬ」というように、『源氏物語』に対する極めて高い評価が一因になっています。たしかに、『源氏物語』の誕生は、歴史上、特記するに値する出来事であり、ひとつの画期になった、ということができます。

さても、この『源氏』作り出でたることこそ、思へど思へど、この世一つならずめづらかにおぼほゆれ。まことに、仏に申し請ひたりける験にやとこそおぼゆれ。それより後の物語は、思へばいとやすかりぬべきものなり。かれを才覚にて作らむに、『源氏』にまさりたらむことを作り出だす人もありなむ。わづかに『うつほ』『竹取』『住吉』などばかりを物語とて見けむ心地に、さばかりに作り出でけむ、凡夫のしわざともおぼえぬことなり……

それにしても、この『源氏物語』を作りだしたことこそ、考えても考えても、現世における結果だけではない不思議なことと思われます。本当に、仏に祈願した効果だろうかと思われます。これ以降の物語は、考えてみますととても簡単なはずです。この『源氏物語』を知識として作るとしたら、『源氏物語』より優れたものを作りだすひともいるでしょう。わずかに『うつほ物語』『竹取物語』『住吉物語』などを物語として見ていたくらいで、あれほど素晴らしく作りあげたのは、ふつうの人間のしわざとも思われないことです……

鎌倉時代のはじめごろ、さまざまな物語の論評を書き記した『無名草子』という書物でも、『源氏物語』に対する高い評価はかわりません。「この世一つならずめづらかにおぼほゆれ」「仏に申し請ひたりける験にや」、あるいは、「凡夫のしわざともおぼえぬことなり」などといい、『源氏物語』の執筆は、人間に実現できることではなく、それこそ、神や仏の力によるものではないか、といっているのですから、その評価は、尋常ではありません。

ところが、考えてみますと、『源氏物語』という偉大な物語があったならば、そもそも、『源氏物語』ではない新たな物語を書く必要はなかったはずです。素晴らしい『源氏物語』だけを読んでいればよかったはずだからです。しかし、『源氏物語』が成立したあとも、物語たちは書かれつづけた。なぜでしょうか。先ほど言及した『無名草子』の、ちょうど真ん中あたりに注目してみましょう。「かれを才覚にて作らむに、『源氏』にまさりたらむことを作り出だす人もありなむ。」（この『源氏物語』を知識として作るとしたら、『源氏物語』より優れたものを作りだすひともいるでしょう。）とあります。すなわち、『源氏物語』以降の物語が書かれた理由は、『源氏物語』よりもいっそう面白い物語を書こうとしたからだ、と考えることができます。『源氏物語』は、たしかに素晴らしい。しかし、それを超えることはできないだろうか。『源氏物語』のよいところは活用するけれども、よくないところには手を入れ、新たな要素を書き加えてみたらどうか。『源氏物語』以降に書かれた『狭衣物語』は、おそらく、そのようにして書かれたのではなかったでしょうか。『源氏物語』以降の物語だからこそ、『源氏物語』にはなかった、『狭衣物語』だけの新奇性が求められていたのです。

『狭衣物語』の冒頭を読んでみます。わたしたちは、『狭衣物語』のはじまりから、その新奇性に出会うことができます。

少年の春惜しめども留（とま）らぬものなりければ、三月（やよひ）も半（なか）ば過ぎぬ。御前（おまへ）の木立（こだち）、何（なに）となく青みわたれる中に、中島（なかじま）の藤は、松にとのみ思（おも）ひ顔（がほ）に咲きかかりて、山ほととぎす待ち顔なり。

青春のようにはかなく過ぎていく春というものはいくら惜しんでもとまることのないものだから、三月ももう半ばが過ぎてしまった。庭先の木々が、どれということなく青々と一面にしげっているなかで、池の中島の藤は、松にまとわりつくものとばかり思っているような面持ちで咲きかかって、山ほととぎすの訪れを待ちわびている顔つきである。

『源氏物語』のはじまりを覚えているかたも多いことと思います。「いづれの御時にか、女御、更衣あまたさぶらひたまひける中に、」でした。これは、『竹取物語』のはじまりの「いまはむかし、たけとりの翁といふものありけり。」や、『伊勢物語』の「むかし、男、初冠して、」とよく似ています。どの物語も、いつのころか分からない時代のことだが、あるひとがいて……とはじまるかたちです。しかし、『狭衣物語』は違います。唐突に、少年の頃はもう戻ってこないのだ、と回想する心情表現からはじまるこの物語の一節は、『竹取物語』や『伊勢物語』『源氏物語』に接してきた当時の読者たちにとって、驚きと感動をもって迎えられたに違いありません。

先にとりあげた『無名草子』を読んでいきますと、この「少年の春」という書き出しを筆頭に、『狭衣物語』に一定の評価が与えられ、『源氏物語』に次ぐ二番手の物語として、世間で評判になっていたことが分かってきます。

> 『狭衣』こそ、『源氏』に次ぎては世覚えはべれ。「少年の春は」とうちはじめたるより、言葉遣ひ、何となく艶にいみじく、上衆めかしくなどあれど、さして、そのふしと取り立てて、心に染むばかりのところなどはいと見えず。また、さらでもありなむとおぼゆることもいと多かり。
>
> 『狭衣物語』こそ、『源氏物語』に次いで世間の評判が高いものです。「少年の春は」と書きはじめた冒頭から、言葉遣いは、何となく優艶で素晴らしく、貴人らしい感じなどがしますけれども、これといって、どの点と取りたてて、心に染みるほどのところなどはあまり見当たりません。また、そうでなくてもと思われることもとても多いのです。

もちろん、『無名草子』は、手放しで『狭衣物語』を称賛しているのではありません。この文章の後半部分は、否定的な見解になっています。しかし、忘れてならないことは、『狭衣物語』が、『源氏物語』に次ぐ評価を与えられていて、なおかつ、『源氏物語』をふまえつつも、それを超えていこうとした物語であった、ということです。

3 わたしと『狭衣物語』との出会い

さて、そうはいうものの、名作揃いの日本文学史のなかで、『源氏物語』に次ぐ二番手の『狭衣物語』が注目されることはほとんどありません。事実、わたしの記憶をたどってみても、中学校や高校の文学史の授業でふれることがあったはずなのですが、まったく覚えていません。わたしが『狭衣物語』を本格的に学びはじめるようになったきっかけは、ある一冊の本と巡りあったことでした。

そのきっかけとなったのが、兵庫県篠山市にある青山会文庫（あおやまかいぶんこ）に所蔵されている『さころもの哥（うた）』と題された一書です。この『さころもの哥』は、江戸時代前期、大坂城代であった青山宗俊（むねとし）（慶長九年〈一六〇四〉―延宝七年〈一六七九〉）やその子忠雄（ただお）（慶安四年〈一六五一〉―貞享二年〈一六八五〉）などによってその教養として蒐集された典籍のうち、右筆によって書写された一本と考えることができます。たいへん美しい装訂、筆跡のものです。一部だけ見てみることにします。図版（図3）とともに、その翻刻を掲げました。

「さころもの哥」と題が記されたあと、「いかにせむいはぬ色なる花なれは心のうちをしる人そなき」と、『狭衣物語』のはじめにあらわれる、つまり、第一首目の和歌が書かれています。その直後の「中将」は、このとき、中将の身分にあった狭衣を指します。「いかにせむ……」の和歌の詠者であることを意味しています。次の「うきしつみ……」は、『狭衣物語』の第二首目の和歌、「中将」は、やはり、狭衣のことで、「うきしつみ……」の詠者です。こうした

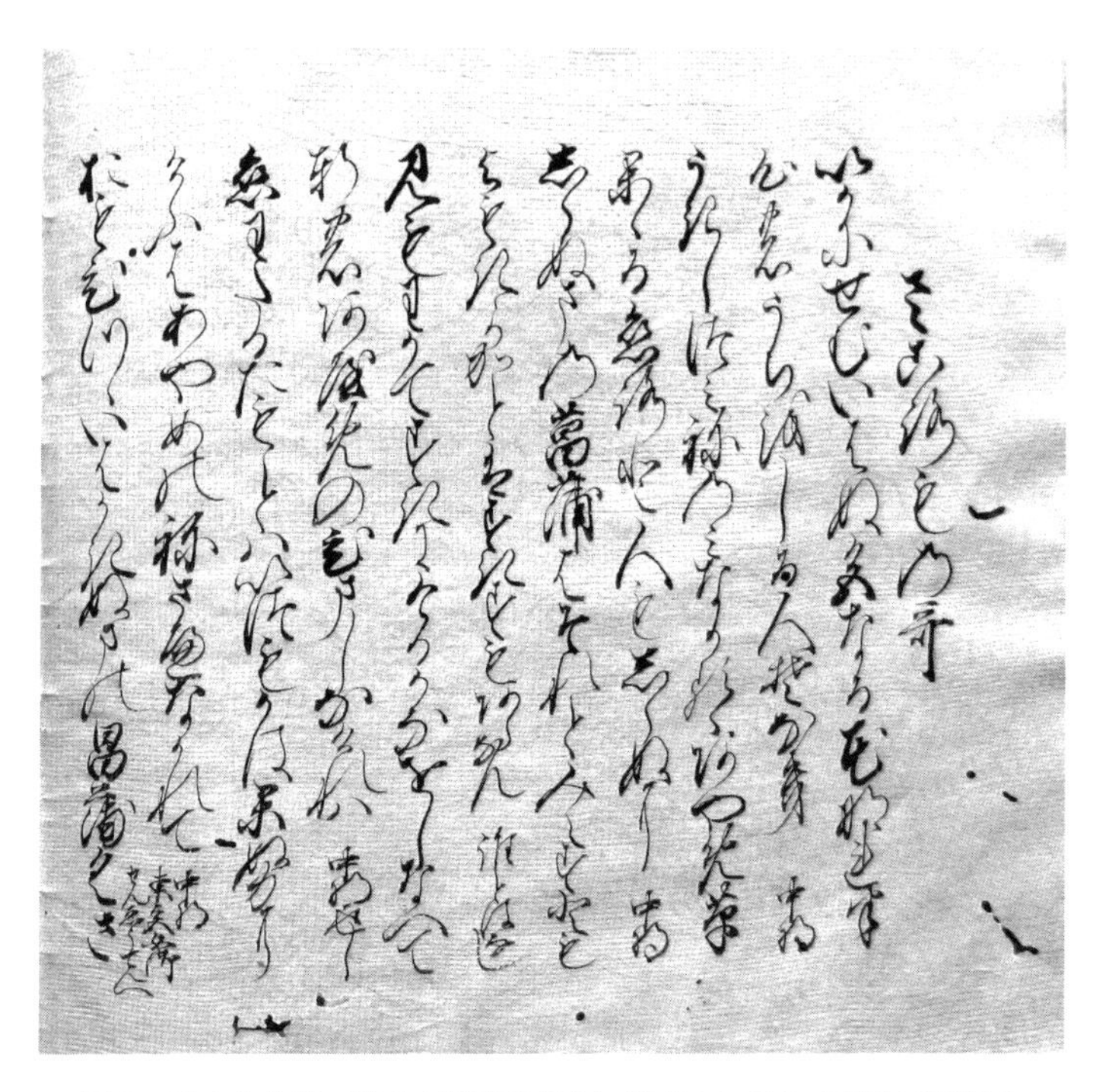

図３　青山会文庫（篠山市教育委員会）蔵『さころもの哥』冒頭部分

さころもの哥

いかにせむいはぬ色なる花なれは
心のうちをしる人そなき　中将
うきしつみねのみなかるゝあやめ草
かゝる恋路と人もしらぬに　中将
しらぬまの菖蒲はそれとみえすとも
よもきかかとはすきすもあらなん　誰とはなし
見もわかてすきにけるかなをしなへて
軒のあやめのひましなけれは　中将返し
恋わたるたもとはいつもかはかぬに
けふはあやめのねさへなかれて　中将 東宮女御 せんゑうてんへ
おもひつゝいはかきぬまの昌蒲くさ

具合に、『狭衣物語』から、その全ての和歌を抜き書きし、詠者名、ときには、詠作された状況を書き添えたものが『さころもの哥』です。

青山会文庫を訪れたわたしは、この本を手にとり、一枚一枚と頁をめくっていき、その内容を調べていったのですが、そのとき、ふと、ある疑問がわいてきました。そもそも、誰が、何のために、この本を作ったのだろうか、という疑問です。『狭衣物語』は、物語です。和歌だけではない。それにもかかわらず、どうして、和歌だけを抜きだしたのか。あるいは、なぜ、『狭衣物語』であって『源氏物語』ではなかったか。さらに調べていくと、『さころもの哥』には、これと同じ筆跡のものが三本も現存していることが確認できました。ほとんど違いのない、瓜二つの本が、三本もあるのです。なぜなのでしょうか。いま、その結論だけを簡潔に述べておきます。『狭衣物語』は、物語の内容ではなく、和歌が抜群によい、といわれていました。そして、こうした評価こそが、『さころもの哥』が生まれたもっとも大きな原因と考えることができます。

わたしは、このことにとても強く惹かれました。『狭衣物語』には、物語じたいを読むことはもちろん、このようにして変化させながら受けいれようとする姿勢もあるのだ。それは、『源氏物語』にも、あるいは、『伊勢物語』にも確認されていたことでしたが、『狭衣物語』にこうした現象があることは、あまり注目されていませんでした。後代に大きな影響を与えた『源氏物語』や『伊勢物語』ならいざ知らず、それらの影響を受ける側と考えられていた『狭衣物語』だったからです。『狭衣物語』が書かれてから、それこそ、現在にいたるまで、この物語はどう受けいれられ、読まれてきたのか。その答えが、たんに物語を楽しみながら読んでいた、ということだけではない事実が、わたしに衝撃を与え、同時に、『さころもの哥』だけにとどまらず、この物語にかかわるありとあらゆる現象、難しくいえば、受容（受けいれること、その方法）のバリエーションの豊かさをさぐることが、わたしの研究の対象になった瞬間でした。

『狭衣物語』の受容のバリエーションの一部を、簡単に紹介しておきます。拙著『狭衣物語　受容の研究』で詳細な解説を加えたものもありますので、ご参照ください。

A　写本
B　和歌抜き書き集
C　ダイジェスト本（概略をまとめたもの、物語の一部分を抜き書きしたもの）
D　絵画
E　注釈書
F　素材にして生まれたもの（奈良絵本、宴曲、謡曲……）

このなかのひとつ、「A　写本」をとりあげてみます。かつて、物語は、現在のように印刷されて流布するのではなく、手ずから書き写されることによって広まり、読まれていました。だから、とうぜん、書き写すさいに、文章を書き誤ることもありました。そして、もとの本に誤りがあれば、それを修正して書き写すこともありました。しかし、修正するさい、おおもとの本が手もとになければ、必ずしも、その本と同じ文章に復元できるとはかぎりません。ここに、おおもとの本と、書き写された本とのあいだに、文章の違いが発生します。また、書き写していくさいに、積極的に文章を加えたり、なおしたりすることもありました。ちょっとしたメモのようなものが、文章として混入してしまうこともあったようです。さらには、作者によって、異なる二種類の文章、たとえば、草稿と最終決定稿などといった具合に書かれ、そのどちらもが流布してしまった可能性も考えられるかもしれません。文章が違っていれば、とうぜん、受けとりかたも違ってくるはずです。「A　写本」とは、個々の写本によって異なる文章があることを意味し、そこから、『狭衣物語』の受けとりかたの違いを読みとろうとするものです。

先ほど、『狭衣物語』の冒頭部分をとりあげました。「少年の春惜しめども留(とま)らぬものなりければ、三月(やよひ)も半(なか)ば過ぎぬ。」こうしたはじまりでした。これは、『新編日本古典文学全集』の文章を引用したものです。『新編日本古典文学全集』は、深川本という鎌倉時代前期（諸説がある。小林強「狭衣物語の古筆切点描」（久下裕利・久保木秀夫編『平安文学の新研究―物語絵と古筆切を考える』新典社、二〇〇六年）の注（1）では鎌倉時代中期以降とする）に書写された一本を底本にしていますから、深川本の文章といってよいことになります。深川本をじっさいに見てみますと、たしかに「少年の春をしめどもとまらぬものなりければ、やよひもなかはすきぬ。」となっています。句読点を付けた以外は、写本のままに翻字しています。ところが、いくつかの写本には、これとは異なる文章が書かれています。試みに、拙著『狭衣物語　受容の研究』でもとりあげた、江戸時代初期書写の京大五冊本を見てみると、「せうねんの春はをしめともとまらぬ物なりけれは、やよひも廿日あまりになりぬ。」とあります。「少年の春」の次の「は」の有無、また、「三月も」のあとを「半ば過ぎぬ」とするか「廿日余りになりぬ」とするか、などの違いが確認していただけるはずです（なお、講演会当日、会場には、妹尾好信先生のご厚意によって、広島大学図書館が所蔵する『狭衣物語』写本一点・版本二点が展示されました。そのうちの江戸時代前期書写の写本（図書番号　国文N二二三〈モノ前一二〇〉）には、「少年の春はおしめ共とゝまらぬ物也けれは、やよひの廿日あまりにも成ぬ。」とありました）。これらの違いは、わずかなものであり、文章の大筋が異なるものでもありません。しかし、たとえば、物語の冒頭が「少年の春、惜しめども」とはじまるか、「少年の春は惜しめども」とはじまるかによって、その印象はだいぶかわってくるはずです。ここに、これらの写本の書写者や享受者が、どのようなものとして『狭衣物語』を受けとっていたか、すなわち、受容のバリエーションが確認できる、というわけです。

いま、大きく二つの点について述べてきました。ひとつは、『狭衣物語』が、『源氏物語』をふまえつつ、それを乗り越えようとした物語であったこと。だから、『狭衣物語』も、『源氏物語』に負けず劣らず魅力的だ、ということです。もうひとつは、この物語がどのように受容されていたか、という視点からも興味深い物語であること。このことは、平安時代、鎌倉時代、室町時代、江戸時代のそれぞれの時代に生きたひとびと、そして、現在を生きるわたしたちが、どのように物語と対峙してきたか、なぜ書いたのか、どんな理由で読もうとしていたのか、どう受けいれていたのか、といった疑問に向きあうことにもなります。そうして人間や社会について考えをめぐらせることは、いうならば、人間（ヒューマニティーズ）学としての日本文学研究の可能性を切りひらいてくれることにもなります。さまざまなことに気づかせてくれる豊かな世界が、ここにはあるわけです。そしてまた、この世界に、池田亀鑑も気づいていた、ということができるのです。

4 池田亀鑑と『狭衣物語』

数多くの『源氏物語』の写本を蒐集したことで知られる池田亀鑑ですが、どうやら、『狭衣物語』に対しても、並々ならぬ関心を寄せていたらしい、ということができます。『日本文学教養講座　第六巻　物語文学』第五講「物語の発生と展開」（至文堂、一九五一年）によると、「狭衣物語は、源氏物語を摸して作られた長篇物語であるが、もちろんその文芸的価値は源氏に及ぶべくもない。」「全体的に宿命観が色こく漂うており、個性もはつきりせず、心理描写や性格表現にもなお十分とはいえない点がある」など、否定的な見解が目立ちますが、それでも、「作者が、源氏から一歩前進しようとしているのは、多とすべきである」「長篇物語としての構図はたしかなものである。源氏物語の第一部において見られた構成の脆弱さは、この物語においては克服されている。」と、よい評価も与えているようです。他の物語や随筆を考察するさいでも、『狭衣物語』への目配りは欠かさず、たとえば、『枕草子』の注釈には、あちらこちらでこの物語への言及がみられます。また、随筆集『花を折る』（中央公論社、一九五九年）にも収められた「古書漫筆」には、次のようにあります。

国宝の本願寺本三十六人集が世に出るためには、大口氏の卓抜な鑑識力がぜひ必要であつたやうに、如何なる珍籍奇書でも、その価値を知らない人人の前では、まるで一把の反故にしか値しない。いはゆる猫に小判の類である。

かういふ事をいひ出して、自分のことに及ぶのはをこがましいが、今度古典保存会から複製になる拙蔵の古写本大鏡零巻の如きは、長い間店頭にさらされて、何千かの目に見離されたものであつた。青蓮院本神皇正統記や異本宇津保物語や、為相本土佐日記や、古本狭衣物語など皆さうである。

（『国民百科大辞典附録国民百科パンフレット』七、一九三五年九月）

これによれば、池田亀鑑は、青蓮院本『神皇正統記』（現在は天理大学附属天理図書館に所蔵されている。請求番号 二一〇・イ五一。天理図書館善本叢書和書之部19『神皇正統記諸本集』（八木書店、一九八〇年）に影印が所収される）や、為相本『土佐日記』（現在は東海大学附属図書館桃園文庫に所蔵されている。請求記号 桃・二一・七四）などに加えて、古本『狭衣物語』も所持していたことが確認できます。この古本が具体的にどの写本を指すのかはよく分からないのですが、しかし、『狭衣物語』の写本を蒐集していたことは間違いありません。『岩波講座日本文学　日本文学書目解説（二）平安時代（上）』（岩波書店、一九三二年）には、「筆者架蔵八種の写本」ともあります。詳細を知ることはできませんが、『狭衣物語』の写本を八本も持っていたことが分かります。

さらに、片寄正義「狭衣物語伝本考」（「国語」創刊号、一九三六年七月）をみてみますと、これは、合計五十九本におよぶ『狭衣物語』の写本や刊本をとりあげて本文の系統分類を試みたもので、系統分類じたいに問題は少なくないものの、いまなお、顧みられるべき点の多い論文なのですが、ここには、「池田亀鑑氏蔵本」として、池田亀鑑が所持していた六本の写本の情報を見ることができます。いずれの写本も、『狭衣物語』の研究に欠かせないものばかりです。

また、池田亀鑑の蔵書は、没後、東海大学の所蔵になり、桃園（とうえん）文庫として保管されています。『桃園文庫目録』（上中下三冊・東海大学附属図書館、一九八六年―二〇〇三年）も刊行されています。生前にも蔵書の出入りはあったようで、池田亀鑑が手にした全ての本がここにあるわけではありませんが、その一端をうかがい知ることはできます。おおよその目安として、物語にかかわる和装本を中心に収録する『桃園文庫目録　上巻』から、いくつかを対象として、その蔵書数を一覧にしてみたものが、次の表です。なお、これには、写本だけでなく、青写真や池田亀鑑の研究ノートなども含まれています。『源氏物語』が極めて多いことは一目瞭然ですが、『狭衣物語』も少なからず所蔵していたことが分

表『桃園文庫目録　上巻』による各物語の関連資料を含む総蔵書数

『源氏物語』	一〇四二点
『竹取物語』	三五点
『伊勢物語』	二二四点
『うつほ物語』	一五点
『浜松中納言物語』	七点
『夜の寝覚』	五点
『とりかへばや』	四点
『狭衣物語』	一六点

※なお、『桃園文庫目録　下巻』の「追加資料（写本・刊本）」も参照すれば、『源氏物語』四点が追加できる。

かります。

もちろん、池田亀鑑は、たんに『狭衣物語』の写本を集めただけではなく、その調査も進めていました。池田亀鑑旧蔵本のひとつであり、現在、宮内庁書陵部に所蔵されている伝為相筆本（函架番号 五〇三・二二二。『特別展 皇室の文庫 書陵部の名品』（宮内庁、二〇一〇年）に図版が掲載される）には、池田亀鑑と、古文書、古典籍のコレクターとして著名な保坂潤治（明治八年〈一八七五〉—昭和三十八年〈一九六三〉）とのあいだで交わされた書簡が添えられています。伝為相筆本が、『狭衣物語』の研究上、重要な一本であることが指摘されています。また、桃園文庫には、池田亀鑑の『狭衣物語』研究資料として、全巻にわたる注釈を試みた『狭衣惜春抄』（請求記号 桃・一一・二六）や、本文系統を見極めるための基準となる文章を示した『狭衣物語系統早見』（請求記号 桃・一一・二七）が所蔵されています。わたしは、伝為相筆本はもとより、この『狭衣惜春抄』や『狭衣物語系統早見』も何度か閲覧しているのですが、まだ十分にその内実を解明しきれていません。今後も調査を進めていかなければならないと思っています。ともあれ、これらの資料から、池田亀鑑が、『狭衣物語』の写本の調査、そして、注釈作業を実施していたことだけは確認できるのです。

池田亀鑑は、『狭衣物語』を評価し、複数の写本を所持して、その研究もおこなっていました。『狭衣物語』に対して多くを語ることはありませんでしたが、少なくはない関心があった、ということができるわけです。

5 おわりに

池田亀鑑も関心を寄せていた『狭衣物語』の研究は、池田亀鑑の時代と比べ、大きく飛躍しているといえます。いまだに分からないことも少なくないのですが、明らかになってきたことも多くあります。『狭衣物語』の研究は、とうぜん、『狭衣物語』とは何か、といった問題を明らかにしていくわけなのですが、同時に、『狭衣物語』が、『源氏物語』の影響のもとで書かれ、読まれてきたことを思うとき、そのおおもとになった『源氏物語』じたいの理解を発展させたり、相対化したりすることも可能にしてくれます。『狭衣物語』を知ることは、『源氏物語』を知ることにもなっていくわけです。池田亀鑑賞に『狭衣物語』をあつかった拙著『狭衣物語　受容の研究』が選ばれましたのも、そうした理由があってのことだと感じます。

わたしはロマンチストではないのですが、ロマンチックにいうとすれば、『源氏物語』というのは、まさしく、夜空に輝く一番星といえます。しかし、その夜空には、一番星だけではなく、無数の星々が輝いています。『源氏物語』以降に書かれた物語は、そうした星々のひとつひとつであって、『狭衣物語』も、たしかな輝きを放っています。もっとも強く光り輝く一番星だけを見ていてもたしかに美しい。けれども、わたしたちは、かすかな光しか放たない星や、赤みがかって見える星など、一番星ではない星の魅力を知っています。そうした星々が集まった夜空こそ美しいと感じているはずです。『源氏物語』だけではない、『源氏物語』以降に書かれた物語の世界を知ること、いろいろな星々の存在を見つけ、その魅力に気づくこと、そうしたことこそ、一番星を含めた星々の輝きを引き立て、物語たちの世界をいっそう美しく見せてくれるのだと思っています。

星つながりでもうひとつだけ。十九世紀（江戸時代後期から明治にかけて）のフランスの小説家、アルフォンス・ドーデーの「星」は、副題に「プロヴァンスのある羊飼の話」とあるとおり、フランスのプロヴァンス地方にある、牧場の羊飼いであった若者の物語です。牧場にはたったひとりきり、時折、噂に聞く牧場主のお嬢さんに憧れるだけだった若者が、ある日、偶然にも、そのお嬢さんと一夜を過ごすことになり、満天の星空のもと、若者は、星の名をめぐる物語を語りだします。そんな若者の肩に、お嬢さんは、そっと頭をあずけ、眠りに落ちていく……。そして、この小説は、次のように結ばれます。

私は、これらの星の中で一番きれいな、一番輝かしい一つの星が、道に迷って、私の肩に止(とま)りにきて眠っているのだと想像したりするのでした。

（村上菊一郎訳『風車小屋便り』新潮文庫、新潮社、一九五一年）

『狭衣物語』は、わたしにとって、もっともきれいに輝く星です。平安時代に書かれたあまたの物語のなかで、忘れ去られることなく、現在まで書き継がれ、わたしが巡りあうことのできた星です。

今日のわたしの拙い講演では、『源氏物語』以降の物語の世界、就中、池田亀鑑も関心をもった『狭衣物語』の世界を紹介しました。その魅力を、皆さまに少しでもお伝えできていれば幸いです。ご静聴ありがとうございました。

付記1

『狭衣物語』を読もうとしたとき、『新編日本古典文学全集』は、ページの上段に注釈、中段に本文、下段に現代語訳を並べていて、現在刊行されているもののなかで、もっとも分かりやすい。現代語訳だけを通読してみてもよい。また、全訳ではないものの、難解な箇所のみに傍注のかたちで現代語訳を付けた新潮日本古典集成『狭衣物語（上―下）』（新潮社、一九八五年―一九八六年）もある。ただし、どちらも入門書のレベルを超えている。より分かりやすく『狭衣物語』に親しめる一書が求められている。

付記2

本文中に明記したものを除いて、引用は、以下の原本・影印・文献に依った。引用にさいしては、私に、句読点や現代語訳等を付した。

▽『狭衣物語』……新編日本古典文学全集（29―30）『狭衣物語（①―②）』（小学館、一九九九年―二〇〇一年）
▽『狭衣物語』承応三年版本……国立国会図書館デジタルコレクション・同館蔵承応三年谷岡七左衛門刊整版本（請求記号 京乙・三三五）
▽『源氏物語』……新編日本古典文学全集（20―25）『源氏物語（①―⑥）』（小学館、一九九四年―一九九八年）
▽『絵入源氏』慶安本……国立国会図書館デジタルコレクション・同館蔵無刊記整版本（請求記号 八五七・一二〇）
▽『無名草子』……新編日本古典文学全集40『松浦宮物語 無名草子』（小学館、一九九九年）
▽『竹取物語』……新編日本古典文学全集12『竹取物語 伊勢物語 大和物語 平中物語』（小学館、一九九四年）
▽『伊勢物語』……同右
▽『さころもの哥』……原本・青山会文庫（篠山市教育委員会）蔵（函架番号 二〇三）
▽『狭衣物語』深川本……吉田幸一『狭衣物語 上〈深川本〉』（私家版「古典聚英」1、古典文庫、一九八二年）
▽『狭衣物語』京大五冊本……原本・京都大学文学研究科図書館蔵（請求記号 国文学・NiI・2）

◎もっと知りたい1　第三回池田亀鑑賞授賞式と記念講演会◎

（伊藤鉄也）

岡山駅から乗った出雲市行き特急「やくも」は、一時間半で鳥取県の生山駅に着きます。岡山と鳥取の分水嶺をトンネルの中で潜った列車は、鳥取県に入って最初の駅である上石見駅には止まりません。上石見駅から東の方向に、池田亀鑑の生誕地があります。この上石見駅の次の生山駅が、日南町の中心地です。日南町は山峡の町です。谷間を渡る風は、まだ肌寒さを伝えていました。

三回目となる池田亀鑑賞の授賞式が、今年もこの日南町で開催されます。二〇一四年六月二八日は、池田亀鑑文学碑を守る会にとっても記念すべき一日です。

最初に役場を訪問し、町長と教育長に挨拶をしました。

町長との懇談の中で、日本文学研究者のジェームス荒木氏（ジャズ音楽家としてはジミー荒木）のことに及びました。ジェームス荒木氏（一九二六―一九九一年）が日南町と関係のある方であり、しかも井上靖の小説『楼蘭』（エドワード・サイデンステッカーと共訳）や「風濤」などの英訳をなさっている、ということが語られました。この日南町には、井上靖の文学館「野分の館」があります。今後とも、松本清張の記念碑と共に、文学研究におけるさまざまな情報拠点となる地です。

［ふるさと日南邑　ファームイン］の入口には、昨年はなかった池田亀鑑の写真二枚が飾られていました。

これは、池田亀鑑の顕彰事業に深い理解を示してくださっている浅川三郎氏の寄贈になるものです。その横の「私のふるさと」という池田亀鑑のエッセイのパネルも、浅川氏が建てられたものです。このエッセイは、『もっと知りたい 池田亀鑑と「源氏物語」 第3集』に収録した『随筆集 花を折る』〈前篇〉に復刻しています。

こうした日本文化の理解者が日南町にいらっしゃるということは、これからもますますこの町が発展していくということでもあります。

今日の参会者は七〇名。この池田亀鑑賞の授賞式の参加者は、町民の方が中心であることはもちろんのこと、米子や岡山からもいらっしゃっています。

授賞式が始まってすぐに、役場の職員の方々がテーブルとイスを何台も運び込んでおられました。予想では五〇名ほどと見込んでおられたようです。さらに多くの方が来てくださったのです。会場の後ろで聞こえる騒めきを、ありがたさとうれしい思いで耳にしていました。日南町の町民のみなさんの熱気と期待が肌身に感じられるので、主催者側の気持ちも引き締まります。

「第3回池田亀鑑賞授賞式」の司会は、昨年同様、日南町図書館司書の浅田幸栄さんです。

開会挨拶は加藤和輝（池田亀鑑文学碑を守る会）会長。

今年もこの授賞式が開催できたことの喜びを語られました。

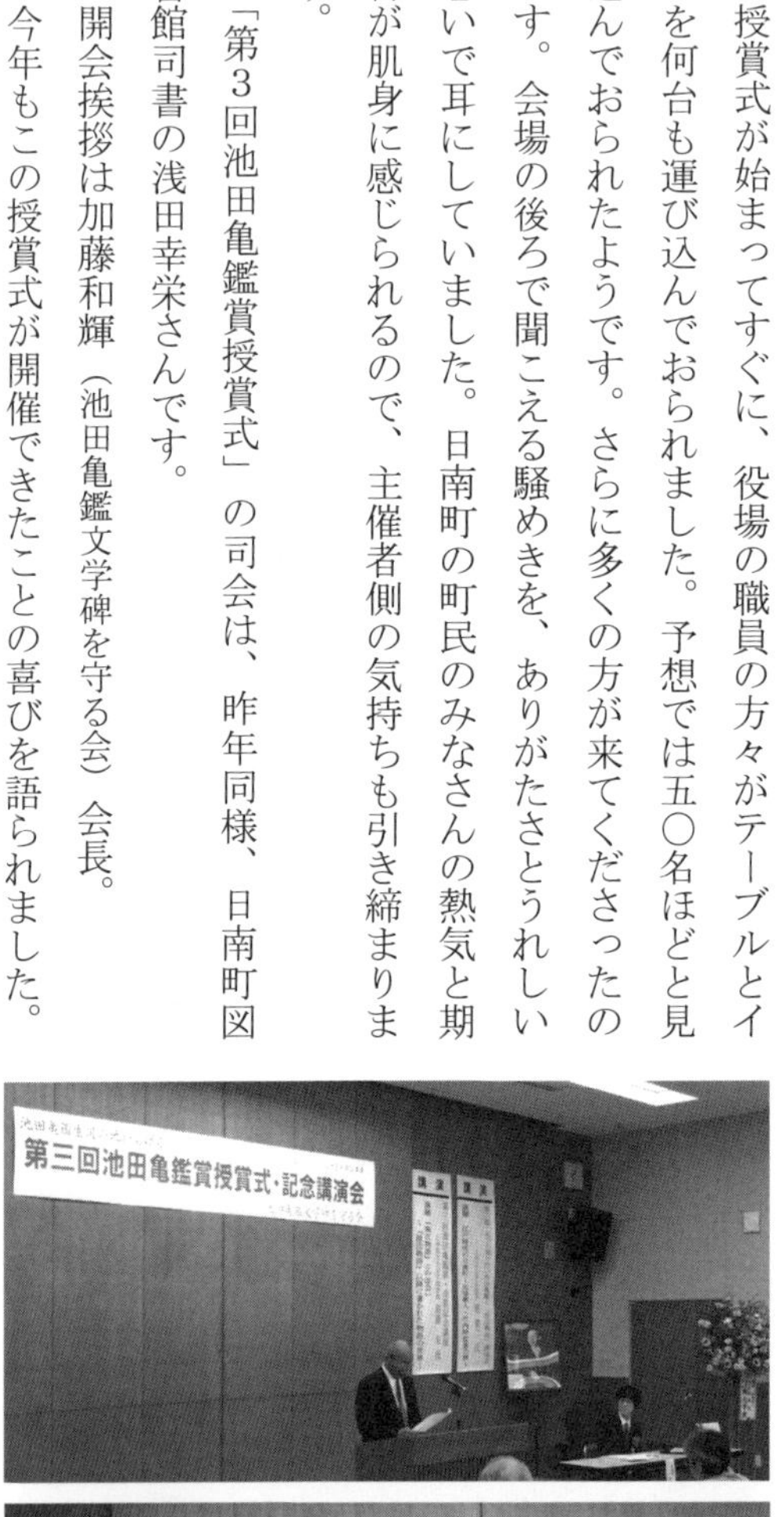

賞状と副賞の贈呈式には、地元報道関係者など多くのカメラマンが舞台に集まりました。

池田亀鑑賞選考委員会の会長である伊井春樹先生が、「池田亀鑑賞の意義」と題して挨拶してくださいました。いつもの優しい語り口です。みなさん、伊井先生のお話を、毎年楽しみにしておられます。

それを受けて、池田亀鑑賞の選考委員長である私が「選考理由」について報告しました。併せて、古写本を読んで池田亀鑑を追体験する中で、町民のみなさんと一緒に「古典文学の町づくり」に取り組んで行く企画をお知らせしました。（写真は前出の「第三回池田亀鑑賞受賞作の紹介と選考理由」200頁参照）

来賓紹介は、日南町議会議長と、日南町教育長でした。

来賓挨拶は、増原聡日南町長です。

このアカデミックな、村おこしとも言えるイベントの盛り上がりを、さらに次の世代に語り継ぎたいと、力強く宣言なさいました。

本日のメインとなるのは、「第一部　第三回池田亀鑑賞受賞記念講演」です。

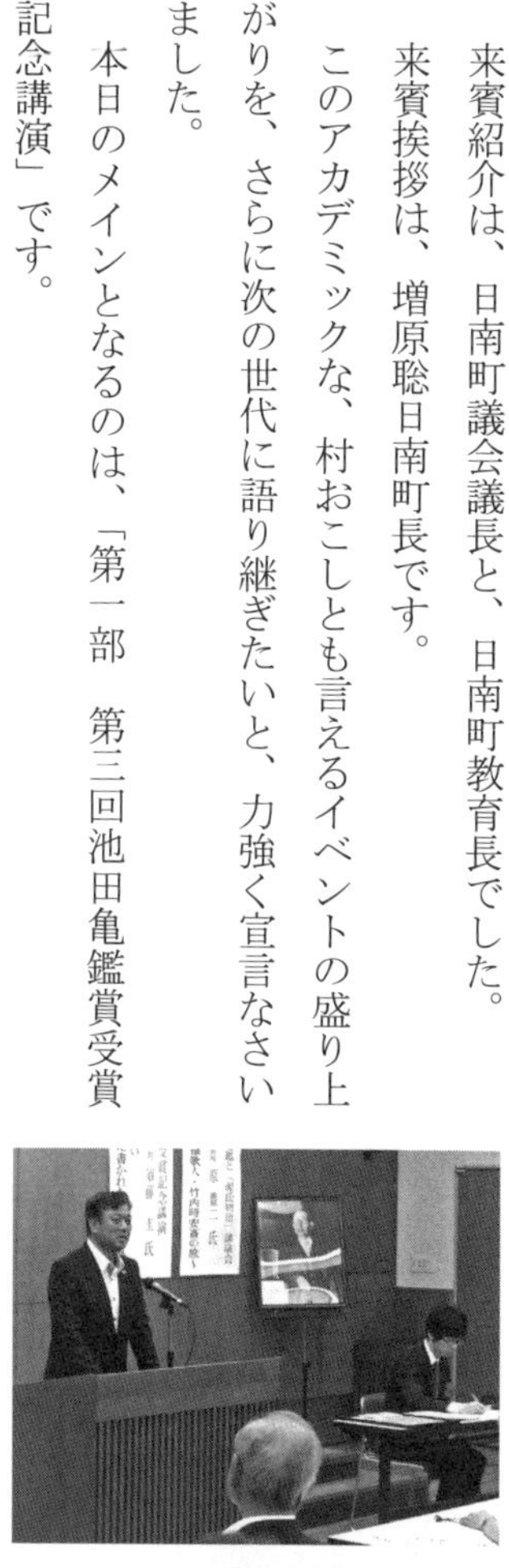

受賞者の須藤圭さんが、柔らかな語り口で『狭衣物語』についてわかりやすく話されました。

「『狭衣物語』とは何か」
「わたしと『狭衣物語』の出会い」
「池田亀鑑と『狭衣物語』」
「『狭衣物語』研究の未来」

最後に、広島大学の妹尾好信先生から、広島大学所蔵の『狭衣物語』の写本と版本の紹介がありました。

休憩時間には、妹尾先生と須藤さんによるギャラリートークもあり、多くの方が展示ケースを取り囲んで聴き入っておられました。

天保八年の絵入り版本「さころも」に、「紅梅文庫」の印がはっきりと確認できます。

「紅梅文庫」については、『もっと知りたい 池田亀鑑と「源氏物語」 第2集』（新典社、二〇一三年）で、永井和子先生と私が対談の中で詳細に語っていますので、ご参照のほどを。

会場の入り口には、日南町図書館にある池田亀鑑に関する本が並んでいます。

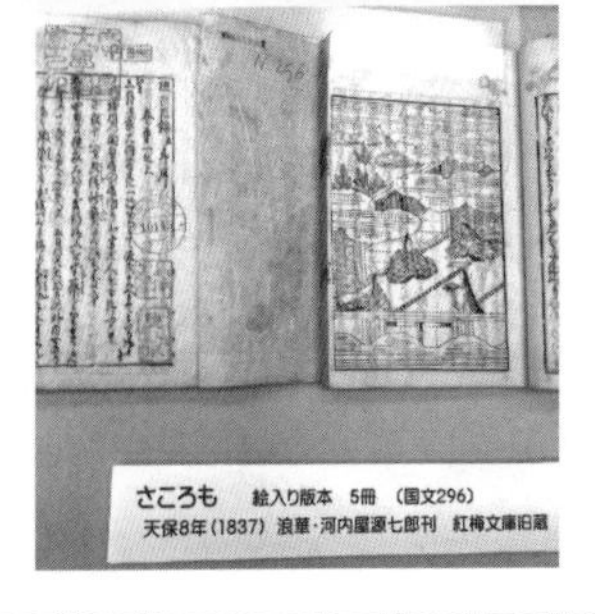

この日のために、小さいながらも、こんなにかわいい幟を作ってくださったのです。職員とお手伝いをしてくださるみなさんの、このイベントを一緒に盛り上げようというそのお気持ちが、温かい声援として聞こえて来ます。想いのこもった小道具が嬉しくて、また来年も来ますから、と、幟に向かってつい手を合わせ、一人で笑ってしまいました。みなさん、ありがとうございます。

続いて、「第二部　もっと知りたい　池田亀鑑と『源氏物語』講演会」です。

今春から岡山のノートルダム清心女子大学に移られた原豊二先生の講演は、「江戸時代の日南町　元禄歌人・竹内時安斎の旅」と題するものです。

「竹内時安斎の人物紹介」

「江戸時代の日南町地域を知る」

「紫式部伝説の一断章」

中でも、竹内時安斎が元禄七年に伯耆地方を旅し、日南町地域を通過した五日間の記事では、地名や人名が出てくることもあり、会場のみなさんの反応や、質疑のやりとりに興味深いものがありました。

最後に、原先生から日南町のあらたな価値に「古典文学」を、という提言には、会場から多くの首肯きが波として伝わってきました。

この原先生の勢いは、続く私の古写本を読む体験へとつ

ながります。

少し休憩した後、「第三部　鎌倉時代の『源氏物語』古写本を読んで池田亀鑑を追体験してみよう」という、参加型の体験学習を企画しました。

これは、これまでが講演を聴くという、参加者にとっては受け身の催し物ばかりだったので、少しでも身体を使った体験を共有しよう、という趣旨の元に取り組むことにしたものです。

現地のスタッフの方々の予想では、一〇人位が残って参加してもらえたら、ということでした。学習用に鉛筆も一〇本ほど用意してくださっていました。

しかし、意外というべきか、うれしいことに四〇人近くの方々が残ってくださったのです。

事前に広報用に配布したチラシには、次のような説明文を掲載しました。

池田亀鑑が生涯をかけて取り組んだ『源氏物語』の古写本を読むことを、みなさまと一緒に追体験してみたいと思います。

米国ハーバード大学美術館には、鎌倉時代に書写された『源氏物語』の「須磨」巻と「蜻蛉」巻の二冊が所蔵されています。

今回は、その内の「蜻蛉」巻の最初のページを、変体仮名といわれる仮名文字を一文字ずつたどりながら読んでみます。

資料は配布しますので、筆記用具だけをご持参ください。

この企画は、今後とも継続して日南町で開催する予定です。

閉会後、何人もの参加者の方々が受賞者などの所にお出でになり、いろいろな質問や感想を投げ掛けておられました。こうした交流は、今後とも大切にしていきたいと思います。

会場を後にして、懇親会場へ移動する途中に、いつものように池田亀鑑の顕彰碑の前で関係者一同が記念撮影をしました。いつもお忙しい伊井春樹先生は、調査のために急いで松江へと移動なさったため、今回は写真の中にはいらっしゃいません。

また、恒例となっている「池田亀鑑誕生地」の碑に受賞者を案内して、記念撮影をしました。この碑は個人の敷地に建っているため、ご迷惑をおかけしないようにと、今回は少人数で訪問しました。

日南町のみなさまのご理解とご協力のもとに、三回目となる池田亀鑑賞の授賞式と関連するイベントも、すべて盛会のうちに無事に終えることができました。みなさまのご協力に、感謝します。そして、次回もよろしくお願いいいたします。

本コラムは、伊藤のブログ「鷺水庵より」で、「第３回池田亀鑑賞授賞式」（二〇一四年六月二九日、http://genjiito.sblo.jp/article/17897027.html）と題して報告したことを整理したものです。

◎もっと知りたい2　馬賊とは何？◎

（伊藤鉄也）

『もっと知りたい　池田亀鑑と「源氏物語」　第3集』では、池田芙蓉（亀鑑）の冒険小説『馬賊の唄』に関して、次の二本の記事を掲載しました。

「池田芙蓉（亀鑑）『馬賊の唄』について―その出典と時代背景を軸として―」（杉尾　瞭子）

「もっと知りたい2　『馬賊の唄』の内容と満蒙の地名」（伊藤　鉄也）

小説家として池田亀鑑が筆を揮った『馬賊の唄』は、大正一四年に『日本少年』に連載されました。当時の時代を反映した、気宇壮大な物語です。日本古典文学の文献学者となる池田亀鑑が書いたとは思えない、夢幻の空想冒険談です。

この作品を読み、私のブログ「鷺水庵より（http://genjiito.sblo.jp）」には「池田芙蓉（亀鑑）著『馬賊の唄』を読んで」（2012年07月14日）と題する記事を投稿しました。その後も、この作品の位置づけを考え、その背景となる満洲における馬賊についても、諸書を読んできました。

そうした中で、ここに紹介する本、『馬賊の「満洲」　張作霖と近代中国』（澁谷由里、二〇一七年六月、講談社学術文庫）は、その内容に惹かれるものが多かったので、以下に引用文を多用しながら、馬賊と満洲について確認していきます。紹介する視点は、あくまでも池田芙蓉

（亀鑑）『馬賊の唄』を理解するための参考情報の整理にあります。

著者は、博索して読み解いた資料を元にして、張作霖を中心に満洲の地を舞台とする人々の関係を明らかにします。そして、それぞれの人物の腹の内を読み解きながら解説しているため、非常にわかりやすい構図で語られていきます。

私が読み進めた視点で言えば、張作霖の生き様から馬賊の実態や本質が見えて来る、という作者の仕掛けの巧みさを感じます。池田芙蓉（亀鑑）が書いた馬賊の姿は、この前半で語られる、馬賊が次第に地方軍へと生まれ変わっていく前段階に留まるものであることもわかります。

池田芙蓉（亀鑑）が『馬賊の唄』を書いた時代と今では、満洲に対する見方が異なります。

そこで、日本人の満洲観というものの再認識を求める著者澁谷氏の発言から、私がチェックをした文章を抜き出して列記します。

> 「満洲」をダイレクトに日本に結びつけてしまうと多くの側面を見落とす危険性がある。そもそも「満洲」が「中国の一部」だという無意識的な前提も、検討しなおす必要があるだろう。日本人がかつて幻想を抱き、今も恐らくは正確に理解しきれていない「満洲」について、なるべく地域としての自主性を重んじた叙述を心がけようと考えている。（一四頁）

> 日本人は「馬賊」という言葉に、盗賊・山賊と同等の、強盗集団のイメージを抱いてきた。そのような出自の人物を「元帥」に頂く中国（人）への蔑視もあり、張の生前からさまざまな誤解が語られてきた。

結果として張の実力と人物像は過小評価され、その貧しい認識や情報量に基づいて「御しやすし」とみた日本の陸軍や関東軍は、一方的な傀儡化計画を立てたと筆者は考えている。

その出発点は日露戦争時（一九〇四〜〇五年）の「馬賊」懐柔工作にあった。第一次・第二次「満蒙独立」運動（一九一一〜一二／一九一五〜一七年）を経て、「馬賊は使える」という思い込みに変わり、かつ「馬賊」出身の張作霖は恐るるに足らないという慢心が生じた。（一三頁）

なお現在の中国では、「満洲国」を歴史評価上も正規の国家として認めていないので（中国語では偽満洲国、略して偽満と表記する）、それに配慮して「満洲」あるいは「満洲国」という名称は、日本における歴史的用語であることを示す「　」をつけて表記する。（一四頁）

モンゴルを除いて、「満洲」以外に「馬賊」が活動していたという話も聞かないだろう。「馬賊」といえば「満洲」というイメージもできている。また山室信一氏は、「日本にはない自由な大平原の広がる満洲への憧憬」から、「拳銃片手に駆け抜けていく馬賊の活躍する荒野」を当時の日本人は連想し、さらに歌謡曲・少年小説・映画といったさまざまな形で「馬賊の唄」がヒットし、アメリカ西部劇にも似たイメージを形成したのではないかと述べている。（一六頁）

満洲族は、その名が示すとおり「満洲」出身のツングース系民族であり、中国史上ではかつて金という王朝（一一一五～一二三四年）を樹立した、女真族の末裔にあたる。正確にいうと、「ジュセン」というのは彼らの言葉では「従属者」を意味したらしく、これに漢族が「女真」という字を当てたにすぎず、少なくとも美称ではない。そのため清朝建国のころから、「マンジュ」と名乗るようになった。彼らが信仰していた文殊菩薩（梵名マンジュシュリー）からきたという説、元来満洲語で「勇者」「聡明なる者」を意味するという説など、語源には諸説ある。しかしいずれにせよこの呼称は彼ら自身が選択し、自称したものだった。「満洲」という地域呼称は、民族自称から派生したのである。（三五頁）

経済面でいえば「馬賊」は匪賊よりは安定していたはずだが、決して楽な稼業ではない。一般的に、「馬賊」・匪賊の活動期は秋の収穫期から翌年の旧正月（陽暦の一月末～二月中旬ごろ）にかけての時期、農家・商家ともに最も金回りのよい時期である。夏は上記の時期ほど活発に活動しないようだが、散発的な掠奪はする。旧正月明けから春にかけては活動を控える。活動期の収入を、配下たちの働きに応じて適宜分配し、解放してやる必要があっただろう。そして次の活動期にさしかかるころ（初夏）、また頭目が声をかけるという仕組みになっている。

配下たちは、閑散期、あるいは病気やけがが、頭目との反目などの理由で、匪賊や「馬賊」稼業をしていない時には（次の口がかかるまで）、行商人や労働者になったり、宿屋や食堂などのサービス業で臨時雇いの口を探したり、地主に雇われて力仕事その他の家事・雑用をしたり、技能があれば職人として生活したり、賭博で生計を立てたり、さまざまだった。ただし頭目以外、生涯にわたる伴侶や家庭を持つことは、ほとんど許されない。休業時だけの季節婚・一時婚が関の山である。相手の女性とは、副業の職場で知り合うことが多かったようだ。（七〇頁）

構成人員の性格や資質、名望家たちとの交際から見ても、「馬賊」を、社会からの完全脱落者として位置づけるのはむずかしい。むしろ、地域社会の底辺層にある人々が、社会に食い込みつつ上昇の機会をうかがうための、有効な装置として機能していたのではないだろうか。もちろん「保険区」外の人々からは匪賊同様に恐れられていたし、官憲の取締対象でもあったのだが、区内では自警団として位置づけられている。地域社会、特に名望家たちの側からいえば、「馬賊」すなわち「保険隊」は、社会の底辺層から匪賊に転落してしまう（あるいはしてしまった）人々を社会復帰させ、自衛と治安維持を両立させるための方策だったと考えられる。（七九頁）

「覆面浪人」と名のる作者による「馬賊になるまで」という本は、よくある「馬賊」小説とは一線を画する、興味深い内容をもっている。本書のテーマでの執筆を志してから、およそタイトルに「馬賊」と名のつくものは、小説であろうと研究書であろうと、日本で入手可能なものはあらかた読んでみたが、やはり小説は空想の域を出るものではなく、史料としては使えないと嘆息するのが常だった。（一九〇頁）

「馬賊」、すなわち「保険隊」にあるこのような特徴は、日露戦争でも日露両軍によって利用された。日露両国の軍事関係者が、「保険隊」の存在価値を認知した結果、「保険隊」はそれまでよりも広く知られるようになった。特に日本の軍部と大陸浪人は、その後もこの地域の「馬賊」（この場合は賊を含む）を組織して、二度も「満蒙独立」運動を企てるなどしたため、日本において「満洲」といえば「馬賊」、というイメージが形成される一因となった。一方、宋教仁の働きかけによって革命運動に利用された「馬賊」・匪賊もいたが、その組織化は不充分であり、「満洲」では革命政権が樹立されなかった。「馬賊」出身の張作霖は清末における軍隊の再編過程にのって擡頭し、地位と勢力を上昇・拡大してきたので、それらの保証がない革命派に味方をすることはなかった、と考えられる。（二二七頁）

最後に、「馬賊」の位置づけを簡潔にまとめた文章を、長文を厭わずに一節分を引いておきます。

「馬賊」は、社会からドロップアウトしかねない（あるいはしてしまった）人々と、「満洲」地域社会が共存していくうえで考案された、自衛のための政治的装置であった。ゆえにそこに参加し、あるいはそれを組織・後見することには、社会的ステイタスがあった。軍隊に似た編成だったうえ、名望家層の推薦があったので、帰順への道も用意されていた。「馬賊」は「満洲」地域社会の日常生活の一部であり、正式名称「保険隊」は、堂々と名のれる職名だった。

だが自衛武装集団が割拠する清末期が終わり、いわゆる奉天軍および張作霖政権が、「満洲」（それに中国全土から見ても）屈指の軍事力を獲得するに従い、「馬賊」は名目上、「満洲」では次第に必要のない存在になっていった。張作霖と同様の道をたどって、底辺層から這い上がろうとする人々の野心は、張作霖自身によって抑圧された。張作霖政権期に、かつての張作霖のような高名な「馬賊」(=保険隊)が生まれないのはそのためであろう。

つまり「馬賊」とは、近代「満洲」における地方行政と治安維持機能の麻痺という、特殊な社会的条件下で生まれた時代の申し子だった。大きな動乱があれば、匪賊や退役兵が組織されて、類似したものが生まれる可能性があった。「満洲」事変から「満洲国」建国期にかけての混乱の中、抗日勢力の工作で結集された匪賊の軍隊は、スポンサーと活動領域、政治的な意義ははなはだ異なるが、地方行政と治安維持機能の麻痺から「満洲」社会の底辺層を救うという意味では、「馬賊」の再生ではなかったか。

張作霖は「馬賊」出身だった、と紹介されるとき、従来、そこにはいささか侮蔑的なニュアンスがあった。しかし「馬賊」は、単純な匪賊とは違う。張作霖は最初、自身が社会で撮頭する手段としてこの職業を選択し、希望どおり軍隊への帰順を果たすと、今度はその枠組みにのっとって身を処し、辛亥革命の混乱でも自分を見失わずに生き残った。

(中略)

「馬賊」が輝きを放っていた時代は短かった。大陸浪人と謀略「馬賊」の活躍を通してしか、「馬賊」を知らなかった日本人は、その姿に憧れたが、中国近代史と「満洲」社会の文脈においてこれを考えてみると、単純な匪賊でもなく、さりとて軍人でもない、やや中途半端な存在であり、ずっとこの職業を続けるのがいかに厳しいかがおわかりいただけたと思う。(二二九~二三一頁)

終始、史実に忠実でなおかつ正確な記述を心がける著者の姿勢に、好感を持つと共に安心して読み進められます。

本書の「馬賊」に関する歴史的認識を基にして、あらためて池田芙蓉（亀鑑）の『馬賊の唄』を読み直してみたいと思います。

なお、私の父は、戦時中は満洲にいました。昭和一三年一月に、現役兵として「歩二一」に入隊。直ちに渡満。ハイラル第一一九師団獣医部附士官に所属していて終戦を迎えています。川柳をよくした父の柳号は「馬蹄」です。満洲で馬の医者をしていたことからの命名でした。終戦後はシベリヤに抑留され、昭和二三年六月に復員・引き揚げています。父からは、馬も笑うんだ、ということを聞いた記憶しかありません。まったく語らなかったからです。今になって、もっと聞いておけばよかった、と後悔しています。

原本：『馬賊で見る「満洲」――張作霖のあゆんだ道――』（講談社、二〇〇四年一二月）

本コラムは、伊藤のブログ［鷺水庵より］で、「読書雑記（308）澁谷由里『馬賊の「満洲」張作霖と近代中国』」（二〇一一年一一月一三日、http://genjiito.sblo.jp/article/18840494.html）と題して報告したことを整理したものです。

連載

池田亀鑑の研究史

第四回 池田亀鑑と『紫式部日記』2

小川陽子

連載第三回では池田亀鑑の『紫式部日記』研究について、注釈、本文校訂を中心に概観した。その中で一点、岩波文庫本について、保留とした問題がある。今回はまずその解決を図るところから始めたい。

◆昭和五年版岩波文庫本『紫式部日記』とその改訂

問題の所在から確認しておこう。昭和五年、池田は岩波文庫本の641『土佐日記』と642『紫式部日記』を担当した。それから二十二年後、岩波書店発行の雑誌『図書』第36号（昭和二十七年九月）に、池田は「岩波文庫「土佐日記」「紫式部日記」の改版について」と題して寄稿する。そこには、

岩波文庫版の「土佐日記」と「紫式部日記」とは、岩波書店の完全な了解と賛意のもとに、全面的に改版しますが、しかも、同文庫の趣旨にそうて、＊一つの線だけは守ることになっております。新版は今秋までには上梓の

見込であります。

とある。「今秋」すなわち昭和二十七年秋に岩波文庫本『土佐日記』および『紫式部日記』の改訂版を刊行することを予告するものであった（「＊一つ」は、「★一つ」の意で、岩波文庫本の定価が「★」の数によって定められていたことに拠っていよう。改訂版となっても価格に変更はない、と明言したものであろう）。ところが、『岩波文庫解説総目録』（平成九年特装版、岩波書店）や『岩波文庫の80年』（平成十九年、岩波文庫）等における岩波文庫本の書目リストには、『土佐日記』『紫式部日記』ともにこの改訂版に該当すると思しき書目が掲載されておらず、記録上でこれらの刊行を裏付けることができないのである（なお、前稿で記したとおり、昭和三十九年版『紫式部日記』は掲載されているが、これは秋山虔との連名によるもので、昭和二十七年に池田が予告したものとはまったく別の仕事と見るべきであろう）。昭和五年版の改訂版は本当に刊行されたのであろうか。

　残念ながら連載第三回を執筆した時点では昭和二十七年以降に刊行された641『土佐日記』あるいは642『紫式部日記』を確認する機を得られず、今後の課題としたのであった。その後、642『紫式部日記』について、昭和三十三年七月十日発行の第二十一刷を入手したため、昭和二十七年秋以前／以後の版を比較することが可能となった。

　結論から記せば、642『紫式部日記』については、昭和二十七年秋に予定された改訂版の刊行は実現しなかったものと思われる。昭和二十三年九月十五日発行の第十一刷（国立国会図書館デジタルコレクションによる）と前述の昭和三十三年発行の第二十一刷とを比較すると、解説、凡例、本文、付載の「紫式部日記歌」、いずれも同一なのである。あるいは、誤植の修正など稿者が見落としている点はあるかもしれないが、少なくとも、池田が「全面的に改版します」と宣言し、

・これまでの文庫のテクストは、その当時見出した一写本を中心にしたものですが、このたびの新版では、ある一古写本を底本として、諸本を校勘し、さらに類従本や、傍註本や、釈、解などの所拠本とも比較し、更にまた紫式部日記絵巻、栄花物語初花の巻、紫式部日記切、紫式部家集、紫式部日記歌などと考えあわせ、可能なかぎりにおける原型的本文を再建し、それを示すことにしたのであります。

・文庫本を改版するにあたり、参考のために関係文献を抄記して、読者の理解に資することにつとめました。

と具体的に記したような改訂は一切なされていない。傍線部のように「示すことにした」「つとめました」と記すからには実際に作業が行われていたはずで、しかも刊行元である岩波書店の雑誌『図書』に「今秋までには上梓の見込」と予告が掲載されているのであるから、大詰めの段階まで話は進んでいたものと推察される。しかしながら、昭和三十三年第二十一刷の本文と、前掲の書目リスト類の記載状況とをあわせ見ると、昭和二十七年の改訂版は、残念ながら幻に終わってしまったと判断せざるをえないのである。

◆岩波文庫本改訂作業の痕跡

刊行元の岩波書店と著者である池田亀鑑、双方が積極的であったこの改訂版がなぜ実現しなかったのか、現時点では謎というほかない。ただ、前掲の池田「岩波文庫「土佐日記」「紫式部日記」の改版について」を手がかりに、池田の遺した原稿や調査資料を『桃園文庫目録　下巻』（平成二十五年、東海大学付属図書館）等によって参照すると、この改訂版に向けての作業の痕跡らしきものはいくつか認められる。

戦争中、わたくしは、それらの写本（小川注・四十種ばかりの「紫式部日記」写本）を整理し、当時の記録、家集、日記、物語等と参照し「紫式部日記考證」と題する研究をまとめましたが、あまりに膨大で印刷が遅延している折から、五月の大空襲のために原稿の大半を焼失しました。しかし仕合せにも別に草稿がのこっていたので、それによって本文の部分だけをぬき出し、新しい岩波文庫の本文とすることにしました。

（「岩波文庫「土佐日記」「紫式部日記」の改版について」）

ここで言う「紫式部日記考證」は、前回も記したとおり、池田亡きあと、その遺稿が中田剛直らによって整理され、『紫式部日記』（昭和三十六年、至文堂）として刊行された。このため、同書の本文が改訂版岩波文庫本で予定されていた本文とほぼ同一であると考えてよいだろう。至文堂『紫式部日記』の凡例には次のようにある。

本書に掲げた紫式部日記の本文は、校勘の結果妥当なりと認めた訂正本文にして、これと流布本文と相違せる語句に対しては、その右傍に・印を附して之を示した。ただし仮名遣の訂正、漢字の充当等については、之を示さぬ。

これに対し、昭和五年の岩波文庫本はといえば、本書は、明暦二年二月十八日、伏見宮邦高親王自筆の本を以つて書写したる由の奥書ある本を、天和二年十一月十四日に転写せしといふ本をもつて底本とし、別に同系統の本一二を参考せり。

とあり、両書の間に基本方針の相違が認められる。至文堂版の傍線部は、前掲の池田「岩波文庫「土佐日記」「紫式部日記」の改版について」において「ある一古写本を底本として、諸本を校勘し（略）可能なかぎりにおける原型的本文を再建」と述べていることと対応していよう。実際のところ、日記冒頭部分について、両書の本文を具体的に見比べてみると、以下のようになっている（いずれも振り仮名、傍点は省略した）。

■昭和五年版岩波文庫本

秋のけはひたつまゝに、土御門殿の有様、いはんかたなくをかし。池のわたりの梢ども、遣水の辺の草むら、おのがじし色づきわたりつゝ、大方の空も艶なるに、もてはやされて、不断の御読経の声々、あはれまさりけり。やう〳〵涼しき風のけしきにも、例の絶えせぬ水の音なむ、夜もすがら聞き紛はさる。

■至文堂版

秋のけはひ入立つままに、土御門殿の有様、いはむかたなくをかし。池のわたりの梢ども、遣水のほとりの草むら、おのがじし色づきわたりつつ、おほかたの空もえんなるにもてはやされて、不断の御読経のこゑごゑ、あはれまさりけり。やうやう涼しき風のけはひに、例の絶えせぬ水のおとなひ、夜もすがら聞きまがはさる。

ここに示したのはわずか三文であるが、傍線部のように本文が異なる例はもちろんのこと、漢字を当てる箇所、読点の位置など、大小さまざまな違いが見てとれる。至文堂版のような本文を採用して岩波文庫本が新たに刊行されていれば、たしかにそれは改訂版と呼ばれるべきものとなっていたといえよう。

この至文堂版の本文につながったと思しき原稿が、『桃園文庫目録　下巻』収載の、365「紫式部日記　校本上・下」および366「校異紫式部日記」である。前者は昭和十九年頃、後者は同二十年頃作成のもので、前者は包紙に「紫式部日記校本　校異ノモト原稿」、後者は表紙に「校異二冊草稿」と、それぞれ記されているという。改訂版岩波文庫本のための本文もこれらから生み出されたのであろう。

また、池田「岩波文庫「土佐日記」「紫式部日記」の改版について」には、「紫式部日記絵巻、栄花物語初花の巻、紫式部日記切、紫式部家集、紫式部日記歌などと考えあわせ」と記されているが、これに関わると思われるのが、『桃園文庫目録　下巻』377「日記歌・家集・栄花・勅撰集本文ナラビニ校異」（作成年不明）と、359「紫式部日記」である。後者は昭和五年刊の岩波文庫本そのものであるが、同目録によれば、表紙に「以日記絵巻詞一校了　以同絵巻詞再考了」とあるという。そのほか、358「紫式部日記参考資料」（作成年不明）なども「文庫本を改版するにあたり、参考のために関係文献を抄記して」との記述に対応するものかとも推察される。

これらが改訂版として一書に結実していたならば、それは広く一般に向けた書物として、至文堂版という研究書とはまた別の意義を持つものとなったであろうと思うと、幻の企画として終わったことが惜しまれる。企画が実現しなかったのは、池田側の事情によるのか、岩波書店側の事情によるのか、はたまたその両方なのか、なお探ってみたいところである。

◆『日本文学大辞典』の項目執筆

さて、前回は池田による『紫式部日記』の注釈と本文校訂を順にたどったが、少し違う角度からも『紫式部日記』との関わりを確認しておきたい。辞典の項目執筆である。

新潮社から昭和七年六月に第一巻が刊行された『日本文学大辞典』について、藤村作は「摸擬ヲ戒メ創造ヲ勗メ」という昭和天皇の言葉を引き、「国民的なる大創造」をなすべきことを述べた上で、次のように制作の経緯を記す（同辞典「序」、昭和七年五月）。

文学に関する事彙・辞典は西洋に於ても極めて稀である。（略）我が国に於ても、近時初学者の為に著はされた一二の小辞典のあるのみで、文学辞典は世界の文化圏を通じて未だ完成を見てゐない現状である。（略）若し学者が相互の間に密なる聯絡を保ち、各自の業績を順次に重積し得る道があるならば、その労力の経済となり、従つて斯学進歩の為に利便を得ることは少くないであらう。それには日本文学辞典の刊行が最も望ましいことであらうとは、屢我々同学徒間の話題に上る所であつた。余も夙にこれを感じてゐながら、かゝる大業は到底一人の力の能くすべき所でないから容易に手を下し得ないでゐたが、昭和二年の冬、遂に意を決して先づこれを余の同僚・友人たる東京帝国大学国語・国文学両研究室関係諸君に諮つた。幸にその賛成を得たので、諸君と力を協せて公務の余暇をこれに利用し、万難を排して、これが実現に努力することにした。

日本文学辞典がいかに有用であるかを論じ、東京帝国大学関係者によってこれを実現させるべく動いたことを明言する。この実現に向けて尽力したひとりが池田亀鑑であった。項目執筆者は多数いるが、その中でも池田の名は、

> 本書の幸に世に出づるを得るに至つたのは、余が大学研究室に於ける同僚であり、友人である橋本進吉・志田義秀・久松潜一・城戸甚次郎・池田亀鑑・笹野堅・岩淵悦太郎の諸学士、並びに嘗て同僚であつた島津久基・守随憲治・筧五百里・西下経一・筑土鈴寛の諸学士の協力の賜であるといつてよい。これらの諸君は、計画に、執筆に、整理に、稀なる熱意と豊かなる学殖とを以て、余と協力して本書の為に尽瘁して下さつた。

と序において特筆されている。

第一巻には時代、ジャンル別に執筆者名が列挙されているが、それによれば、池田の担当は、「平安時代文学」のうち「物語」と「日記・随筆」であった（「物語」は入江相政との分担執筆）。このうち『紫式部日記』に関わりのある項目を具体的に挙げてみると、

紫式部、紫式部日記、紫式部日記釈、紫式部日記傍註

の四項目である。ちなみに、紫式部集は西下経一の担当であった。

『桃園文庫目録　中巻』（昭和六十三年、東海大学附属図書館）には、請求番号「桃　二三　二七」から「桃　二三八一」に至るまで、『紫式部日記』関連の典籍を五十五点、確認することができる。もちろんこれは東海大学附属図

書館に現存する資料のリストであって池田が調査ないし所持した典籍のすべてではないが、池田の興味関心あるいは資料収集の具体相を知る参考にはなるだろう。その内訳は、

『紫式部日記』二十六点、『紫式部日記絵巻』四点（複製本を含む）、壺井義知『紫式部日記傍註』九点、足立稲直『紫式部日記解』二点、清水宣昭『紫式部日記釈』四点、藤井高尚『紫式部日記傍註』一点、著者不明『紫式部日記詳解』一点、鈴木弘恭『校正首書　紫式部日記』四点、黒川真頼『紫式部日記参考』一点、池田自身の研究記録三点

といった具合である。『紫式部日記』そのものが約半分、残り半分を近世以降の注釈書が占めている点、注目される。注釈書はそのほとんどが版本で、校合その他、先人によって書き入れがなされている本が多い。池田が『紫式部日記』の本文だけでなく、注釈史へも広く目配りしていたことがうかがわれる。

『日本文学大辞典』で池田は、『紫式部日記釈』を「研究者の必ず一読すべきもの」、『紫式部日記傍註』を「参考すべき書の一つ」とそれぞれ評している。これらの注釈書、注釈史への目配りは、連載第三回でたどった池田自身による各種の注釈や本文校訂に活かされるとともに、辞典の項目執筆という形で研究者そして一般へとその成果が提供されたわけである。池田の幅広い研究活動のひとつとして、辞典との関わりを押さえておきたい。

コラム

随筆集「花を折る」に纏わる二、三の思い出

池田研二

○

亀鑑の没後一年を過ぎた頃、遺作集の刊行が企画され、著作の整理が、門下の方々の手で始められた。単行本として出版されたもののほかに、国文関係の学術誌に掲載された、源氏物語を中心とする平安期文学に関する論文などの著作が殆どを占めるが、そのほかに一般誌や同人誌等に登載されたものや、放送原稿等に、古書を探索する苦労話、日常生活でのハプニング、さらに晩年は生まれ育った故郷への想いなどを述べた随筆と言うべき著作が数多く遺されている。

それらの中から時を越えて万人にお読み頂けそうな著作を選び、学術的な亀鑑の遺作集とは別に随筆集として単行本に纏めることになり、「花を折る」の書名のもとに出版された。国文学の発展のためにと、大部な「源氏物語大成」を損得を度外視して出版して下さった、当時の中央公論社がこの随筆集についても出版を快諾された。しかし出版部数もさほど多くなく、出版後、半世紀を遥かに越えた現在では古書店にも見当たらず、入手は不可能となっていた。このたび伊藤鉄也先生の編集による本書第3集、第4集に復刻されたことは、とりわけ有難いことであった。

二回に分けて本書に復刻された「随筆集花を折る」の原本、中央公論社版は、亀鑑の門下の方々が各著作の登載誌などから手分けして原稿用紙に書き写したものに依っており、自筆原稿にまで溯って集められたものではな

い。僅かな著作を除き自筆原稿が既に散逸しており、また現在と違いワープロはおろかコピーさえ自由に利用できなかった昭和三十年代前半のことでもあり、手書きの作業は止むを得なかった。しかし登載誌からの書写に関しては門下の方々により誤記の無いことを厳重に確認されたものと考えてよい。

亀鑑の晩年、一般にはすでに現代仮名遣いや当用漢字が使われていたが、亀鑑の原稿は、大勢が歴史的かな遣いや本字ないしその従来の略字で書かれており、亀鑑は現代仮名遣いを慣用することはなかった。そのために戦後数年経ってからの著作では出版社のほうで現代仮名遣いや当用漢字に置き換えて印刷されているものが殆どであった。しかし中央公論社版の原本「花を折る」では、編纂を担当された桜井祐三氏、長野甞一氏ほか門下の方々のご意向により亀鑑が書いたであろう歴史的かな遣いと本字に統一することになった。なお、この復刻版では、仮名遣いは原本のままだが漢字は当用漢字に置き換えられている。

曰く因縁がありそうな「花を折る」との書名の由来には大した意味が無く、最近よくあるように「花を折る」に収められた一随筆（本書第3集一二四頁に掲載）の題名をそのまま流用したに過ぎない。色めいた表題のようで、読まれてみてがっかりされるかも知れないが、当時まだ高校生だった私も「池田亀鑑随筆集」などといった堅苦しい書名よりも人目を引いて良いかと思った。

書名に用いられたこの随筆の内容は、或る外国人研究者から「堤中納言物語」巻頭の「花桜折る少将」とはどういう意味か、どう英訳すればよいかと尋ねられ、即答できなかったことから、「花を折る」の言葉について文献学的な考証を試み、少将が花を折るという行動を表すのではなく、少将の容姿や着衣の華やかさを表現しているらしいことを知り、これだけでも調べていれば外国人研究者を失望させずに済んだであろうにとの自嘲の念を込めて一文を結んでいる。

○

　話題を変えて、随筆の中身を見ることにしよう。とくに印象に残るのは、随筆集最初の章の「日野川のほとり」に集められた一連の、亀鑑晩年の随筆である。その多くが幼年期、少年期を過ごした故郷を想い懐かしむ心境を綴ったものである。亀鑑の生誕地であり、幼年期を過ごした鳥取県日野郡の山合いの小村、神戸上（かどのかみ）（現在の日野郡日南町神戸上）には日野川上流の細い一本の支流が村の中央を流れてはいるが、日野川本流ではなく、この章の表題「日野川のほとり」とはかなり隔たりがある。

　父宏文の転勤により小学校上級の少年期から長く過ごした日野郡八郷村久古も日野川本流からやや離れた山中にあった。むしろ池田家が倒産するまで代々続いた地の西伯郡大幡村岸本（現在の西伯郡伯耆町岸本）や、そのすぐ上流の溝口（現在の西伯郡伯耆町溝口）のほうが「日野川のほとり」に近い。亀鑑は鳥取の師範学校卒業後、若年の一時、溝口で小学校教員を務め、のちに作家として知られるようになった教え子第一号の大江賢次氏を輩出した。中央公論社版原本でこの章の表題の頁に挿入されている写真は亀鑑の没後、岸本を流れる日野川を大山を背景に配して私が撮影したものであり、残念ながら亀鑑が幼年期、少年期を過ごし、随筆に懐かしく回想している風景とは異なることを指摘しておく。

　この章には十四編の随筆や小文が収められており、いずれも少年の目から見つめた小村の生活、とくに冬籠りの時期の行事や娯楽を懐かしく回想している。その原風景としてしばしば登場するのは、何の娯楽も無い寒村に峠を越えてやって来る獅子舞などの旅芸人や活動写真、休閑期に村の若い衆が楽しむ村独特の行事、そして、寒さで気が引き締まる冬の夜、雪の合間に晴れ渡る夜空、満天の星よりは大きく青く光る一つ二つの星や明るい月、そういった原風景が、晩年の亀鑑はたまらなく懐かしかった。ちなみにこの十四編の内に星や月が登場する随筆を調べてみると、「八岐大蛇」には【瑠璃色の大きな星】、「私のふるさと」、「冬を待つ心」、「たそがれの花」には【青い星】、「砂丘」には【宵の星】、「村芝居」には【夜空の星】、「八岐大蛇」には【大きな月】、「谷間の正月」、「鳥の雑炊」「活動大写真」には【月】が懐かしい原風景として描かれている。

なお「春の音」の章に掲載の「星の夜」、「晩秋の吉野」、「月の光」には宝石をちりばめたような満天の星空の美しさが描かれており、幼少年期とは異なる鎌倉山や吉野での新しい体験に圧倒されている。西欧の古典では月とともに星が良く情景設定に用いられるが、日本の古典では専ら月が主で、星の記述は極めて少ない。とくに日本の場合、幻の世界と現実の世界との切り替えにしばしば月が用いられることなど、古典文学と星や月との関係が述べられており、亀鑑少年期の原風景としての夜空と国内外の古典での情景としての夜空との対比が興味をひく。

○

自宅や家族など私生活での話題を扱った随筆は数少ないが、本書に掲載された「花を折る」後半の、「この一筋に」の章の中に数篇が含まれている。その中から私が小、中学生の頃のことで、今でも記憶に残っているものについて幾つか述べてみよう。

「軽犯罪」

終戦直後の東京は、新宿や池袋などの俄か作りのバラックや屋台が立ち並ぶ盛り場を少し離れると一面の焼け野が原で、夜になるとバス通りの他は殆ど人通りが無かった。そんな都会の荒れ地がまさに泥棒やサギ、強盗の出没地となっていた。盗人たちは入り込んだ寸劇を用意して善良な通行人の気を引く手立てを駆使していた。当時「浮浪児」と言われた身寄りが無いか、「浮浪者」の親共々、焼け跡や橋の下などに住み着き、言いがかりをつけては金銭を騙し取る輩が多数出没し、見事に狙い打されることが当たり前のように生じた。まだ、小学生年長組の私にもしばしばこんな不愉快な事態が起こった。

子供の犯罪の場合は、寸劇というほどの手の込みようは無く、持ち物などの品定めなどから近寄り、結局は小銭を要求する、他愛もないものではあった。夜になって人通りの無い道を独り歩きすることは、両親から固く禁じられていたが、子供はそんな警告をしばしば無視して、見事に彼らのペースに引き込まれたものである。ただ、持ち金はせいぜい五円玉か十円玉、たまにはやっと買ってもらった虫眼鏡や小形の懐中電灯などの小物を奪われたりしていた。

大人の軽犯罪、いわば昔の「追剝ぎ」は、この随筆にあるように、かなり手が込んでいた。随筆にあるように亀鑑も数度にわたって被害に遭っていた。「会社が倒産して職を失った。賃金の代わりに会社の商品を少しばかり貰った。これが売れないと食べて行けない。」と泣きつくインチキ商法は、現在の振り込めサギの如く、街外れの暗闇の中で常時繰り返されていた。商品には高級と称する布生地、万年筆、腕時計などが良く使われた。いずれも大幅に寸足らずだったり、使いものにならない粗悪品だったりした。腕時計には私も欲しくなり何度か引っかかりそうになったが、何とか難を免れた。

亀鑑は感激したり激高したりする割には人情深く、こう言った軽犯罪の標的になり易かったようで、しばしば被害に遭って悔しがっていた。被害に遭ったこと、上手く交わしたことを父から何度か聞いたことを憶えている。牛革製の高級鞄との触れ込みで買わされたが、革がひどく堅く重い粗悪品で結局通勤には使われなかったこともあった。そんな中でも秀逸?は、この随筆に書かれている「軽犯罪」である。

「用水桶」

この随筆に登場する「小学校に上がったばかりの男の子」は、まさに私のことで、小学校の二年の頃、夜店で買って来た数匹のメダカの栄枯盛衰の話である。同じくこの随筆に登場する「用水桶」とは空襲に備え、焼夷弾による火災が広がる前に消し止めるに必要な最小限の水を確保するために義務付けられた幅・高さ約六十センチ、奥行約四十センチ程度のコンクリート製の水溜めで、「防火用水」と言われた代物で、いつも水が満杯に入れてあった。私はこの用水桶を水槽に見立てて、買って来たメダカ数匹と金魚藻を放った。しばらくすると水面に浮かんだ藻草に直径一ミリに満たない黄色の粒が沢山付いており、メダカの卵とすぐに分かった。そこで随筆にあるように数十個の卵を湯呑茶碗に取り、卵の変化の観察を続けたのである。この時すでにメダカが自分達の卵を食べてしまうことも分かっていた。しかし成魚が稚魚を捕食するかどうかは調べていなかった。

その後、戦況は厳しさを増し、大規模な東京空襲の恐れが濃くなって、祖父と私など子供はメダカの世話を父亀鑑に任せて鳥取県岸本の親戚の元に疎開した。終戦の翌年の3月末に、新学期から元の小学校に復学するために東京に戻った。幸いにも家は戦火を免れ、メダカ達も元気に泳いでいたので、本格的にメダカの増殖を企て、水草に付いた卵は素早く回収し、成魚に近くなるまで他の水槽に、別居させた。こうして用水桶のメダカの数はどんどん増えて行った。それから二年経って私が中学生になって、メダカの世話に関心が無くなったために、卵は用水桶の中に放置された儘となった。親たちに捕食されずに、成魚まで生きのびたメダカの数は次第に減少し、遂に最初と同じ数匹のみとなってしまった。父はこのメダカの行く末に世の中の栄枯盛衰を感じたのであろう。

ついでながら、このメダカによって偶然にも、私にとってはその後の一生を支配する大発見を経験したことを懐かしく思い出す。洗面器に十数匹のメダカを泳がせていたところに電気のコードの一端が誤って水面に触れた。その瞬間に全てのメダカが一斉に動きを止めるのである。まるで映画のフィルムが突然止まってしまったようで、小学六年の私はびっくりした。コードを水面から引き揚げると、魚たちは何事も無かったかのようにまた一斉に泳ぎだした。電気がメダカを殺したかと思ったので私はそれに驚嘆した。何度繰り返してもメダカ達はコードが水面に触れている間ポーズを取って止まっている。今考えれば微弱な電流が魚の筋を麻痺させて動けなくしていただけのことであった。これが、私が生き物と電流の関係を初めて経験し、電気電子工学や生体医工学を専攻することになるきっかけの一つとなった。

なお、次に載っている「林檎」の話には全く記憶がなく、ここに登場する「男の子」は亀鑑の母、つまり私の祖母が生存中に幼稚園生だったとのことで、年代から見ても明らかに私ではない。私が生後八か月になる前に祖母は他界している。全てが亀鑑の創作でなく、事実に基づくものならば、この「男の子」は恐らく長男の俊郎であろう。

「子犬」

この随筆に登場する男の子も私である。私の少年時代、父母が病に侵されて生活に余裕が無くなるまで、家では常に犬を飼っていた。名前は伝統的に子犬を意味するパピーで、当時飼っていたのは三代目のパピーだった。それまでと違って、頸の胸側に首輪のような白い毛があったが、他は黒一色の、まるで月の輪熊のような毛並みの犬だった。この三代目パピーは血統書付きのフレンチ・プードルを片親とする雑種で、毛並みとは裏腹にひどく内気で大人しい雌犬だったが、縫いぐるみのようなプードル風に毛を刈ることもなく、言うなれば元は良家育ちだが今は落ちぶれた令嬢といった風情であった。残飯に味噌汁の残りをかけただけの粗末な食物を与えたりすると、文句も言わずにハンガーストライキを始め、身体を伏せて半分白目を出しながら、恨めしそうに訴えかけるしぐさをして私達を見つめていた。

随筆にあるように暫く子犬を預かることになり、やんちゃの雄の子犬が突然現れると、この内気なパピーはライバル出現と見てどんな振舞いをするか心配だった。ところがこの雌犬パピーは、子犬を我が子の如く喜んで迎え入れた。私の兄が既に半ば独立していたので、妹と私との、二人の子供達、それに大小二匹の犬、さらに亀鑑始め家族全員が係わって楽しい生活が暫くの間続いた。子犬には取り敢えず「チビ公」の名がついたが、随筆にある親しみとか愛情とかよりは、どちらかと言うとパピーとのサイズの大きな違いと。嬉しいあまり尻尾を振って大いにはしゃぐと、子犬らしくあちこちにちょっとづつオシッコをチビるからでもあった。ほぼ一ヶ月の後、何の予告も無しに突然の子犬引取りを、子供心にどうしても許せなかった。結局、仲介した親戚に私が談判に行くことになって自転車で飛んで行った。そしてもう一ヶ月の猶予を取りつけ、チビ公を連れて家に凱旋した。まだ、戦後数年しか経っておらず、生活の苦しい時代ではあったが、私の人生の中で一番幸せを感じたときだったのかも知れない、

「たまご」

この話の顚末にも私が大きく係わっている。私が通った小学校には、お金持ちの子息がかなり多かった。友達の家へ遊びに行くことも多く、戦後二。三年の苦しい時代にも拘らず、多くの友達が毎月定額のお小遣いを貰い、さらに鉄道模型や、ゲームセットなど高価なものを買って貰っていた。一方私は、親の方針なのか、遊び道具な

どは大抵買って貰えないし、決まったお小遣いも支給して貰えなかった。従って持ち物には友達と明らかな差があった。何とかこの事態を解消し、私も自由に使えるお小遣いを得たいものと、一計を案ずることになった。

今と違って当時、卵は貴重品で、簡単に口に入るものではなかった。しかし、病弱だった大黒柱の父亀鑑が研究などの仕事を全うするには、十分な体力補強が必要で、たまに卵を手に入れても、先ずは亀鑑の健康のために使われ、家族の口には殆ど届かなかった。そこで、私が鶏を飼って卵を収穫し、それを母に売り、その収入を私のお小遣いにすることを提案した。交渉成立で、卵一個五円で買い上げて貰うことに決まった。その代わり、餌を作って与えることから、鶏小屋の掃除まで、すべての世話を私が一人でやらなければならないことになった。

その頃、縁日などで、よくヒヨコが売られていたが、大抵は雄だった。デパートのペット売り場のようなところでは、今のように子犬や子猫ではなく、ヒヨコがしきりに売られていた。安いのは雄で、卵を産む筈の雌は高かったが、育ててみたら、雄だったこともしばしばであった。私はデパートで買い込んだ四、五羽のヒヨコを育て上げることから始めた。次の問題は鶏舎である。これには縁の下の一部を金網で囲って対応した。勿論、止まり木も十分に休めるよう、広く作った。廊下の下では日も当らないので、学校に行く日中は庭に放し飼いにした。正にニワトリだった。

ヒヨコから育てたせいか、雌の親鶏となった三羽の白色レグホンはよく人に慣れ、小さいながら家族の一員となった。飼犬のパピーも鶏たちを認め、争いを起こさなかったが、鎖でつながれていた犬は時折、自由奔放に庭中を動き回る鶏が羨ましいのか、目障りなのか、近くで無遠慮に啄ばむ鶏は脅しをかけられて、コケッコケッと鳴き叫び、羽音を立てて逃げ回っていた。そんな調子なので、縁側のガラス戸が開けた儘になっていると、遠慮なく家の中に侵入してきた。食卓の料理を啄ばんでしまい、追い払うとしたらコケッケッケと叫びながら卓上を逃げ回って家族全員の料理がメチャメチャにされたこともあった。当の鶏は庭に降り立って何事も無かったかのように平然としていた。やられたとは思ったが、怒る者は居なかった。

時には家中の探索するかのように階段を上がって二階にある亀鑑の書斎まで遠征し随筆にある通りの事件も起こしていた。私が学校から帰る前の日中には、どうやら三羽とも二階まで上がっていたらしいのである。そして和室の研究室の奥にある押入の中に卵を産むに適当な場所を見つけ出し、そこに卵を産み溜めていたようだ。しかし研究室の押入の襖が何故開けた儘になっていたかは、今となっては不明である。なお、自宅二階の見取図が本書第2集の一七六頁に載っており、亀鑑の書斎は図中のB、研究室は図中のC、問題の押入は上方床の間の右にあった。

「泥棒」

戦後四、五年経った頃、今だに巷には闇市が立ち並び、家宅侵入の泥棒や雑踏の中でのスリが当たり前、都会の主婦はこぞって家の箪笥から貴重な衣類を持ち出して、モンペ姿で近郊の農村に出向き、二束三文の物々交換で僅かな米や野菜を手に入れて、辛うじて飢えを凌いでいた頃のことである。確か私が中学二年の頃だったと思う。七月中旬の新盆の夜に事件は起きた。たまたま私は学校のキャンプ行事で数日間家を空けており、現場に居合わせたわけではなく、キャンプから帰宅して父から一部始終を聞いた話である

随筆では賊が仕事を終えて家を出るときの門の開閉の音を、まだ寝付かない亀鑑が聞きつけて大騒ぎになったとある。亀鑑の寝室は二階にあり、窓が表門の方を向いていて、静かな夜分は、戸を閉める微かな音でもよく聞こえたものと思われる。また、随筆ではご先祖様をお迎えした仏壇の前で、子供達に仏さまのお伽をしたとある

が、私は居合わせなかったし、兄も高等学校在学中で、地方に滞在していたので、恐らく亀鑑の創作と思う。その間に賊が侵入したとのみの記述だが、実際はもっと複雑だったようである。賊は蔵のように見える書庫に先ず目を付けたらしい。

書庫の窓には鉄製の、かなり強固な雨戸がついており、中からしっかり締め、外からこの扉を開けることは殆ど不可能になっていた。それをこじ開けて窓から侵入。鉄扉の変形から見てこれには相当手こずった様である。ところが、中に入って見て賊はがっかりしたに違いない。中にある物は古びた書物ばかり。鎌倉期の貴重な古写本も、泥棒にとっては何の価値もない。まさに猫に小判、豚にダイアモンドである。折角苦労して入ったので、何としても獲物を手に入れたかったことであろう。

居住域に繋がる扉も、火災を免れる目的で鉄製の重い扉。しかしここは鍵がかかっていなかったので、音も立てずに通過でき、玄関の廊下に出られた。拙いことにこの扉の真ん前に亀鑑の洋服箪笥が鎮座していた。賊はさぞかしこれ幸いと思ったことであろう。洋服箪笥に下げてあった背広類、モーニング、オーバーコート類、さらには小物の手袋に至るまで、一切合切を戴いて、賊は歓喜したことであろう。随筆の通り、洋服箪笥の中は空になっていた。

亀鑑はもっと早く気付けば、家宝の日本刀を持ち出し、賊を成敗したのにと悔しがったとあるが、なんとその刀はこの洋服箪笥の上に置いてあった。賊はそれに気付かず、衣類だけ盗って退散したわけである。生兵法で刀を振り回さずに済み、逆に賊にやられることも無かったのは、仏様の前で子供達に仏のお伽をした功徳のお蔭だったと結んでいるが、そんな会話があったかどうかは、居合わせなかった私には分からない。しかし、亀鑑は賊を成敗できなかったことを、後々まで残念がっていた。本当は、だから命を落とさずに済んだのに……。

さらに後日談がある。亀鑑の妻、つまり私の母は、盗まれたものを取り戻そうと、古着屋を徹底的に捜し歩いた。そして家から一番近い池袋の闇市の古着屋で遂に背広やコートの一部を発見した。はっきりと「池田」のネーム刺繡があったが闇市の親父は頑として引き渡さず、欲しいなら金を払えと言うのみで問答無用だった。折角苦労して探し当てたのに、その苦労は水の泡、取り戻すことは出来なかった。

以上が現実の泥棒騒ぎであり、そのほかの、守り刀を片手に階段をかけ降りたとか、家内は相変わらず宿命論者などというのは亀鑑の創作と言ってよい。

資料

復刻・池田亀鑑著作選

編集解説　上原作和

挿絵作家紹介

谷　洗馬（一八八五～一九二八年）。東京生まれ。本名は谷栄一。富岡永洗門下の挿絵画家。

富田千秋（一九〇一～一九六七年）。香川県生まれ。東京美術学校卒業後、挿絵画家として活躍した。

高畠華宵（一八八八～一九六六年）。本名は高畠幸吉。愛媛県宇和島市生まれ。京都市立美術工芸学校（京都市立芸術大学）日本画科卒業。竹久夢二と並び、絶大な人気を得た。文京区の弥生美術館は高畠作品のコレクションが中核をなす。郷里の宇和島にも高畠華宵大正ロマン館（愛媛県東温市）がある。

長篇熱血小説

祖国のために（第二十回）

青山櫻洲

谷洗馬画

前号までの梗概

某年、某月、わが大日本帝国は世界最大の二強国と干戈を交ふるの止むなきに至つた。帝国は敵両国聯合軍のために重囲に陥り、帝都の運命まさに谷まらんとしたる時、村上理学博士建造にかかる大航空船『あさひ』号、第一第二姉妹船相前後して東京市の上空に飛来し、敵空中軍を粉砕し、陸上の攻囲軍に致命傷を与へた。

時に敵某国地中海印度洋聯合艦隊は、朝鮮及び北九州を攻略し、福岡市の総攻撃を開始した。九州北部の主要地ことごとく焦土化し去らんとしたる時、『あさひ』第一号は、村上理学博士の命を奉じ、同胞を救ふべく九州に飛来し、空中海上の敵と痛快なる放火を交へ、奮戦二時間余にして彼等を撃退した。

しかるに、この時、某国アラスカ航空軍は、東京市空中権を奪取すべく、五十隻の空中船隊を組織し、千島に沿うて南下しつゝあつた。急報に接した『あさひ』第二号は、村上博士自らの指揮のもとに、猛然と起ち、この大船隊を北海道釧路市の上空に迎へた。花々しき戦ひの幕はきつて落された。『あさひ』号は奮戦大いに努め、敵船四十隻を木葉微塵に粉砕したが、不幸にも敵弾を司令部に受け、俄然、物すさまじき黄色の煙を吐きながら、矢のやうに墜落しはじめた。

北九州に於ける第一『あさひ』号は、この悲しむべき飛電を手にし、いで姉妹船の仇をうたんものと、一気に本州を縦断し、またたく中に釧路市の上空にあらはれた。と見よ、空中半天に拡がつて待ち構へる稀代の大怪魔！

一生か？　死か！

五十台の敵航空船を向ふに廻はし、奮戦よく四十台までたたき落したわが『あさひ』第二号は、不幸致命傷を司令塔に受けた。

『うむ！　残念！』

朦々たる硝煙はあたりをこめた。司令塔の中は真暗で、誰がどうしてゐるのかさつぱり分らない。

夢うつゝの中の愛国少年山田勇は、きつと唇をかんで、

『何くそ、死んでなるものか！』

べとりと手につく真紅の血糊！

『先生！　先生！』

呼べど叫べと村上博士の答はない。むせかへるやうな硝煙は、あやめも分かず司令塔をこめ渡してゐる。

『先生！　村上先生！』

勇少年は、身をもがきながら起ち上らうとした。が、脚部及び左腕からほとばしる鮮血泉の如く、立たんとして立つ能はず、つひによろよろと倒れてしまつた。

『うむ！　これしきの傷が何だ！』

再び起き上らうともがくけれど、身に負ふ深手の悲しさ。次第に気力つき、意識朦朧と霞み行くを如何せん。

『あさひ』号は、今や、風をきつて落下しつゝあるらしい。眼もくらむやうな下降の感が、勇の意識を一層うばつて行く――。

『先生！　先生！』

勇少年は最後の力をしぼつた。彼は、硝煙にむせびながら、手まさぐりに這ひ出した。

『先生！』

ふと手にあたつたものがある。

『おゝ！』

勇は思はず叫んだ。そこには、頭から爪先きまで鮮血にまみれた一人の勇士がうち倒れてゐる。

『たゞ誰れだ？』

おゝ、悲壮なる最後よ！　壮烈なる殉難者よ！　見よ、その勇士は已に息を引き取つてゐる。

『誰です！　せ先生ではないですか』

朦々たる硝煙の中、まして、朦朧影の如くうすれ行く視覚の悲しさよ。

『うむ！　皆死んだのか！　ひ一人も生きてゐないのか！　何くそ！　僕一人は死んでなるものか！　死ぬものか！』

しかし、勇の気力はすつかりつきた。彼は、勇士の死骸にとりすがり、そのまゝぐつたりと首をたれてしまつた。

『天皇陛下……万歳！　万歳！　万……』

次第に細り行く叫びと共に、愛国の健男児は、かくしてつひに昏倒してしまつたのである。

あゝ、村上理学博士の安否如何に？　生ありや？　生なしや？

今『あさひ』号を救ふもの、博士を措いて抑々誰に求めよう。

『あさひ』号は、黄色な煙をふきながら、どこまでもどこまでもと墜落して行く。げに『あさひ』航空船ほろぶる日、祖国の運命まさにつくる日である。しかり、しかして、我等の『あさひ』号は、今や風をきつて、空しく死の世界へと落下しつゝあるではないか。

二　何の妖魔ぞ

『おゝ！　奇怪なる妖魔！』

『あさひ』第一号司令塔上に、石像の如くつゝ立つた岡村理学士は、はるか前方の天にあらはれたる異様なる怪物に目を見はつた。

『文明の利器か？　天空の妖魔か？』

見よ、『あさひ』号の面前に現はれたる一大怪物、夢ならず、幻ならず、実に歴然として雲界に横はる稀代の天空魔！

その怪物とは如何なるものぞ？　航空機か？　否。飛行船か？　否。実にそは半天に拡がる巨大なる大蜈蚣である。

空中の大蜈蚣は、赤色に輝く爛々たる両眼すさまじく、ぢつと『あさひ』第一号を睨みつけた。青色に輝き渡る物すごき胴体、百に余る鉄のやうな足はへらへらとうごめき始めた。

『それつ！　ひけを取るな』

『あさひ』号乗組員の面々は、手に汗をにぎりつつ、正体の知れない怪敵の出現に対し、戦闘の準備おさおさ怠らなかつた。

大蜈蚣の怪物は、猛然と容を改めた。一うねり、二うねり、彼は一人で猛烈にはね廻つた。

『おゝ！　うて！』

見よ！　大蜈蚣は、爛々たる眼を輝やかしつゝ、物すごい口をばかつと開けたのではないか。

『うて！　うて！』

『あさひ』号の機関銃はさしむけられた。轟々たる大音響が北海道の上空を驚かした。

　と見よ、はるか北方、雄阿寒岳、雌阿寒岳のかなたより、突如として渦巻き上つた噴火山の如き黒煙！

『や、や、あの煙は何だ！』

『火山の爆発か？』

　人々は目を見はつて叫んだ。げに、世にも不可思議なる出来事よ！

　始終黙然として司令塔上に立てる岡村理学士は、この時、突如、ほのかに笑みをうかべて、

『うむ！　さうか！　それですべての秘密は分つた！』

　かう独言を云つた彼は、ただちに令を全艦に伝へた。

『撃ち方やめ！』

　司令塔上の助手達は眼を見はつた。彼等は岡村理学士の意中を解することが出来なかつた。彼等は血相をかへて叫んだ

『先生！　どうしてやめるんです』

『怪物はそこにゐますぞ』

　見よ、大蜈蚣の怪物は、降り来る弾丸を物ともせず、雲をよび風を起して迅雷の如く『あさひ』号目がけて突進し来るではないか。

『それつ！　あぶない！　殺人電波でやつゝけてしまへ！』

　助手の一人は真青になつて、いきなり強力電波放送のスヰツチに手をかけた。

『まて！』

　神色自若たる岡村理学士は叫んだ。

『駄目だ。左様な電波などに辟易するやうな怪物ではない。彼は科学以上のものなのだ。我等『あさひ』号は、彼の前には小児に等しいぞ』

『何ですつて？　科学以上のものですつて？　そんなことが！　そんなことが！』

　助手達は不安と激怒の色を面に浮べて、

『先生！　あさひ号は村上博士苦心の大発明ですぞ。博士の発明が小児に等しいとは！』

『いや！　静かにしたまへ。なるほど博士は人間以上の方だあさひ号の威力は絶対だ。だが、あの怪物は亡霊なんだ』

『え？　亡霊ですつて！』

　助手達は再び眼を見はつて、

『それでは何の亡霊です？』

『不撓不屈の精神、不死の魂の亡霊なんだ。我等『あさひ』号は、彼の怪物の餌食となるも、なほ以つて誇りとしなければならぬのだ』

　この時、大蜈蚣の妖魔は、『あさひ』号を去る四五十米の

あたりに迫つてゐた。

『あつ！』

『あさひ』号全艦の乗組員が、顔色を変へて叫んだ一刹那、稀代の大怪物は、かばと身を躍らせて、『あさひ』号の船体に激突した。そしてのたのたと、無数の足を動かしつつ、一重二重、またたく中にぐるぐると船体を巻いてしまつた。あたかも毒蛇が小鳥をしめつけるやうに。

『先生！　どうしますか』

『うむ！　笑つて怪物に食はれよう』

岡村理学士は平然として叫んだ。

時は夕暮れ、落日の光燦として、北太平洋の波を染め、その荘厳言語に絶する有様である。

『あさひ』号の船体の上を、我がもの顔にのたうち廻つた大怪物は、やがてその物すごい頭部をば、ぬつと司令塔上にもたげて来たではないか。

『おお！　怪物！』

何たるすさまじき形相ぞ！　凄愴言語に絶したる怪物の牙は眼前にせまつた。勇士の面々は、いづれも剣をぬいて起つた。

三　第二次世界大戦か？

『あさひ』航空船北九州を去ると聞くや、四分五裂となつた博多湾外の敵艦隊は、一先づ対馬竹敷により、朝鮮半島攻略軍の南下をまつことになつた。

朝鮮各地を焦土と化せしめたる敵艦隊の一部隊は、対馬に於て本隊に合すべく、対馬西水道の波を圧して来航した。

丁度その時、東京湾外の某国太平洋大西洋連合艦隊は、大日本帝国艦隊を全滅し、北九州なる西部攻略艦隊と合すべく、今や、遠州灘を西へ、紀州三輪崎の南方、東経百三十六度のあたりを通過しつつあつた。

彼等は、完全に極東の海上権を掌握した。彼等は、一度び奪はれたる空中権を回復すべく、六百余隻の大艦隊を編成し空中魔『あさひ』号と決戦せんとするのである。即ち彼等は対馬を中心とする日本海々上に於て、『あさひ』号を迎へうち、一挙に之を粉砕せんとするのである。

遠征航空軍、『あさひ』号に破らるると聞くや、交戦両本国に於ては、ただちに第二次の大艦隊を極東に派遣することとなり、已に十数隻の航空母艦は、その大艦隊に編入せられ、軍港ボウツマウスを出発し、フロリダ半島をめぐつて墨西哥湾にさしかかり、今や、まさにユカタン海峡を通過せんとしつつあつた。彼等がパナマ運河を越えて、太平洋にあらはるるはまさに数日の後である。

なほ、精鋭無比なる他の某国空中艦隊は連日の好天気に幸先きよしと北海、バルチツク海を一気にとびこえ、ヨーロツパロシヤの大平原を東へ東へと志し、ウラル山脈の難関を翔破して、エニセイ河畔に着陸し、まさに翼をのばして極東にあらはれんとしつつあつた。その艦隊実に航空船八十、これに登載さるる航空機三百。大威力一度び極東にあらはれむ日、実におもふだに戦慄を禁じ得ざるものがあるではないか。

あだかもその時、世界国際関係は紛糾その極に達し、暗雲全世界をこめわたし、危機実に救ふべからざる状態となつてゐた。

すべてはも早や時の問題である。いづこの民族が、先づ第一に火蓋をきるか？ それがのこされたる問題である。

西暦紀元一九一四年我が大正三年六月二十八日、墺国皇儲フエルヂナンド夫妻、セルビヤの一青年に暗殺せられここにはしなく

も世界大戦乱が突発せしことは、読者諸君の記憶になほ新たなる所であらう。世界大戦乱は、一九一九年六月二十八日、仏国ヴエルサイユ宮殿鏡の間に於ける平和条約調印に於て終局を告げたのであるが、この大戦は、人類史上実に重大なる意義をもつものであつた。即ち、

この大戦は、地球上に於ける『国家的』戦争の最後と云はるるもので、以後の戦争は、国家と国家とが利害の対立から引き起す戦乱でなく、実に、民族と民族とが、その憎悪、反感によつて引き起す『民族的』戦争であらねばならなくなつたのである。

名を世界平和、人種平等に仮り、国際連盟といふ規約を通じて、横暴の限りをつくしたる某々両大国、つひに黄色人種を蹂躪すべく、日東君子国に不当なる宣戦を布告したのであるが、明かに是は民族的戦争の序幕であつた。

ああ、黄白両民族大血戦の時代はまさに来れり矣！　全欧の諸民族起つべきか？　東方アジアの諸民族また起つべきか？　戦雲はまさに全世界に渦巻きあがらんとしてゐる。この時、

東方諸国の盟主、大日本帝国大和民族の責任は、まことに重かつ大と云はなければならぬのである。

四　あさひ号全滅

太平洋の波を染めてゐた落日の影消ゆると共に、下界の山河は幽然たる暮色に包まれてしまつた。かくして北辺の天地に『夜』はきたのである。

全艦鋼鉄よりもかたき金属によつて掩はれたる第一『あさひ』号は突如として前方にあらはれたるかの大怪物の前には無力であつた。否、岡村理学士は、観念の臍をかため、敢て戦はうとしなかつたのである。

天地はすつかり暮れてしまつた。巨大な蜈蚣の怪物は、一度び司令塔を覗くや、更に、のたのたと船腹を這ひながら、『あさひ』号船首にぬつと頭をつき出した。

おお！　何といふ物すごき光景であつたか。生けるこの空中の大怪物は、突如、天地もとどろくやうな大音声をもつて咆哮した。と見よ！　怪物は、赤色の眼爛々と輝しつつ巨大な口から物すごい火焔をふきながら、きつと北方の空を見渡した。

はるかに眺むれば、雄阿寒岳の西方、阿寒川の上流にあたつて、炎々天を焦す紅蓮の炎！

蜈蚣の怪物は、再び凄愴言語に絶する大叫喚を上げるとそのまま、『あさひ』号を導くが如く、その火焔の真ただ中を目ざして驀進しはじめた。

『あさひ』第一号の乗組員は一体どうしたであらう。司令塔上の岡村理学士は一体何をしてゐるのであらうか。何故に死力をつくして怪物と血闘を試みないであらうか。

『あさひ』号は、妖魔の力に引かれて雄阿寒岳の上空にきた見下ろせば、噴火山の如き大火柱、脚下の密林中から渦巻

き上つて天を焦す物すごさ！

赤色サーチライトのやうな猛烈な光を放出してゐた怪物の眼は、たちまち、さつと青色に変つた。全身燐のやうな微光におほはれた大怪魔は、なほも執念深く『あさひ』号の船体にまとひつき、その大火柱の真上をくるくると二三度旋回するよと見るまに、悪龍のやうなすさまじさを以つて、さつと風を切りながら下降しはじめたではないか。

何等の抵抗もなし得ない『あさひ』航空船は、かくして正体も知れない空中の怪魔の捕虜となり、空しく火焔のただ中を目ざして矢のやうに落下して行くではないか。

空は暗澹として星光淡く、天地死せるが如く寂として声はない。ただ猛火の輝きのみ天を焦す。しかして、わが『あさひ』航空船は、その怪火の中を矢のやうに落下して行くのである。

—前篇終り—

親愛なる日少愛読者諸君。

『祖国のために』は、昨年の五月号にはじまり、回を重ぬること実に二十の多きに及びました。連載小説としてはまことに空前の長編でありました。かくも長く続いたにかかはらず、毎号諸君が熱心に愛読して下すつたことは私の衷心感謝に堪へない所です。しかし、『祖国のために』は、今までの所はほんの序幕です。これから、いよいよ白熱の部分に入るのでありますが、あまり長くなるから、ここらで一寸息をつき、更に筆を改めて後編を書くことにいたしたいと思ひます。

第二『あさひ』号に於ける村上理学博士及び山田勇の運命敵大艦隊の活動、妖魔に捕はれたる第一『あさひ』号の消息、第二次世界大戦争の勃発、諸君熱血男児が手に汗をにぎるのはこれからであります。どうか後編も前編以上の熱心をもつて御愛読下さるやうお願ひいたします。

——青山櫻洲——

長篇日本男子小説

青葉の夕霧城

青山櫻洲

富田千秋画

武士道華やかりし頃、海近き中国の山の畔に豪族尼子氏の居城——夕霧城が——毅然と聳えてゐた。群雄割拠の気、宇内に漲つてゐたその頃、毛利氏は山陰の雄尼子氏の虚を窺つてゐた。夕霧城の城主治部少輔時久は老臣和泉之介宗高を始め青木新之助等の忠臣と謀り、傾きし家運を挽回し様としてゐる時、逆臣大野権之丞は仲間と共に毛利氏より道ならぬ金品を得る為に時久に捧げる為に宗高の娘浅香が持つて来た膳部に毒を入れた。

哀れ若き城主時久は遂は毒の為に黒血をはいてたふれた。浅香姫は家への帰途不意に現れた数名の怪漢の為めにさらはれ、山寺の本堂に押し込められた。が幸か不幸かお化け地蔵のお玉婆にさらはれて、洞窟の中に幽閉されたが後また悪漢の一味に捕はれてしまつた。

一方和泉之介宗高は大野等の逆臣味が君の御意と偽つて召捕に集まるのを一子宗春と共に必死の奮闘を続けて血路を開き宗春を君の御許に走らせた。宗春は城中の大広間で大賊雲助の口から浅香姫が下手人であると聞かされて無念の涙をのんだ。城主時久は哀れ忠臣を誤解しながら空しく仆れて了つた。その時毛利の兵は早くも城中に乱入して火を放つた。宗春は盟友政勝と共に死を決して立つた、時久のなきがらは梟の怪人によつて念誦が原に連れて行かれた。切支丹の妖術者は日野川の上流で一人の若者が星の夜に祈願をこめてゐるのを見た。

第七回　絶壁の獅子と美少年

一　あかき夕日

日本海の怒濤が、鞺鞳と岩を噛んで荒れ狂つてゐる。

ここは、出雲国、地蔵ケ崎の西方、日本海の荒波を前方に展開して、屹然とそそり立つ千仭の絶壁。

目もくらむやうな断崖は、藍をたたへたやうな深淵に面して、ぬつとつつ立つてゐる。白い幾千の海鳥が、その断崖をかすめて、縦横に翼をひるがへす。

紅い春の夕陽は、今日本海の彼方に落ちようとして、天も海も、ざくろ色に燃えさかつた。ああ、この一時、いかなる人か、神と詩との美しさを思はぬものがあらう。

夕べは来りぬ。うるはしき海の落日よ！

幾千の海鳥は、夕陽の光をあびて桃色の翼をひるがへした。高く低く、海鳥は乱舞する。巨城のやうな巨光は、燃えるやうな陽の光をあびて、ぬつと立つてゐる。

春とはいへど、日本海の波は高い。大いなる海のうねりは、小山のやうに盛りよせて、絶壁の脚下にすさまじくうちくだける。

大海の磯もとどろによする波の…………と、昔の詩人が詠じた荒海の崇厳は今眼前に広がつてゐた。

落日の海！

海と、大地とは、夕日の中に黙々と横はつてゐる。

人はゐないだらうか。

この美しい景色は、一体誰のために作られたものだらう。絶壁のためか？ 海鳥のためか？ 自然の神自らの慰めのためか？

人けのない断崖の中腹、その巨岩の上に、今しも、忽然とあらはれた人影があつた。

夕日に照らされた断崖の上に、ぬつとあらはれた人影、それは、半人半獣の恐ろしい怪物であつたらうか。いや、それは、実に紅顔花の如き美少年であつたではないか。

絶壁の上の美少年。

美少年は、巨岩の上に王者のやうにつつ立つた。小手をかざしてははるかに落日の彼方を見渡した。

岩上の美少年はそもそも何者であらう。

『神よ！ わが世に正義をめぐみ給へ！』

怒濤のひびきに少年の声は聞きとれない。彼の唇が、かうした祈りの言葉はうちふるへたことは、しかし、赤い夕陽と、すばしこい海鳥の一羽とが、目ざとくも見つけたところである。

ああ、この岩上の美少年こそ、この世をしのぶ切支丹の妖術者であつたのである。


胸にかけた銀の十字架には、夕陽の光が、きらきらと反映する。少年は、沈み行く夕陽に向つて黙禱した。

『おお！ 鷲！』

暮れ行く空のかなたから、ひらひらと舞ひ下りてきた一羽の鷲！

鷲は、少年の上を一二回くるくると廻つたかと思ふと、さつさと翼をならして、岩の上に下りた。

『うむ！ しからば昨夜の夢は神のみ告げであつたか。ピエロ！ ピエロ！』

少年は後ろを向いて叫んだ。

『うわう！』

すさまじい猛獣の鳴き声がしたと思ふと、ぬつとあらはれた一頭の獅子。

『ピエロ！ 見ろ！ ゆふべの夢は神のみ告げであつたぞ！ 勇士の危難を告げる神の使は今きた！ 見ろ！』

岩上の鷲は、首につけた小さな銀の鈴を、静かにならせながら、なつかしげに少年と、その従者ピエロとを見守つた。

『ピエロ、ゆふべ、神が私たちの「夕日の家」にあらはれて、お前はどう思つてゐる。神のみ告げによれば、若い城主は、南蛮の毒にたふれ、その城は炎につつまれてしまつたのだ。正義は滅び、悪は栄える。何といふなさけない世の中だ。ピエロ！ お前も起てよ！ 正義のために、私たちは戦はなければならぬぞ！』

獅子ピエロは、黙々として立つてゐる。

夕日はゆうゆうと揺れて海に落ちた。

一しきり紅い残照が美しう天をそめた。

ピエロは、潮風にたて髪を乱しながら、きつと暮れ行く海を見つめてゐる。

空は水晶のやうに明るい。脚下の淵は、魔のやうに淀んで、あをい夕やみが、物すごくその淵の上に湧いた。

もう東の空には星かげが瞬いた。

二　切支丹の不可思議な妖術

みどりがゝつた黄昏の青葉わかばをほのかに押つゝんで、まどかな夕闇の小夜曲が峨々たる中国山脈の襞々にたゞよひはじめた。翡翠色した小鳥が、瀬にかざした楓の枝に、ゆふべの夢をふくよかな胸毛に首をうづめてゐる頃、日野川の瀬音だけが寂とした山峡にこだまするのみである。

とぼとぼと岩につまづき、茨に引掻かれながらこゝまできた切支丹の妖術者は、はるかな渓底をきつと眺めた。

『南無八幡大菩薩！　夕霧城の御運を守り給へ！』

凛呼としてひゞく声。岩をかむ奔流のすさまじい音にうち捷つてきこえる熱禱。

『何者ぞ？』

妖術者は、ぢつと深淵に瞳をこらした。

『南無八幡大菩薩！』

せまりくる夕やみと、白龍の踊るやうな奔流にたちこめる水けむりの中から、身命を賭した正義をあこがれる熱禱の声はつゞいた。

『おゝあの声は熱そのものだ、信念に充ちた、大志を貫く一心の声だ。ひたむきに正義を祈る声だ。おう、たのもしい声！』

春の野に充ち充ちたとはいへど、こゝの深谷の清流は剃刀のやうに冷たく膚をさすことだらう。妖術者は、痩せた手で岩角の躑躅の株につかまつて、胸をとゞろかせながら耳を澄した。

朗々たる声は寒気が増すにつれて高まつてゆく。

『水垢離を取つてゐるとみえるな。あゝやはり神は私をして、破邪顕正の士をさがし出させるために、暗示を賜はつたのぢや！』

やがて祈りの声がやむと、切り断つた岩壁をのぼる若き行者のすがたを妖術者はみとめた。

『おいー！』

妖術者は待ち切れなくなつて呼んだ。

ひらりと岩の上にのぼりつめると、若き行者は不意のよび声に驚いて、四辺をいぶかしげに眺めまはした。

『おーい……おーい！』

行者は切支丹妖術者の白衣のすがたをみとめた。行者――それは予期に反してまだ若々しい美少年である。

『呼んだのは貴様か、何者だ？』

美しい行者は怒りの声でかう叫んだ。

『いかにも。そちこそ何者だ？』

と妖術者は行者を指さして問ひ返した。

『用があつたら言つて貰はう。用がなかつたらさつさと去つてくれ。すべてを抛つて祈りをつゞけてゐるこの神聖場をかきまぜて貰ひたくないのだ！』

『用がないのに呼ぶ筈はない。わしは、そちの祈りの真剣を感じてゐる、一体どうしてこんな深山幽谷に、たゞ独り水垢離をとつてゐるのぢや？』

若き行者はきつと睨んで、

『たはけたことを申せ、貴様こそ何者だ、巧みな言葉にはのらぬ

ぞ！そちらから名乗れ！』と、するどい瞳で夕闇をすかした。

『はつ、はつ、はつ、俺は切支丹の妖術者だ。神の忠実なる使徒だ。そちが夕霧城の運命を祈ることを知つてこそ、一微の力を授けんものとやつて来たのぢや』

『えつ、何だと？』

美少年は驚愕の眼をみはつた。

『正義の士は居らぬか！　夕霧城の毒殺された城主を救ふことを俺はその人に教へてやりたい！』

『何をうつけもないことを言ふ、殿様は南蛮の毒をのまされて、黒血を吐いて亡くなられたものに……………』

『はつはつ疑心暗鬼を生ずぞ。その毒薬とて、切支丹の妖術によつて消すことができるのぢや。たしかに、おゝ！　毒を消す霊薬のありかを俺はやつと知つた。今夜の中に薬をもとめて、それを城主にのませなければ、何もかも駄目になつてしまふ！　神よ！　正しき者を救ひ給へ！』

狂はしげに叫ぶ妖術者の言葉をきくと、いきなり若き行者は岩の上にひれ伏した。

『おゝ！　その南蛮の毒を消す薬は、どこにあるのでございませうか？　その薬をもとめたならばわが君さまの命をとりかへすことが出来るのでございませうか？』

『さうぢや。正義の熱情と努力を尽せばもとめ得られやうぞ。そちはその最適任者ぢや！　見よ、天の一角。あの怪星！　神が正義の士を私にお告げになる道しるべぢや。』

若き行者は武者ぶるひした。胸が高鳴り、双の頬はくれなひに火照り、瞳は雄々しい感激にかゞやいた。

『その、その……霊薬はどこにありませうか？　教へて下さい！　行きます！　行きます！　夕霧城の曙のために、正義のためにどんな難苦が虐げやうとも、かならずもとめます！』

『霊薬は、出雲国、地蔵ケ崎の西方、日本海のあら波にそゝりたつ千仞の絶壁上「夕日の家」にあるのぢや。そこには霊薬と共に、正義人道のためにはあくまでも戦ふ人がゐるであらう。そして落日悲運の夕霧城のために蹶起する仁侠の士が、血潮のみなぎる鉄腕を撫してそちを待つことしきりであらうぞ！』

夜が訪れてゐた。万籟寂として、闇をたゝえた林の奥で、ほろほろと山鳥がなく。若き行者――宗春は、岩の上に平伏した。怪い光を放つ大彗星が紺碧の夜空から山峡をぢつと覗いてゐる。

『早くゆくがいゝ、一刻をあらそふときぢや！　あゝ、夕霧城………早く！　早く！　早く！』

『いざ！　地蔵ケ崎の「夕日の家」へ行くことにいたします。もしあなたの本当のお名前を聞かせていたゞきたうございます』

『はつはつはつわしは………名もない切支丹の妖術者ぢや。正義のために、はびこる悪を滅すためにこの世に生れてきた神の使徒ぢや！』

妖術者は高らかに笑つて何処ともなくすがたを消してしまつた。大異変の前兆のごとき彗星は、うるほひのある晩春の夜空に、ぢつと暗示に富める光芒を投げてゐた。

三　見よ断崖の上

鞭！　また一鞭！

宙をとぶやうな駻馬のたて髪をむんづと握った黒い影。伯耆街道の夜ふけを、まつしぐらに走るその早さ。馬は駿足、人は名手！

『一刻も早く！　苦しからうが懸命に走つておくれ！』

馬は背を低めて首を擡げ、伸ばせるだけ脚をのばして大地を蹴る。

村里はひつそりと眠つてゐた。うるみがちな夜気の中に、しつとりと菜の花の甘い匂ひが漂ふて、銀砂子をまきちらしたやうな星。

日野川は黙したまゝ海につゞいてゐた。

大彗星の怪しい光がまたゝいて、ぢつと下界を見下してゐる。思ひなしか西南へすゝむやうだ。

夜を更けた。靄が野をこめて、日野川の夜釣のかゞり火が、ぼうとうす絹をとほしたやうな靄の中にうごかない。

美少年剣士宗春が、米子に着いたとき、馬はさすがに疲れて泡を噛んだ。

関所の近くにきてひらりと馬から下りると、

『おい草臥れたであらう、しかしもう一走りしてくれなければならないぞ！　夜見ケ浜を一飛びにしてくれ、霊薬が少しでも早く手に入らなければ、夕霧城は永久に滅びてしまはなくてはならないのだ』

と宗春は汗ばんだ馬の鼻面をなでゝ言つた。

馬は高く嘶いて前脚で土を足搔いた。

『しつ、関所の役人どもに見付かるといけない！』

馬は穏順しく宗春の胸に鼻面を擦りつけた。

十里に近い山路をひた走つた宗春は、米子の関所を巧みに抜けることに思案に暮れた。

馬はせゝらぎに歩み寄つて、恍惚としながら水をのむと、星あかりに柔かい草の葉を食ひながら、腕を組んで考へる主人の方を時々ふり返つた。どこかで水鶏がないてゐる。

『さうだ！突破、それより他はない。まごまごしてゐて霊薬が遅れたら水の泡だ。……若し、おゝ関所で不首尾だつたら荒療治をするまでだ！』

ひらりと馬に乗ると、忍びやかに関所へ近づいた。

『誰だ！　何者だ？』

目ざとく毛利勢の屯所からばらばらと番兵が飛びだした。

『それ！』

一鞭くれると、馬は矢の如くまつしぐらに関所へ肉迫した。

『や、怪しの奴、搦め捕れ！』

慌てた番兵どもは一列に槍襖を作つた。

煌々閃々たる槍の穂先が！……それにひるむやうな馬でなかつた。が、このまゝ進めば馬諸共に田楽刺し！

馬は近づいた。

と、その時、番兵どもは異句同言に俄かに、

『あつ！』

と叫んで西南の天空をみつめたのである。怪しい光を投げかけてゐた大彗星の尾が、突如崩れて、すさまじい落下作用を始めたのだ。

『おゝ！　彗星の尾が！　尾が！………』

『どうしたのだ？　尾が！　不思議だ!?』

それは何といふ壮観であらう。長い光の尾は、あやしくも一斉に闇の天界にときならぬ瀧を描いた。

『あつ！』

二度目の叫びが起つた。

一瞬間！　魔か人か？　馬に乗つた怪しの者は、眼前に馬が後脚をたてゝ棒立になつたと思ふと、槍襖の上をサツと飛び越えたのではないか。

『それ逃がすな、尼子の落武者だ！』

下知をされて皆がふりむいた時、朧な夜の街道を砂けむりあげて、馬は粟島山の麓をめぐつて、夜見ケ浜の白い汀を境の方へひた走り去つた。

『天祐！』

宗春は片手でたて髪をつかんで、片手で神に謝した。

いつしか大彗星の尾の現象はやんでゐた。

勝れた騎士が十騎、轡をならべて関所破りを追跡しかけた時、屯所から現はれた隊長の松井倫兵は、

『これ皆の者、よく考へてみろ、こゝの関所を破つた者が、夜見ケ浜に遁れたところで袋の鼠だ。窮鳥の類ぢや。それとも御苦労千万に流鏑馬でもする気か、はつはつ！』

と嘲りわらつた。

いきり立つた十騎の若武者も、よく考へると莫迦らしくなつて、いまいましげに鞍を解いて投げた。

『これといふのもあの彗星のお蔭様だ、畜生！』

『おい、おい、星と喧嘩しても仕様がねえぢやないか。いまいましいがどうせ籠の鳥だよ、はゝゝゝゝゝ』

――五里の夜見ケ浜をまたゝく間に駈けると、毛利勢の者達が言つたやうに陸は尽きて、ひつそりとした暗い海が彼方の地蔵ケ崎まで湛えてゐた。

宗春がひらりと汀に下りると共に、忠実な馬はどつとたふれた。悲しげに嘶くと宙を蹴つて、そのまゝ動かなくなつてしまつた。

『あゝ死んだか、よく走つてくれた、ありがたう！　お前も正義に殉してくれたのだ』

熱い熱い涙が宗春の頬をつたはり落ちた。

刀を背負ふと、馬の屍に合掌した宗春は、ざんぶとばかり海に飛び込んだ。

波はなかつたが、中海から外海へ流れる潮流がはげしくて抜手を切つて泳ぎ進むうちに、次第に押流されるのであつた。

星をうかべた海は、涯しなく拡がり、ふりかへると境の港の灯が波に綾をなしてゐる。

宗春は外海へ押流されぬやうに、真向ふの地蔵ケ崎の黒い山影をめがけて泳いだ。腕も足も疲れてくる……

『南無八幡大菩薩！　われに加護を垂れ給へ！』

日野川の上流から十五里を馬の背にひた走つた宗春。疲労は次第に増すばかりで、岸はまるで虹のやうにいくら泳いでも近くならなかつた。死の手が海の底から手をさしのべてゐる！

×　×　×　×　×　×　×　×　×　×

春の夜の、明けなんとして揺蕩ふひととき。東方の水平線は薔薇

色に暈されて、波は眠りから醒めて朝の歌をうたひはじめる。
日本海に面した千仭の絶壁が、あけぼのの薄明りをうけてそゝり立つてゐる。

その絶壁を、今しも、蟻の這ふやうに攀登つてゆく勇敢な少年がある。ほんの少しの手がゝり足がゝりをたよりに、たゞ上へ上へと志してゐるのだ。

しかし、それは恐らく無謀なことであらう。が、断崖絶壁の上へ達するのには、この大冒険を敢行しなければならないのである。全面岩を露出した絶壁、もとより一草一木のあらう筈がない。

もし、一足ふみはづせば！　おゝ、はるか下には死の手が……怒濤に巻き込まれて岩にうちくだかれるのだ！

苦しみが大なれば楽しみも大であるが、かゝる断崖の上に身命を抛つほどの何があることであらう？

たゞ一粒の南蛮の毒を消す霊薬が、宗春の目の前にちらついた。腕は痺れたかのやうに疲れはてゝ、体全体が綿のやうだつた。手を休めて下を見下すと、朝をめざめた波の大うねりが、どどど………と絶壁を噛んで、白い牙をむきたてながら咆哮してゐる！　目がくらみさうだ！

『おゝあの切支丹の妖術者は、熱情と努力を捧げよと言つた。自分の命など何でもないことだ、神はきつと守つて下さる！』

ふたゝび宗春はのぼり始めた。

と、つるりと足をふみすべらした！

『しまつた！！』

おゝ、奇蹟！　宗春の痺れた手が岩の罅にとゞまつた。

『南無八幡大菩薩！』

さすがに宗春も戦慄して空を仰いだ。

『うおーつ！』

その時、はるか岩壁の頂からもの凄い猛獣の咆哮がきこえてきた。

四　救ひの主は誰れか

日の暮れかゝつた山の中に、夜烏の権吉のために縛られた浅香姫は、お化け地蔵のお玉婆が狼をつれて去つてゆくと、ぞつとして身ぶるひした。

『馬鹿な奴！　ふふふ……』

と言つたぎり、なぜあの鬼婆が連れて行かうともせず、姿を消したのか浅香姫には謎のやうに思はれた。

『さうすれば、この上もつと恐ろしいことが私の身にふりかゝつてくるのだ。あの悪者がもうすぐやつてきて、きつと、私を毛利の陣屋へ人質につれて行くのにちがひない』

浅香姫は身をもだえたけれど、咲きのこりの花がはらはらとこぼれるのみ。堅く縛られた縄が腕にくひこむばかりだつた。

あゝ先程、ほろほろ……と尺八を吹いてゐた人はどうしたのだらう？

『この、さるぐつわさへなかつたら、尺八の人を呼んで助けて貰へたものを……』

夕闇が静々と迫つてくる。風もないのに行く春をいそぐ残りの花びらが、はらはらと散りこぼれた。

山鳩が一羽、浅香姫の間近くとんでくると、木の枝にとまつて不審さうに可愛らしい瞳をぱちくりさせながら、しきりに首を傾げて姫を見た。

『鳩よ、お前には私の胸の中が分らないのね。もし分つたら先程の尺八の主にしらせて、私を救つておくれ……』

鳩は無心に飛び去つた。

足もとに、可憐な深山すみれがたつた一輪、かそかに春の名残を惜んで、薄むらさきに咲いてゐるのを浅香姫は見つけた。——誰にも見てもらはない寂しく侘しい深山すみれの一生よ！　雪に敷かれ木々に日光をさえぎられても、薄紫の春をぽつねんと咲いてゐる一輪のすみれ！

『すみれ、そんなに黙つてゐないで、このさびしい私にたつた一言でも話しかけておくれ。あゝ、お前は花だものねえ……』

桔梗色の宵ぞらには星がまたゝきはじめた。やがて、深山すみれの花も夕闇に抱かれて眠つた。たつた一輪薄紫の夢をみて、浅香姫は、たまらない哀愁にとらはれて、しくしくすゝりなきはじめた。

梟がなく。…………遣瀬ない、真珠のやうな熱い涙が、するすると浅香姫の頬を伝はり落ちた。涙のたまつた瞳をあげて空を仰ぐと、星が合歓の花のやうに光芒を放つて美しくうるんで見えた。

『へへゝゝゝゝ娘つ子、やつて来たぞ、おい。たつた独りぼつちで、おゝ、泣いてやがるな。お玉婆の狼に食はれりやしなかつたかと案じたが、へゝゝゝよしよし今解いてやるぞ！』

ぬつと暗闇からあらはれた夜烏の権吉は、浅香姫の縄を解いてやると、

『さあ、これからお前は俺について来さへすれあ、いゝところへ連れて行つてやるぞ。へへゝゝゝ美しい娘つ子だ、これからお前を毛利方の大将にお嫁入させやうといふ寸法だ。山の中より里へ出た方がどんなに楽しいか分らねえ。さあついて来な』

『何を言ふ、毛利の陣屋へおめ〳〵人質にとられるやうなら、舌を噛み切つて死んだ方が増ぢや。いや、行くのはいや！』

浅香姫は柳眉を逆だてゝ叫んだ。

『ふふんだ、しのごの言はねえで、俺のいふとほりにしねえと、また荒療治をするぞ、おとなしくしてるのが身の為だ！』

と権吉は手をとつてぐんぐん引張つた。

李の木にしがみついた浅香姫は、権吉の金剛力に手を離してよろめくと、素早く懐から短刀を逆手にもつて、

『えいつ！』

と権吉の横腹を柄も通れと突き刺した。

カチリ！

『へつへつへつ、猪口才な真似しやがると承知しねえぞ。この夜烏の権吉さまの体は鉄より堅いぜ！』

と権吉は浅香姫の手首をとらへて逆手にねぢると、苦もなく短刀

を奪ひ取つてぽんと投げすてた。

『娘つ子、どうだ驚いたらう?神妙にしてゐろ。手前に殺されるやうぢあ、この夜烏の権吉は浮かばれねえ。へへゝゝゝ』

浅香姫は諦めた。そしてすごすご首をうなだれて権吉について行つた。

『どうして刃がたゝなかつたゞらう?』

ふと何気なしに呟くのを耳にした権吉は、又もや腹をゆすぶつて笑ひこけた。

『武士の娘が知らねえとは呆れた。おい娘つ子、見るがえゝ』

権吉がまくしあげた着物の下は一面の鎖帷子。

『さあ、とつとゝ歩きねえ。俺も久しぶりでたんまり美味え酒にありつけるといふものだ、へへゝゝゝゝ喉がごつごつ言つてらあ!』

このとき、忽然と現はれた人影。

いきなりものも言はずに近寄ると見ると、夜烏の権吉は二三間も先へもんどりうつて投げつけられた。投げつけられてから、

『やい、何者……あ、痛え!』

と悲鳴をあげたほどの早業。権吉は魂消て、闇の中へ腰をさすりながら跛を引いて遁げ去つた。

救はれた!

そこには一人の虚無僧がつつ立つてゐる。

『どうも危いところをお蔭さまでたすかりました。ありがたうございます。して、あなたさまは?』

浅香姫は地に手をついて礼を言つた。

『うむ、拙者か……』

と虚無僧は深編笠をとつれ。

『あつ!』

浅香姫は思はず驚愕の声をあげた。そしてみる〳〵顔が蒼白に変つた。

虚無僧!それは何者であらう?

五　明星はかがやく

ぼんやりと黄色い蝋燭のうすあかりに照らし出されたのは、夕霧城の若き城主尼子時久の黒血を吐いて死んだ凄愴な姿。

五色山の洞窟の奥である。

仰向に寝かせた若き城主の冷たい体を、細心の注意をもつて調べてゐるのは、梟の怪人その人であつた!べつとりついた黒血を丹念にぬぐふと、梟の怪人は時久の脈をみた。

しばらく沈黙がつゞいた。ぽたりぽたりとどこかで水の雫がしたゝるのが、揺ぎない洞窟内の空気にひゞく。梟の怪人は小首を傾げた。

『もう駄目か……残念ぢや、脈がなくなつて居る』

と絶望したやうに溜息をつくと、今度は口をあけて舌を引張つてみたり、瞼をかへして瞳孔をしらべたが、益々怪人の眉宇には絶望の色が増すばかり。

『あゝ夕霧城主もこときれたか。さぞ御無念でござらうのう……
……』

ほとほととまたゝく蝋燭のあかりに、血を吐いて死んだ城主時久の顔は、蒼ざめて恨みの形相がありありと見てとられた。

折から洞窟の入口で白馬のいなゝきがきこえた。

梟の怪人は慌てゝ出て見た。が、深夜の五色山はしいんと静まりかへつて何も変つたことはない。

梟の怪人は急いで帰つてくると、再び体を調べはじめた。医学の薀蓄があるとみえて、心臓に耳をあてゝゐたが、やがて、

『はてな?』

と呟いて首をしきりにひねりはじめた。

『まだ全部は死んでゐないぞ。しかしもう内臓の九割までは毒が廻つてこときれてゐるが、一割は未だたしかに生きてゐる……が、それもいづれこときれてしまふだらう。残念だ、殺したくないなあ』

怪人は何か気付いたとみえて、急いで洞窟の奥の岩を穿つた一尺四方ぐらひの穴に手を入れると、古びたぼろ〳〵の本と小さい印籠をとり出した。まづ銀色の小さい丸薬を自分の口でかみ砕くと、ゴム管のやうなものを時久の口から胃へ挿入して、自分の口から徐々と注ぎ込んだ。

洞窟の湿つた天井には、無数の守宮が気味わるく這つてゐる。そして怪人の冠つた頭巾が、灯影に大きく梟のやうに映つてゐる。

古い本を見てゐた怪人は、突如唸るやうな呻くやうな声で立上ると、時久のぐるりを四五回もせかせかして歩いて嘯いた。

『霊薬あれば、必らず蘇生するといふのだ。あゝ、しかしその薬は何処にあるだらう? 草の根わけても探し出したい。』

怪人は洞窟を出た。暁が、ほのぼのと五色山から高原へさしよせてゐた。林ではまだ瑠璃鳥も囀らないが、すがすがしいあさ風が水晶のやうな、露をやどらした草を食つてゐる白馬のたて髪をなでゝ過ぎた。夜明の明星が次第にうすらいでゆく。

『霊薬! 霊薬! たすかるのだ!それをのませれば息を吹きかへすのだがなあ……さうだ、一生一度の亀卜の占易で方角を知らう!』

神秘幽玄な儀式がはじまつた。怪人は穴から見るも美しい鼈甲をとり出すと、時久の頭もとで香木を焚いてしばらく祈祷をつゞけてから、火に鼈甲をかざしてぢつと占易の様子を見た。と、鼈甲に一筋のひびが走つた。

『おゝ分つた、その霊薬は五色山から北方を指すところにあるのだ。助けたい! 助けたい! たとへ日本海の孤島であらうとも、この若き城主を奸臣どもに毒殺されたくないぞ!』

丁度そのころ日野川に添ふて下流へ急ぐ異様ないでだちの者があつた。

切支丹の妖術者である。

よろよろと、足どりも疲れはてゝゐるものゝ、彼は落窪んだ眼をかゞやかせて、何回も天にむかつて十字を切つた。

そして物憑きのやうに一つことをくりかへして呟き続けた。

『助かるぞ! 助かるぞ! 助かるぞ!』　（つづく）

長篇冒険
侠勇小説

馬賊の唄（後篇）

池田芙蓉
高畠華宵　合作

序篇

はしがき——

日の本の侠勇少年山内日出男は、露支国境に近いエニセイ河畔に、父を救ひ、愛馬「西風」にまたがつて祖国に帰ることになつた。「馬賊の唄」は、そこで、前篇の終りを結んだ。思へばあの物語を終つてから、もう四年の月日が矢のやうにたつてしまつてゐる。

「馬賊の唄」を書いたころ、私には二十歳台の、若々しい夢があつた。淋しい哀愁があつた。今あの当時の雑誌を出して見て、云ふに云はれないなつかしみを感ずる。

「馬賊の唄」のつづきを書いてくれといふ、熱心なお手紙は月に幾通となくいただいた。私には、もう、あの頃のやうな空想は恵まれないではないかと思ふ。現実的に、あまりに現実的に私の夢は消えて行つたのではないかと思ふ。

この間、私は本当に久しぶりに高畠さんをお訪ねした。冬の鎌倉の海の遠鳴りをききながら、私達は、十時近くまでも語り合つた。

その時高畠さんは、もう一度「馬賊の唄」のつづきを書いて見てはどうかと云はれた。

『僕はあのさし絵だけは本当に美しい気持で書くことが出来ましたよ。雄々しい、而し寂しさを失はない、あの日出男といふ主人公が、僕の性格のどこかに、ぴたりと来るやうな気がしましたね。』

と、しきりに後篇を書くやうにすすめて下すつた。

丁度、編集長の野口さんからも、御熱心なお手紙をいただいた折でもあつたから、では「高畠さんと合作なら」と、条件をつけて、再び筆を起すことにした。

「馬賊の唄」の後篇を書くについて、ぜひ前篇のあらましを述べておかなければならない。——


この物語の主人公となる山内日出男は、紅顔の勇少年であつた。ある時獅子「稲妻」を引きつれ、愛馬「西風」にまたがり父を、尋ねて大陸を旅行し、陰山山脈のまつただ中で、同じ目的で放浪する少年佐藤猛と、その妹貴美子とに出会つた。三人は相協力して目的を達することを誓ひ、三百の馬賊に将として、蓮山山脈中の牢獄を襲ひ、ここに幽閉されてゐる猛の父を救ひかつ天空侠骨和尚と称する怪傑と知己になつた。

日出男少年は、やがて、彼等一隊と別れをつげ、単身サヤン山脈の真たゞ中にわけ入り、つひにエニセイ河の河畔にあらはれた。ある月明の夜、河畔の洞窟に眠つてゐた日出男は、不思議な幻影に夢をやぶられ、ある物音におどろいて外に飛び出した。その不思議な音は尺八『千鳥』の曲であつた。その曲は河畔に立てる古城址の上からひびいてきた。父君在すと知つた血気の少年は、剣をぬいて城門に迫り、赤露の守備兵を蹴散らし、城頭高くかけ上つたが、敵は窓をとざし、火を放つて、この勇少年を焼き殺さうとした。

その時、エニセイ河の対岸にあらはれた騎馬の一隊があつた。その一隊を統率し、これが先頭に立つたのは、身に破れ衣をまとひ、手に百貫の鉄棒をひつさげ、栗毛の馬にまたがつた天空侠骨和尚その人であつた。

快僧の率ゐる騎馬の一隊と、赤露の守備兵との間には、世にも烈しい戦端が開かれた。その騎士達の中には、親友佐藤猛と、その妹貴美子とがゐた。日出男少年とその父とは、彼等の奮戦によつて、九死に一生を得た。日出男は、人事不省になつてテントの中に救はれた。

『山内君！　しつかり！』

ふと耳もとでよぶ声がする。かすかに両眼をあけると、頭部に繃帯をした猛少年が、涙にうるむ瞳でぢつと日出男の顔を見つめてゐた。

『君！　気がついたか。傷は浅いぞ。しつかりしろ！』

『佐藤君か！　有難う』

『お父さんは無事だぞ。安心したまへ』

『さうか……君は負傷したのか』

日出男は、自らの深手も忘れてしまつて、友人の繃帯姿を淋しげに見守つた。

『なあに、一寸乱闘の際にやられたんだ』

『すまなかつたな……』

日出男少年は、しばらくぢつと瞑目したが、やがて思ひ出したやうに、

『君、「西風」や「稲妻」は無事だらうか』

『うむ、西風は無事だ』

『ぢや、稲妻は』

日出男少年は憂はしさうに、

『君、稲妻は無事だらうね』

『………』

黙然と日出男の顔を見つめてゐた猛少年はこの時、ほろりと大粒の涙を両眼に浮べた。

『山内君、その稲妻だ！　稲妻はねえ、君のために、主君のために、名誉の戦死をとげてしまつたのだ』

『え？　稲妻は死んだのか！』

顔青ざめた小英雄山内日出男は、力なく両眼をとぢて、

『なくなつたのかい！　稲妻！』

『………』

『稲妻！　稲妻！　お前はもうこの世にゐないのか、お前は一生僕を愛してくれたねえ。稲妻！』

暗然としていたましい友の言葉をきいてゐた猛少年は、

『貴美ちやん、その白い布をとつてやつてくれ、忠臣の壮烈な最期を山内君に見せてやつてくれ』

少女貴美子は立つて、例の白い布をとつた。そこには、美しく秋草にかざられた獅子『稲妻』が横はつてゐた。

『おゝ！　稲妻！』

日出男少年は我れを忘れて起き上つた。

『稲妻！　お前は、僕のために生き、僕のために死んでくれたのか。稲妻！　お前は一年の間、淋しい放浪の僕をなぐさめてくれた、数かぎりもない死地に笑つて出入をしてくれた。

稲妻！　もう一度、たてがみを鳴らしてくれ。も一度その前足でたつてくれ！』

魂去りたる愛すべき従者はつひに身動きさへもしなかつた。さすがの英雄も、瀧の如く流れ落ちる涙をぬぐひもやらず生なき猛獣の首を抱き、甲斐なき愚痴に暮れて泣いた。

『山内君、仕方がないよ。もうあきらめやう。ね、稲妻は喜んで死んだんだから』

夜はほのぼのと明けかゝつた。青白い暁の光がテントのすきをもれてゐた。

『古城はすつかり焼けてしまつた。あの絶壁の上に、このエニセイの流れの上に、稲妻の霊はいつまでもとどまるのだ！』

猛少年はかう云つてテントの入口から向ふを指さした。

対岸の火はすつかり消えて、エニセイ河の小波の上には曙の影がほのかにうつろつてゐた。

×　×　×　×

一年に亘る冒険旅行は終つた。

日東の健児山内日出男は、宿願の通り、父を辺境に救ふことが出来た。これは、あらゆるものにまさる喜びであつた。が、彼の心は淋しかつた。サヤン山脈を東に国境を去らんとする日、彼は幾度か後ろをふりかへつた。

『西風！　お前も淋しいか？』

愛馬はもの恨ましげにいなないた。旅衣ふきひるがへす夕風よ！　顧みれば、夕陽紅をながすエニセイの河は、大山脈をきつてうねうねとつゞいてゐる。

『さらばエニセイよ！　稲妻の霊よ！』

日出男はかう云つて暗涙をのんだ。

父も、佐藤父子も、蛮勇侠骨の快僧も、緑林好はじめ数百の騎手も、等しく夕日の光に照され、秋風に吹かれて愁然とつつ立つた。

「馬賊の唄」後篇は、その後の日出男少年について物語るのである。少年諸君！　どうかこの物語を熱心に愛読していただきたい。

池田芙蓉
高畠華宵

流行作家・池田芙蓉・青山櫻州の時代

上原作和

一、「少女の友」から「日本少年」へ

大正八年（一九一九）、東京高等師範学校在学中から「少女の友」に寄稿を開始し、人気作家となった池田亀鑑は、大正十四年（一九二五）一月（東京帝国大学在学中）、池田芙蓉として「陰謀」（連載六回）、闇野冥火として「髑髏の笑ひ」（連載十二回）を執筆、さらに五月より青山櫻州「祖国のために」連載二十回で「日本少年」にもデビューを飾り、翌大正十五年には同誌に没後単行本化された代表作「馬賊の唄」前篇二十回（池田芙蓉）、「婦人世界」に北小路春房として「白萩の曲」連載九回を発表、これに読み切り小説も不定期に併載しつつ、恒常的に長編連載小説複数本を実業之日本社の主力三誌に発表する、まさに八面六臂、大車輪の活躍をし始めることになる。この間、大正十五年（一九二六）三月大学卒業（卒業論文「宮廷女流日記文学考」）、六月から文学部副手を拝命しての覆面作家としての執筆である。

大正十四年度の「日本少年」巻末企画「編集局噂者奈志（ばなし）」には、小説家としての池田亀鑑の当時の様子が、以下の

ように紹介されている。

大正十四年（一九二五）二〇巻六号

池田芙蓉先生

あの名文で満天下の少年の熱血を湧かしてゐる同先生は頗るの達筆家で、あの日少に出る「馬賊の唄」などでも、一晩の内にスラスラと書き上げてしまはれるさうである。

大正十四年（一九二五）二〇巻十号

青山櫻州先生

先生は一ヶ月どんなに少い月でも百円以上の書物を買い込まれる。これを一切読破して大いに知識を得られるんだから、先生が満天下の少年が熱狂する名文を書かれるのも無理はないといふものだ。ところが可哀さうなのは先生のおううち（ママ）の床で、ああこんなに澤山本を載せられちや重くて腰が抜けさうだとこぼしてゐるさうな。

大正十四年（一九二五）二〇巻十一号

青山櫻州先生

同先生は文学の方の高畠華宵先生と云つてもよい。どんな大熱血小説でも一寸考へると、すぐ筆を執つて即座に書きおろされてしまふさうな。しかし先生は自分が書いた物が気に入らなければ、何度でも書き直される。さういふ風だから、先生の書かれたものが大好評なのは少しも不思議はない譯だ。

このうち、十月の記事は、国文学者としての顔を伺い知ることが出来る書物の話、また、筆が速く、時間の使い方が巧みであったことが窺われる内容である。ちなみに、月の書籍購入代百円は、今日の物価に換算すると四〇万円相当となる（大学出の初任給が六〇円の時代）。年額とすると科学研究費補助金基盤研究Aに該当するほどの破格の資金力であり、それゆえ、あの蔵書形成が可能になったことが裏書きされるわけである。また、前年度提出され、伝説化された卒業論文については、「枚数にして一万八千枚、リヤカーに積んで運び込んだ。東大初まって以来の巨大な分量は今なお語り草で、あのおびただしい小説を書きなぐり、恋愛をし結婚をし、父母弟妹を扶養するといういそがしい生活のどこにその暇があったかと疑われるほどである。学界七不思議の筆頭として、こういう超人は絶後とはいえぬまでも空前であろう。しかもその間には古写本を見るために、東の文庫、西の図書館と、各地を歴訪する旅行をこころみているのである」（長野嘗一「源氏物語とともに 一―池田亀鑑の生涯」以下、長野氏説述の引用は本論による[1]）の証言に合致する内容である。

そこで、本集は、架蔵本より、「祖国のために」大正十四年（一九二五）十二号の二十回と、名誉主筆に就任した直後の、昭和四年（一九二九）二月号の小説二本「青葉の夕霧城」「血に飢えた狼の目」「馬賊の唄後篇」を掲載することとする。

二、青山櫻州「祖国のために」

大正十三年五月、原田房子（戸籍名・房）と結婚した翌月から「青山櫻洲」なる筆名を初使用して「祖国のために」（連載二十回）を執筆した。これは黄色人種と白色人種との未来戦争を描いたものである。大正十四年十二号で前篇を終り、翌、大正十五年一月から十二月までは『栄光の騎手』、さらに昭和二年一月から十二月まで、「空魔あさひ号」と題して完結させた、文字通りの超大作であった。

特筆すべきは、「栄光の騎手」を「村岡筑水」の筆名で執筆したことである。執筆再開に際して、青山櫻州名で、この篇は親友の村岡筑水に執筆を譲り、青山櫻州は側面支援、続篇からはまた青山自身が書く旨の断り書きをしている。この手法は、後に「少女の友」二一巻七号、青山櫻州名義の怪奇小説「白鳥の塔」（青山櫻州名義・昭和三年一月～九月中絶）においても、第七回の巻末で村岡筑水にリレーする予告をしたことがある。

作者曰く……来月号から『夕風吹けば』といふ歴史小説を書くことになりましたから、『白鳥の塔』の方は、親友の村岡筑水先生にお願ひすることにいたします。いつまでも『白鳥の塔』をご愛読下さい

もちろん、村岡筑水は作者の親友ではなく、分身。この『白鳥の塔』九号の予告は「つづく」とありながら、実質、打ち切りとなっている。

いずれも同一筆者の作であることは、現在では周知の事実であるが、長野嘗一は「あまり長く書きつづけるという印象をあたえまいとする偽装にすぎないが、こんな偽装が堂々と行われていたとは、のんびりした時代の息吹を感ずるとともに、例のとう晦が早くも初(ママ)まっている事実を、われわれはここにみるのである」と記している。

長編小説「**祖国のために**」は、西紀二千年代の某月某日、黄色人種と白色人種との間に第二次世界大戦が勃発、日本は黄色人種の旗艦として陸海空三軍で応戦するが、大敗北を屈して東京は敵機の空襲により壊滅状態となり、日本有史以来史上最大の危機に直面することになる。この国難に際して、村上理学博士の発明による空海両用軍艦「あさひ号」が完成、この一機を操る主人公・山田勇の活躍で敵機を尽く撃退して帝都・東京の危急を救う。さらに山田勇と「あさひ号」は欧米の空に逆襲に及ぶが、敵味方共に決定的な勝利を得られず、ローマ法王の仲裁が入って世界の

平和が回復する、という物語である。

ちなみに、旗艦「あさひ号」は、宇宙戦艦ヤマト（一九七四年）の先蹤と言うべき性能を持ち、水空を自由に移動し、電波による遠隔操縦により、海中では大潜水艦と化する空想の戦艦であり、当時の少年読者を魅了したことは言うまでもあるまい。また、村上理博士の平和主義と博士の庇護のもと活躍する少年主人公・山田勇の正義感と弱者への眼差しは、世代的に同時代読者ではないが、手塚治虫（一九二八〜一九八九）の「鉄腕アトム」（一九五二〜一九六六年）のお茶の水博士と鉄腕ロボット・アトム、あるいは、『ブラック・ジャック』（一九七三〜一九八三年）のピノコに通じる思想性を共有する。

これらを少年時代から「馬賊の唄」の愛読者にして、没後、池田亀鑑の蔵書から全小説を読破した長野甞一は、以下のように批評している。(2)

将来おこるべき戦争が、国家と国家とのそれではなく、植民地解放をめざす人種戦であり、勝敗の帰趨は科学と科学との競争にあることを予兆したあたり、かなりの達見であるといい得よう。しかし、意外の好評にこたえて書き継ぎ書き足していったせいか、類似の場面が重畳しているのは著しく眼につく欠点であり、軍事知識にもやや常規を逸する箇処がないでもない。たとえば我が連合艦隊が、大挙して来襲した某国太平大西両洋艦隊を房総沖にむかえ撃つ件りの如き、激戦数合、制空権を失った我が艦隊は、旗艦長門・戦艦陸奥以下、決死の勇をふるって敵艦列に突入し、舷々相摩した機を逸せず、将兵はピストルと日本刀をふるって敵艦におどり込む。——などという場面は、よんでいて思わず噴飯する。いかに大正年間に書かれたものとはいえ、近代海戦に彼我の戦艦が舷をつらね、将兵が敵艦におどり込むなどということは、あり得ようはずがないではないか。ここは作者が元寇の海戦を思い出して書いたに相違なく、筆がすべって思わぬ失態を演じたものと解するより、適当な評言が見当らない。ただし、戦争終結にローマ法王の仲裁を持ち出して勝負なしに終らせたあたり、並々ならぬ奇想の天外より落つる妙趣があって。作者の空想力の非凡を証するものといい得よう。以後、このような愛国小説を書くときは、青山櫻洲のペンネームを用いるのが例となった。

また、戦争処理に対して、ローマ法王に仲裁・助力を頼んだくだりは、この作品の発表後十有余年、実際に池田亀鑑の小説が現実のものとなって勃発した第二次世界大戦に際して、昭和十七年（一九四二）、日本はバチカンと外交関係を樹立していたことまで予見していたことになる。史実として、昭和天皇（一九〇一～一九八九）自ら「戦の終結時期に於て好都合なるべき事、又世界の情報蒐集の上にも便宜あること」、さらに、ローマ法王庁の「全世界に及ぼす精神的支配力の強大なること」を考慮しての天皇主導の外交施策であったとされている。(3) 昭和天皇は皇太子時代の一九二一年にバチカンを訪問し、法王ベネディクト十五世と会談、バチカンの持つ影響力を理解しており、大戦末期には、小説同様、バチカンを舞台にした和平斡旋工作が試みられたことは夙に歴史家に知られているところである。これは当事者だったマレラ大司教の名を取って「マレラ工作」と呼ばれ、昭和十七年、天皇自ら異例の発意をもって、ローマ法王庁への使節派遣（原田健と金山政英）を実現させたが、結局、戦略ミスによって失敗に終わった。戦後、昭和天皇は「有能な者をバチカンに送ることができなかったことと、バチカンに対して充分な活動ができなかった」ことを残念であるとこぼしていたと言う（前掲『昭和天皇独白録』）。工作は天皇の御意を受けた吉田茂、樺山愛輔、樺山の親友である松平恒雄宮内大臣によって主導されたとされているが、文献は残されておらず真相は闇の中にある。(4) したがって、当該小説を、青年であった昭和天皇が読んでいたかはともかくとして、日本外交絶体絶命の際の方針決定に際して、陰に陽に池田亀鑑の平和思想が影響を与えていた可能性もあり、この事実は、池田亀鑑の先見性と歴史的事実の一致と言う点で特筆すべきことであろう。

三、名誉主筆・青山櫻州の企画力

前記のように、昭和四年（一九二九）二月、（二四巻二号）、池田亀鑑（当時三二歳）は、一月号から青山櫻州として「日本少年」名誉主筆を務めた。巻頭言「二月十一日」を、当時の内閣総理大臣・田中義一「少年訓話　新日本を背負ひ立つ少年の意気[5]」、少年団日本聯盟総長・伯爵・後藤新平「終生忘れ難き余が母の訓戒」の三人で飾り、さらに「編輯総出　紅白大討論会・神若し吾にいま一つの目玉を与えなば何処に安置すべきか」を企画し、議長を務めた。これには義兄・岩下小葉も意見を述べている。さらに投稿「作文」欄の選者も担当した上、小説を三編書いている（後述）。また、他にもアレクサンドル・デュマ『巌窟王』、エクトル・マロー『家なき児』、前号にはウィーダの『フランダースの犬』のような翻訳物等の新機軸を打ち出して、三五二頁、五年前の二十巻各号の平均二三五頁に比較して破格の百余頁増となっている。

以下「紅白討論会」の青山櫻州による開会の辞と議論の顛末を記す。

除夜の鐘

池田芙蓉

つるべ落しの秋の日は、も早や西の山の端に近かつた。阿波をめぐる山々には、何時のまか濃紫の夕靄がたちこめて、今を盛りの紅葉の色は、燃えるやうにあかあ

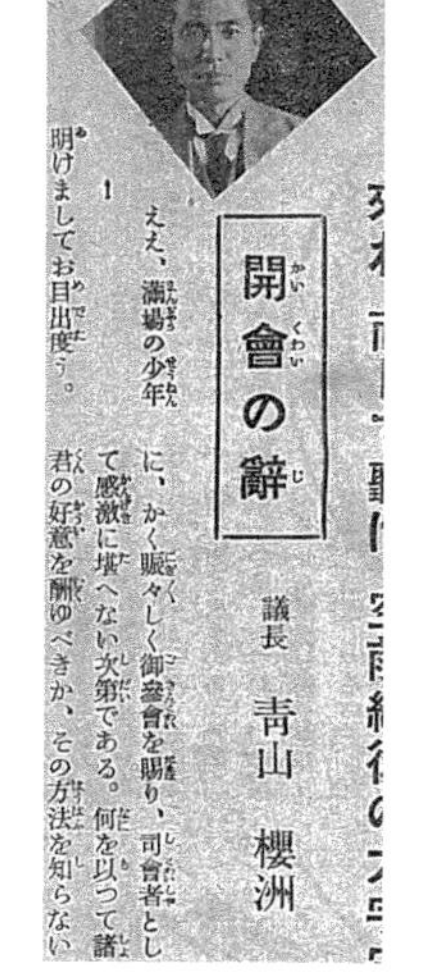

大正十年一月小説「除夜の鐘」口絵　二三歳。
昭和四年二月名誉主筆・討論会議長。三二歳。

ええ、満場の少年諸君！、先づ、明けましてお目出度う（笑聲）。本日は、日本少年主催、紅白雄弁大討論大会に、かく賑々しく御参会を賜り、司会者として、感慨に堪えない次第である。何を以つて読者の好意を報ゆべきか。その方法を知らない次第であります（おしる粉をおごつて下さいと云ふ聲あり、笑聲）。

さて本日は、「神若し吾にいま一つの目玉を与えなば何処に安置すべきか」といふ重大問題について、討論をするのであります。紅かつか、白負くるか、御らんの通り、両軍の弁士の面々、両主将の傘下にあつて、何負けるものかと、戦前已に殺気を呈してをります（拍手）

願はくは諸君。大いに迷論を謹聴せられて（喝采）、他日目玉を授かつた時、戸まどひをせざらんやう、理想的なる場所に安置せらるるやう、希望してやまない次第であります（拍手大喝采）。

紅軍　野口青村　中島薄紅　中村里秋　宮崎岳人　由井禅野　原　掬水　有本芳水

白軍　内山一英　岡崎白峰　岩崎平吉　二宮伊平　佐藤　勇　池谷一路　岩下小葉

（発言略）

閉会の辞　議長　ええ諸君！お静かにして下さい！厳粛にして下さい。熱狂してはいけません。かく議場が混亂に陥つてはどうにもなりません。とにかく、紅軍は、左手親指に安置すべしと主張し、白軍は、後頭部に安置すべしと主張いたします。いずれも成程迷論至極……。（議場騒然たり。議長の聲十分聞き取れず）

もし、かりに紅軍を是なりとせば……（議場大混亂）。白軍非なりと云はざるを得ざる次第にならざる得ざらんや（怒號しきりに起る）。白軍非なりせば…（議場再び大混亂）。紅軍にあらずと誰か云はざるを得ずして可ならんや。

ええ、諸君！

一体所論いづれが是か非か、諸君が御意見によつて、最も公平に決したいと思ふのであります。なほ、本日は新年早々の大討論大会でありましたから、御参会のお方で、多数決当選のお方には、記念のお年玉をさし上げます（歓聲あがる）。

諸君は紅白何れに賛成するか

日本少年主催紅白大討論会以上の如く華々しい舌戦裡に閉会いたしました。紅軍白軍火花を散らしての大論争に、諸君のやんやの熱狂又凄まじかつたと思ひます。

紅軍白軍互ひに自黨の説を高潮し、相持してゆづらなかつたが、公平なる諸君の眼よりみて、果たして誰の説がよいと思ひますか、即ち、紅軍白軍の両説の何れに賛成しますか・どうぞ附記の投票用紙にて盛んに御投票下さい。

諸君の投票数によつて、紅軍白軍説の勝敗を決します。紅軍勝か白軍勝か、すべてそれは諸君の公平なる御判断による事と致します。猶、多数となつた方へ投票なさつた方には美（うるは）しい賞品を差上げます。

◆投票規定◆

（一部略）

一、締切は、昭和四年一月三十一日　（架蔵本は下段左隅切り取り「投票用紙」であろう）

さらに、巻末の編集部欄を翻刻引用しておく。

談話室　編輯室より

日少の黄金時代！日少の黄金時代！全く、我が「日本少年」の黄金時代が現出しました。全日本憧憬の的、青山櫻州先生を名誉主筆に推戴し、在来の編輯方針を一新して以来、俄然、人気は日少に集中し、十二月號も売り切れ、一月號も忽ち品切れ、買ひ遅れた少年が本社にわざわざ来られても、一部も残ってゐないといふ盛況でした。この具合では、今後もどの位部数を増やしたらよいか殆んど見当も附かない有様です。これといふのも、鬼才青山櫻州先生の身魂をつくしての御努力と新進の内山一英先生のご尽力によることと感謝して居ります。

窓越しの雲

（抄録）

▽僕は青山櫻州先生が日少の名誉主筆になられた事を心からお祝申します。我等の櫻州先生、萬歳！萬歳…

（京都市　村田まさ行）

▽記者様何といふ発展ぶり！　日少の十二月號は何といふ喜びを僕等に持って来たか！青山先生が主筆！入選したものの〻等級を我等が定める等々実に面目一新です。又僕の愚作を自由詩へ入選とは又後に便りします。全日本の少年の為に、青山先生、しつかり頼みます。奮闘して他雑誌を抜いて日少を第一位に置かれんことを。

（鳥取縣　大西赳夫）

▽僕はさん〴〵と秋雨の降る晩本屋に行つて日少を買つてきた。日少十二月號…　僕は中を開いて見ておどろいた。これこそ昭和三年最後の輝だ。一路主筆の代りに青山櫻州先生が主筆になられたね。青村、一英、三人よく共同して一月號に負けないやうに立派に作つて下さい。又文藝欄がかはりましたね。僕はこの挙に乗じてどし

く投稿しますからお見捨てなく先生方頼みますよ。

（新潟縣　藤間生）

▽十二月號を讀んで一番驚いたのは、青山先生が主筆になられた事です。先生の名文は、私達のあこがれるもの、今後の本誌こそ目覚しいでせう。それから、文芸欄の改革記念時計を、目標に努力した私にとつて何て悲しいことでせう。もうメタル四つ貰つてゐたのに。しかし、本誌の改革の第一歩として仕方ないことでせう。

（徳島縣　竹山朝夫）

▽記者先生！此の度は青山先生をお迎えして、日本少年萬歳ですね。実に愉快です。その第一回目の十二月號の出来榮へは表紙からして、スバラシイものでした。長篇物は勿論ですが、野口先生の「決死の投手」はよいものでした。讀んで涙ぐみました。内山先生の「フランダースの犬」も一息に讀んでしまひました。両先生の来月の御作が待たれます。

（札幌市　能登建三）

▽今月號よりあの青葉の夕霧城の青山櫻州先生が主筆に立たれたのは全くの夢の様です。先生益々御健康により日少を輝かして下さい。

（名古屋市　酒井繁雄）

討論の題目は、最近まで医学部入試の二次面接でも定番としてよく聴かれていた想像力や思考の柔軟性を問う内容であり、当代一流の作家達の主張も俄然面白く読ませるものであった。

かくして、右のような読者の圧倒的な支持を集めつつ、投稿欄の等級も投票制にするなど、名誉主筆は「日本少年」の編修に新機軸を打ち出していった。ただし、前三集に記したとおり、池田亀鑑は、芳賀矢一記念会の『源氏物語諸註集成』の刊行遅延により、藤村作の勧告に従って、昭和五年春、実業之日本社を退社して名誉主筆も一年余で降板、「少女の友」「日本少年」「婦人世界」には作家として関わることとなるのであった。

四、青山櫻州・武侠小説「青葉の夕霧城」

『馬賊の唄』前編完結後、人気を博した小説は「青葉の夕霧城」（青山櫻州「日本少年」昭和三年七月―昭和四年十二月）であった。作者の序文にその創作意図が記されている。

〝作者より――

長篇日東男児小説は、作者が生れてはじめて筆を執った空前の長篇少年小説であります。この小説は熱血、愛国、冒険、怪奇、探偵等々あらゆる型の小説が綜合された交響楽であります。

日東男児小説は、前後二部に分れます。第一部は「日東男児は如何にありしか」を、過去の伝説的事実の中に求め、第二部は「日東男児は如何にあるか」を、現代の空想的事実の中にゐがかうと思ひます。過去から現代に亘るこの日東男児小説は、これから三年つづくか、五年つづくか予定の出来ない長篇小説であります。

日東男児小説第一時代篇「青葉の夕霧城」は、日東の健男児と美少女との奇しき運命を主題とし、忠臣、奸賊、義人、妖女、怪僧等が、乱麻の如く入り乱れて飛躍する中に、侠勇少年の崇高なる信念と、燃ゆるが如き意気と、花よりも麗しき美少女の清らかなる純情と、火の如き情熱とか、いかばかり輝やかしき火花を散らしたかを述べようと思ふのです。

少年諸君！どうかこの物語の勇ましい主人公と、美しい女主人公とを、いつまでも愛して下さい。

落花白き日　青山櫻州

富田千秋（挿絵）〟

例によって、時代がかった美文調であり、活動弁士風の口舌である。舞台は山陰・出雲の地、作者の故郷・鳥取県伯耆地方に近く、少年時代の郷土愛から、親しく学んでいた戦国時代の尼子・毛利氏歴戦の帰趨から構想された戦国時代長編小説と言うべきであろう。十六歳の青年・尼子四郎時久（一三八一〜一四三七）が死守しようと奮戦する夕霧城（月山富田城・島根県安来市）に、老臣・和泉介宗高の一子で、この物語の主人公・五郎宗春は稀代の剣客として知られていた。女主人公はその妹・浅香姫。十五歳の美少女ながら、父や兄と力を合わせて主君・時久のために献身的に毛利軍と戦いながらも、運命に翻弄される。毛利氏に内通する郎党や、隙あれば奸計を働く盗人たちによって、辛酸を嘗め尽くしたあげく、これらの敵を倒してお家再興に成功するまでの壮大な戦国合戦絵巻となっている。掲載した第七回では、浅香姫の運ぶ膳に南蛮の毒を含まされた尼子時久が瀕死となって、梟の怪人により、念誦の原に運ばれる。また日野川で祈願の滝行を行う宗春のもとに現れた切支丹の妖術者から、解毒剤の霊薬が出雲の国、地蔵ケ崎の断崖絶壁にあることを知らされ、美少年剣士はかの地に向かう。いっぽう、罪人に貶められた浅香姫も幽閉されており、鳩や烏がその運命を操る…、めまぐるしく場面が転換され、物語の前後を読みたくなる仕掛けが巧みである。また地名は、作者ゆかりの地名「日野川・地蔵ケ崎・粟島山・夜見ケ濱」が「道行文」の如く網羅されている。またこの小説完結直後の昭和五、六年頃、佐渡から出現した大島本『源氏物語』は、尼子氏敗退の後、毛利元就・大友宗麟の和議調停に奔走した聖護院門跡道増筆の桐壺の巻とその甥道澄筆の夢浮橋の巻を持つ写本であった。偶然とは言え、この事実は池田亀鑑の関心を、一気にこの写本に惹きつけたことであろう。

この小説も長野嘗一氏の批評を参照しておこう。

両主人公もさりながら、雲助と称する悪党やお玉婆と呼ぶ女大泥棒の描写は鮮明で、手に汗にぎる活劇が随処に演ぜられる。但し、登場人物が複雑怪奇を極めすぎ、やや収拾に苦しんだ傾きがみえる。たとえば切支丹の少年梵天丸と獅子ピエロの如きは「梟の怪人」と重複し、出さでもの人物というほかない。獅子ピエロは「馬賊の唄」で味を占めた獅子稲妻の後身で、変り映えのしないことおびただしい。総じて、序文でひろげた大風呂敷のわりあいにはあっさり片がつきすぎており、三年かかるか五年かかるか分らないと大見得切ったのが、一年半で終結を迎え、竜頭蛇尾に終った感がないでもない。「日東男児は如何にあるか」の現代版は遂に書かれずにしまったらしい。にもかかわらずこれが当年の人気をさらったのは、クライシスのつなぎ方が巧妙であったことによるのだろう。この先どうなるかと手に汗にぎる場面を叙してゆきながら、中途でそれを一たんサスペンドし、他の叙述に眼を移す、こういう転換は亀鑑の常套手段であるが、この作品ほどそれを頻繁に、しかも巧妙に用いた例はほかにない。

長野氏の言う「三年かかるか五年かかるか分らないと大見得切ったのが、一年半で終結を迎え」たとあるが、これは国文学者としての重責から、退社に至る経緯と関わろう。

また、読み切りの短編・村岡筑水の冒険小説『血に飢えた狼の目』は、ロシアに渡って気象学の研究を行う北海道帝国大学の北島教授とその子たちが、狼に襲われながらも、異国の地で暮らす家族の物語である。また、代表作である池田芙蓉の冒険武侠小説『馬賊の唄』は、後篇再開の予告宣伝編であり、高畠華宵と共作とすることとなった経緯や、前篇のあらすじをまとめたものである（挿し絵は前編のもの）。

五、国文学者・池田亀鑑のラジオ出演

社団法人東京放送局（ＪＯＡＫ：現在のＮＨＫ東京ラジオ第一放送。略称：ＡＫ）がラジオの本放送を始めたのは、大正十四年（一九二五）三月二二日九時三〇分であった。実業之日本社退社から一年、依然として流行小説家でもあった池田亀鑑は、国文学者として開局七年目を迎えたラジオへの出演を開始する。昭和六年（一九三一）当時の小説執筆は、池田芙蓉「哀しき野菊」「少女の友」連載十二回、青山櫻州「炎の白萩城」「日本少年」連載十二回の二作のみに留めている。「少女の友」への寄稿はこの年までで、以後は「日本少年」にのみ発表を継続した。右の少年達の熱狂からして、即引退は躊躇されたのであろう。

当時、池田亀鑑は東大文学部副手ながら、昭和四年（一九二九）十二月から大正大学教授も兼任しており、肩書きも大学教授としての出演である。ラジオは、まだ珍しいメディアであったからであろうか、偶然のなせる技か、昭和六年（一九三一）五月初旬には、三日続けて「読売新聞」に池田亀鑑が登場している。

「読売新聞」昭和六年五月五日。「普通学講座」（５）を東京女子大学教授・倉野憲司とともに担当。肩書きは「大正大学教授」。

翌六日は文芸欄で「國寶級の古書を掘出す―寂恵本「古今集」と八千圓の「源氏」」後者・『源氏物語』の記事中に登場。「昨年秋に開かれた関東西聯合古本大市に、形は四寸四方の眞四角な古寫本「源氏」五二帖（二帖欠本）」が「十五圓なにがし」で売り手がつかなかったところ、一誠堂書店が後日入札したものの、店舗に並べてわずか二時間、「相変はらず冷遇されていたのを、現代唯一の「源氏」蒐集家帝大教授（ママ）池田亀鑑氏が発見し―同教授は古寫本「源氏」を七百種約一万冊を蒐集してゐる「源氏」通であるから―忽ち、それが前田侯爵家の青表紙秘蔵本と對照すべき、稀

有の典籍であると目星をつけ、冷遇されてゐたままの値で買取つたさうであるが事実、侯爵家秘蔵本の残部五十二帖らしいので、それだと市價八千圓の國寶級の稀書である」と紹介され、一誠堂が価値を知って地団駄を踏んだ話としてまとめられている。これは天理図書館現蔵で、影印本も刊行された池田本出現の経緯のようである。

さらに翌七日七面社会欄の下段には「国文學資料展」開催の紹介記事。大正大学郊北文学会が会長・高野辰之と池田亀鑑の蔵書百点を八・九日同学で陳列するというもの。これについては、大島本らしき本も「文明頃古寫　五十四帖」として出品されているし（池田本は目録には見えない）、三年続いたこの展覧には、徳富蘇峰も来訪したことが、残された池田亀鑑の書簡から知られる。(6)

当時三五歳、二年に渡る『馬賊の唄』後篇を前年末に書き終え、なお、長編連載中の人気作家でもあった池田亀鑑が、国文学者として「読売新聞」に三日間連続して登場していたわけであるが、このことは、昭和六年までは十三本しかなかった学術論文も一気に増加の一途を辿り始め、作家・編集者から学者へとシフトチェンジしてゆく分岐点と見て良かろう。これにくわえて、昭和六年は、松田武夫との『源氏物語』を中心とする文献調査で全国の文庫を廻り、いっぽう、私邸の桃園文庫では松尾聡・鈴木知太郎らの河内本を底本とした『源氏物語』校本の作成も並行していた時代であることに注意したい。

また、本書所収『花を折る』のうちの「愛宕山の思ひ出」（一九五四年二月九日／NHK東京）はユーモラスな著者を知ることが出来る楽しい随筆のひとつ。日比谷の東京放送会館に移転する以前、まだ愛宕山に放送局があった二十数年前の話。ラジオの生放送を終えてタクシーに乗ったところ、大勢のファンに車を囲まれ、「私はふと日本文学史の講義と結びつけた。私の話が評判になったんだなと合点した」と記して、放送内容の反響で大スターになったと御満悦でいたところ、タクシーが皇居前広場に差し掛かったあたりで、運転手から、第一放送で、林長二郎（長谷川一夫

／一九〇八～一九八四）の「金色夜叉」の放送があり、かの長二郎を待っていたファンによって件の騒動になったと言う説明を受けて得心。清少納言なら、さしずめ「はしたなきもの」に入れるだろう、「同種類の錯覚」であったと締めくくった話であった。調べてみると、映画として昭和七年（一九三二）『金色夜叉』（製作：松竹キネマ蒲田撮影所／寛一：林長二郎、お宮：田中絹代）が製作されて大ヒットしていることから、その前後だとすると、池田亀鑑の言う「文学史」とは昭和六年四月から七月にかけて講じた「平安時代文学」のこと。大騒ぎになったのは、翌七年一月十二日、第一で午後八時五〇分から九時四〇分で長二郎が間貫一、お宮が田中絹代の「新釈金色夜叉」が放送され、第二で七時三〇分から八時一五分まで池田亀鑑が「国語」を担当してニアミスした、その夜の出来事と特定できたのである。ちなみに、『花を折る』には、（ＮＨＫ放送二九・一一・九）とあるが、十一月前後は古典講座を連続して担当している繁忙期、二の漢字の本文転化、実際は二月九日放送であろう。

さらに『朝日新聞』ラジオ欄の池田亀鑑の番組予告を紹介する。

昭和八年（一九三三）二月十四日　朝日新聞・朝刊「ラヂオ」
家庭大学講座『王朝文學と女性』後二・〇〇　池田亀鑑

王朝時代は日本文学史上、宮廷を中心とする女性の文藝が、もつとも華やかな光彩の中に、繁栄の全面を現出した時代である。私達はこの時代においてのみ多くの女流作家群を、不朽の星影として日本文学史上に仰ぎ見ることが出来ると思ふ。それ等の作家及び、作中の女性達は、今や一千年の「時」をへだてながら、しかも永遠に滅ぶことなき「女性」の諸相を語つている。

彼等の憂ひ、哀しみ、よろこびは今日といへども決して古典として死滅した形骸ではない。むしろ、生々として「今」を生き、「未来」にも生きる永遠の女性の眞実である……といふやうなことについて話したいと思ふ。

昭和十年（一九三八）九月十二日　朝日新聞・朝刊「ラヂオ」

月の宴　朝十時三十分より　池田亀鑑

我が国は温和なそして優雅な自然に恵まれ、多くの典雅な自然観照の文藝を生んだ。月雪花に對する詠嘆は日本文学の重要な部分を占めてゐる。就中月はあらゆる様式の作品の背景となり、特に抒情文學の中心的な題材となつてゐる。中秋の明月を鑑賞する優雅な行事たる月の宴も、月に對する文學的行事として行はれたものと見て差支はない。即ち文學を愛好する人人が、秋の月のもつ清澄の美を賞しつゝ、それを主題又は機縁として詩文を創作して一夜をおくるのが月の宴である。

当時を知る人が少なくなっては来たが、池田亀鑑が、戦後もさかんにラジオ出演していることは、新聞各社ラジオ欄、『花を折る』等、各種文献から知られる。昭和八年は、東大国文科副手の最終年、大幅に減ったものの、まだ小説「首のない若君」青山櫻州名義「日本少年」連載十一回プラスα（昭和八年一月～十一月、十二号未確認）も書いていた時期にあたる（翌九年助教授昇格により最後の小説執筆となる）。以後、池田亀鑑は、小説家としての数ある筆名を完全に捨て、国文学者として本名で生きてゆくことになる。この後、ラジオ出演は全生涯続く。特筆すべきは、昭和二六年（一九五一）九月八日土曜日、NHKラジオ第二放送では池田亀鑑が、谷崎源氏の「夕顔」巻を解説していたことも知られ（「読書案内『源氏物語』について」朗読・加藤幸子、午後六時三〇分～七時「読売新聞」ラジオ欄）、これは今日で言うメディアミックスの先駆けである。[7] また、亡くなる年の昭和三十一年（一九五六）六月、「日本の古典「枕草子」一、二回の音源も現存する。これは池田研二氏がNHK払い下げの録音原盤・五インチのオープンリール（今日のようなプラスティックではなく、放送規格に合わせて細く切り合わせた紙に磁性体を刷毛で塗ったもの）を再生、データ化し、昭和末年頃の門下生の親睦会「桃葉会」でカセットテープで配布された由である。わたくしが大学院在籍中の萩谷朴研究室の研究書架に、配布されたテープのひとつが保管されていたことを記憶している。(8)

以上のように、今日で言う、マルチタレントの先駆けが、実は池田亀鑑なのであった。

終わりに

労作『少女小説事典』（東京堂、二〇一五年）には、「青山櫻州」として小説家・池田亀鑑が立項されている（鈴木美穂氏執筆）。また、作品も青山櫻州名義で、最大の長編となった『炎の渦巻』（『少女の友』第十九巻、大正十五年（一九二六）一月号〜十二月号）が立項されている（鈴木氏執筆）。続編は「燃ゆる夕空」（『少女の友』第二〇巻、昭和二年（一九二七）、一月号〜十二月号）、「夕風吹けば」（『少女の友』第二一巻、昭和三年（一九二八）八月号〜十二月号、二二巻、昭和四年（一九二九）、一月号〜七月号）と改題されて足かけ四年で完結した作品で、内容は、戦国武将・浅井長政の庶子・輝千代と織田信長、豊臣秀吉との戦いを縦軸とし、そこに乳母の娘・八重ら、女達の運命を描き、くわえて浅井家の家宝『源氏物語絵巻』の行く末を絡めるという、魅力的な長編である。

次集、次々集では、これらの長編小説をより重点的に取り上げたいと考えている。

注

（1）長野甞一「源氏物語とともに―池田亀鑑の生涯（一〜四）」『立教大学日本文学』七〜十号、一九六一年十一月〜一九六三年六月のちに『説話文学論考』笠間書院、一九八〇年所収、同氏「小説家・池田亀鑑（その一、二、三）」『学苑』昭和女子大学光葉会、二一八、二一九、二二一号、一九五八年五月、六月、八月にも重複する記述があるが、増補された前者によった。長野氏は『馬賊の唄』当時の稿料について、一枚五円、長編各号四〇〇字詰め二〇枚、一作一〇〇円と推定している。複数作を併載していた池田亀鑑は月額数百円を得ていたことになる。

（2）ただし、長野氏は、昭和十年に東京帝国大学国文学科に入学したにもかかわらず、池田亀鑑が生前、小説を書いていることは一切知らされておらず、没後、弟の池田晧氏から小説家であったことを明らかにされたと回想している。註（1）参照。

（3）寺崎英成『昭和天皇独白録』文春文庫、一九九五年。

（4）園田嘉明『隠された皇室人脈　憲法九条はクリスチャンがつくったのか』講談社、二〇〇八年

（5）田中義一の「少年諸君！今月は二千五百八十九年目の紀元を迎える月である。」と始まる見開き二頁の寄稿は、主筆・青山櫻州の代筆かと思われる名文である。ちなみに、実業之日本社の実質的創業者で社長の増田義一（一八六九～一九四九）は、読売新聞を経て同社を立ち上げた。一九〇六年『婦人世界』『日本少年』、一九〇八年『少女の友』を創刊。一九一二年より日本進歩党所属の衆議院議員、一九三一年衆議院議長。

（6）拝啓　春暖の候　益々御成祥／にあらせられ慶賀の至に御座候／さて突然にて御記憶も無辺かと／存じ候へども小生はかつて大正大学／国文学書展覧会にて親しく／御面接を得たる一書生に御座候／実はその節一寸御願申上置候／御蔵無名草子本年四月より東／京帝国大学にて講ずることゝ相／成候についてはぜひ拝観の栄を得／度く此儀御願のために本日参／上仕候次第に御座候　承り候へば／昨日御旅行に御出發に相成候／由　御多用中まことに失礼に御座候／其御帰京をまちて改めて参上致／すべく候間　何卒特分の御思召に／て願意御承引なし下され度折入／って御願申上候　拙著一部御座／右に拝呈いたし候間　御笑納賜／はり候はゞ幸甚に御座候　先は／御礼まで　如斯に御座候　敬具／四月十一日　池田亀鑑／徳富蘇峰先生／侍史／封書／昭和十年四月十一日　速達　大森局印」（徳富蘇峰記念館蔵）。

池田亀鑑が閲覧を希望した徳富蘇峰の蔵書『無名草子』は、『国書総目録』『日本古典籍総合目録』には「茶図成簣（江戸初期写本―お茶の水・成簣堂文庫蔵）とあるものの、『新編日本古典文学全集／松浦宮物語・無名草子』（小学館、

一九九九年）の久保木哲夫氏の解説では「所在不明」とある。当該写本・版本は八本現存し、うち四本が東海大学桃園文庫本（木田園子、池田晧の新写本二冊）。書簡の前後、集中的に『無名草子』諸本を揃えていたことが判る。山岸徳平『無名草子』（角川文庫、一九七三年）の「解説・四・諸本」によれば、諸本は四系統に分類されるとし、以下のようにある。『4　成簣堂文庫本「その後は徳富蘇峰翁蔵本となったものである。新井政毅旧蔵の書である。本文に群書類従本との異同を朱書きしてある。奥書は藤井博士本と同一である』とある。昭和十五年、成簣堂文庫は石川武美のお茶の水図書館に一括購入されたが、山岸徳平は蘇峰の購入以前（昭和五年以前）に「新井文庫」本を調査していたことになる。

（7）上原作和「作家の古典現代語訳はどのように推敲されたか」『古典文学の常識を疑う』勉誠出版、二〇一七年五月参照。

（8）萩谷朴も戦地スマトラから復員直後の昭和二一年十二月、義兄（長姉の夫）の声楽家・徳山璉生前の知遇を生かして、日本放送協会ラジオ第一、第二放送の「仲良しクラブ」「子どもの話」「お早う番組」「今日の話題」「明日の暦」等の番組に匿名で原稿を執筆している（昭和三三年末まで）。これらの放送原稿は、『歴史三六六日—今日はどんな日』（新潮選書、一九八九年）『風物ことば十二ヶ月』（新潮選書、一九九八年）所収。また小説も書き、「少女の友」昭和二二年九月号から十二月号まで四回に亙り「こども今昔ものがたり」を連載し、これらは『ボクおじさんの昔話』（笠間書院、一九八六年）所収。

付記

入稿後、『日本少年』実業之日本社、大正元年（一九一二）十号が架蔵となった。池田亀鑑（鳥取師範学校一年次、当時十五歳十ヶ月）の投稿である。本集収載の『青葉の夕霧城』に展開する戦国時代への関心と郷土愛、早熟の才能が窺われる美文調である。この投稿が主筆の有本芳水と岩下小葉の目に留まり、作家デビューの道が開かれたのであろう。鳥取の青年教師時代の教え子で、山口女子専門学校教授を務めた下村章雄「池田博士の人と業績」『鳥取県政新聞』昭和三三年（一九五八）一月〜八月（全十九回）によれば、赴任当時「いけだかめのり」と紹介されたという。「文学青年で、当時よく流行した投稿もさかんにやられて、実業之日本社から出ていた『日本少年』では顔ききで、作文が一等に入選して、立派な水彩セットを貰われたこともあった。これは私が直接きいたことだ。」と記している。またガリ版刷りの副教材『郷土読本』に私淑する郷土の英雄、山中鹿之助、長谷部信連、鳥取久松山の吉川経家らの逸話を紹介していたとある。

なお、『鳥取県政新聞』の複写に鳥取大学の久保堅一氏の御協力を賜りました。記して御礼申し上げます。

選者　倉田濱荻先生

特別懸賞作文

二等　我が好む英傑　　鳥取県　池田亀鑑

山陰の麒麟児と謳はれ、尼子十勇士の花と称へられて当時驍名轟轟たりし英傑山中鹿之助。私は彼を好む一人である。尼子の運命は実にその双肩にのせられてあつた。よくその覇を中国に振ふを得た時は、即ち彼の全盛時代であつた。当時その勇姿の向ふ所、如何なる敵も散つた。如何なる城も落ちた。又尼子氏が興亡幾多、将に滅亡の悲運を見んとした時は実は彼が悪戦苦闘の時代であつた。刃の血を払ふ間もなく引き続きの戦闘、幾十倍の毛利の軍にあたつては、衆寡敵せず、つひに悲壮な最後を遂ぐるに至つたのである。ああ孤城の月淡き春の宵、野営の夢寒き秋の夜、主家のため彼は幾たび血涙に鎧の袖をうるほしたらううらみつもる毛利の軍を打ち破らずして倒れし彼の心中はさぞ無念であつたらう。死にたくはなかつたらう。後の最期は涙の最期である。

ああ彼はその流星の如き短き一生を「主家の為」といふ四字の精神をもつて、悪戦苦闘の間に送つた。実にすぐれたところがある。えらい所がある。

風蕭蕭として落日冷やかなる時、因州鹿野の幸盛寺に、彼の英魂の眠れる跡を訪うて、云ふべからざる感慨は私の胸をうつたのである。

評　幸盛に対する同情が、君を謳つて幸盛寺をとむらはせ、更にこの名文を作らせた。

池田亀鑑小説一覧

凡　例

◆「池田亀鑑小説一覧」については、長野嘗一「小説家・池田亀鑑（その三）」『学苑』昭和女子大学光葉会、二三二号、一九五八年八月（小説著作年譜）、木田園子編「池田亀鑑博士著述総目録」『学苑』昭和女子大学光葉会、三二四号、一九六六年十二月（二、「研究論文随筆その他」にラジオ出演もあり／五、「小説」）を参照し、発表誌、作品内容に応じてペンネームを使い分けた池田亀鑑による創作活動を全覧しうるリスト作成を目指した。

◆「池田亀鑑小説一覧」の所蔵館リストについては、一般利用が可能な専門図書館を中心に、資料探索の一助として作成したものであり、網掛けしたように、いずれの館にも所蔵を確認できない巻も多い。閲覧の際には事前にそれぞれ確認をお願いしたい。これにくわえて、早稲田大学図書館、昭和女子大学図書館、弥生美術館に所蔵されていることが知られる。ただし、いずれも池田亀鑑の創作をすべて所蔵しているわけではない。

日…日本近代文学館　三…三康図書館　大…大阪児童文学館　国…国立国会図書館　菊…菊陽町図書館

◆熊本県菊陽町図書館の村崎修三氏からは「村崎コレクション　少女雑誌の部屋」の所蔵巻のみならず、実業之日本社主筆・岩下小葉家に関する懇篤なる御教示を賜った。厚く御礼申し上げる。

◆池田亀鑑の名を巷間知らしめたラジオ放送には古典随筆も含まれることから、「ラジオ出演一覧（すべて池田亀鑑名義）」も加えた。これは『桃園文庫目録』東海大学付属図書館、二〇一五年（ラジオ出演教材）、『花を折る』中央公論社、一九五九年（本集所収）、読売新聞・朝日新聞ラジオ欄を参照して作成した。

「日本少年」掲載リスト ＊ゴチックは本誌掲載小説　所蔵（○…あり △…所蔵するが閲覧不可）

年	月	巻数	青山桜州	池田芙蓉	村岡筑水	闇野冥火	日本近代文学館	三康図書館	大阪児童文学館	国立国会図書館
1924	1	19巻								
	2									
	3								○	
	4									
	5		祖国のために							
	6		祖国のために							
	7		祖国のために							
	8		祖国のために							
	9		祖国のために							
	10		祖国のために							
	11		祖国のために							
	12		**祖国のために**							
1925	1	20巻	祖国のために	馬賊の唄　前篇						
	2		祖国のために	馬賊の唄　前篇						
	3		祖国のために	馬賊の唄　前篇						
	4		祖国のために 髑髏の騎士	馬賊の唄　前篇						
	5		祖国のために	馬賊の唄　前篇						
	6		祖国のために	馬賊の唄　前篇						
	7		祖国のために	馬賊の唄　前篇			○		○	
	8		祖国のために 火焔の御魔王	馬賊の唄　前篇						

年	月	巻									
	9		祖国のために		馬賊の唄　前篇						
	10		祖国のために	月下の稚児ケ崎	馬賊の唄　前篇						
	11		祖国のために		馬賊の唄　前篇						
	12		祖国のために		馬賊の唄　前篇					○	○
1926	1	21巻	乱刀の巻		馬賊の唄　前篇	栄光の旗手					
	2		乱刀の巻			栄光の旗手					
	3		乱刀の巻			栄光の旗手					
	4		乱刀の巻			栄光の旗手	前世紀の怪魔境				
	5		乱刀の巻			栄光の旗手	前世紀の怪魔境				
	6		乱刀の巻			栄光の旗手	前世紀の怪魔境				
	7		乱刀の巻			栄光の旗手					
	8		乱刀の巻			栄光の旗手					
	9		乱刀の巻			栄光の旗手					
	10		乱刀の巻			栄光の旗手					
	11		乱刀の巻			栄光の旗手					
	12		乱刀の巻			栄光の旗手					
1927	1	22巻	空魔あさひ号								
	2		空魔あさひ号								
	3		空魔あさひ号		異郷の月			○			
	4		空魔あさひ号		異郷の月						
	5		空魔あさひ号		異郷の月						
	6		空魔あさひ号								
	7		空魔あさひ号			白馬の怪魔					

	8		空魔あさひ号								
	9		空魔あさひ号			曠原の義賊				○	
	10		空魔あさひ号			曠原の義賊				○	○
	11		空魔あさひ号			曠原の義賊					
	12		空魔あさひ号			曠原の義賊					
1928	1	23巻									
	2										
	3										
	4										
	5										
	6										
	7		青葉の夕霧城							○	
	8		青葉の夕霧城							○	
	9		青葉の夕霧城							○	
	10		青葉の夕霧城							○	
	11		青葉の夕霧城							○	
	12		青葉の夕霧城	我等の友よ来たれ						○	
1929	1	24巻	青葉の夕霧城	紺青の空の彼方へ		吹雪の夜の危険信号	暴風雨に叫ぶ声				
	2		**青葉の夕霧城**		**馬賊の唄　後篇**	血に飢えた狼の眼				○	
	3		青葉の夕霧城		馬賊の唄　後篇					○	
	4		青葉の夕霧城		馬賊の唄　後篇					○	
	5		青葉の夕霧城		馬賊の唄　後篇					○	
	6		青葉の夕霧城		馬賊の唄　後篇					○	

年	月	巻									
	7		青葉の夕霧城		馬賊の唄　後篇					○	
	8		青葉の夕霧城		馬賊の唄　後篇						
	9		青葉の夕霧城		馬賊の唄　後篇						
	10		青葉の夕霧城		馬賊の唄　後篇						
	11		青葉の夕霧城		馬賊の唄　後篇						
	12		青葉の夕霧城		馬賊の唄　後篇						
1930	1	25巻	桃色の騎士		馬賊の唄　後篇						
	2		桃色の騎士		馬賊の唄　後篇						
	3				馬賊の唄　後篇						
	4				馬賊の唄　後篇		幽霊塔				
	5				馬賊の唄　後篇						
	6		髑髏島		馬賊の唄　後篇						
	7		髑髏島		馬賊の唄　後篇	少年密使				○	
	8		髑髏島		馬賊の唄　後篇						
	9		髑髏島		馬賊の唄　後篇	血に染まった密書					
	10		髑髏島		馬賊の唄　後篇				○		
	11		髑髏島		馬賊の唄　後篇				○		
	12		髑髏島		馬賊の唄　後篇						
1931	1	26巻	炎の白萩城		馬賊の唄　続篇				○	○	
	2		炎の白萩城		馬賊の唄　続篇				○	○	
	3		炎の白萩城		馬賊の唄　続篇				○	○	
	4		炎の白萩城		馬賊の唄　続篇				○		
	5		炎の白萩城						○		

							1932												1933			
6	7	8	9	10	11	12	1	2	3	4	5	6	7	8	9	10	11	12	1	2	3	4
							27巻												28巻			
炎の白萩城	炎の白萩城	炎の白萩城	炎の白萩城	炎の白萩城	炎の白萩城	炎の白萩城									首のない若君	首のない若君	首のない若君	首のない若君	首のない若君	首のない若君	首のない若君	首のない若君
							燃ゆる落日	燃ゆる落日	燃ゆる落日	燃ゆる落日	燃ゆる落日	燃ゆる落日	燃ゆる落日	燃ゆる落日	燃ゆる落日	燃ゆる落日	燃ゆる落日	燃ゆる落日				
																						△
○	○	○					○	○	○	○					○	○	○	○	○	○	○	○
					○	○	○	○	○	○	○	○		○		○					○	

年	月	巻数	北小路春房	富士三郎	記者	記者	日本近代文学館	三康図書館	大阪児童文学館	国立国会図書館
	5		首のない若君					○	○	
	6		首のない若君					○		
	7		首のない若君						○	
	8		首のない若君							
	9		首のない若君							
	10		首のない若君					○		
	11		首のない若君							
	12		不明							

「婦人世界」掲載リスト

所蔵（○…あり　△…所蔵するが閲覧不可）

年	月	巻数	北小路春房	富士三郎	記者	記者	日本近代文学館	三康図書館	大阪児童文学館	国立国会図書館
1925	1	20巻	白萩の曲							
	2		白萩の曲							
	3		白萩の曲							
	4		白萩の曲							○
	5		白萩の曲							
	6		白萩の曲							○
	7		白萩の曲							
	8		白萩の曲							○
	9		白萩の曲							○
	10									
	11									○

年	月	巻								
	12									○
1927	1	22巻	香炉の夢							○
	2		香炉の夢							○
	3		香炉の夢							○
	4		香炉の夢							○
	5		香炉の夢							○
	6									○
	7					兄妹はいかに教育せられたか—ある青年教師の手記				○
	8					兄妹はいかに教育せられたか—ある青年教師の手記				
	9					兄妹はいかに教育せられたか—ある青年教師の手記				○
	10				天才の死は若き人々に何を考へさせたか？	兄妹はいかに教育せられたか—ある青年教師の手記				○
	11					兄妹はいかに教育せられたか—ある青年教師の手記				○
	12					兄妹はいかに教育せられたか—ある青年教師の手記				
1928	1	23巻			九条武子夫人と詩と人生を語る	兄妹はいかに教育せられたか—ある青年教師の手記				○
	2					兄妹はいかに教育せられたか—ある青年教師の手記				○
	3					兄妹はいかに教育せられたか—ある青年教師の手記				○

											1929									
12	11	10	9	8	7	6	5	4	3	2	1	12	11	10	9	8	7	6	5	4
											24巻									
												寂光院	寂光院	寂光院	寂光院	寂光院				
			千姫の恋	千姫の恋	千姫の恋	千姫の恋	千姫の恋	千姫の恋												
																			兄妹はいかに教育せられたか―ある青年教師の手記	兄妹はいかに教育せられたか―ある青年教師の手記
○									○	○						○		○	○	○

「少女の友」掲載リスト

所蔵（○…あり　△…所蔵するが閲覧不可）

年	月	巻数	池田亀鑑	村岡筑水	池田芙蓉	青山櫻州	闇野冥火	北小路春房	池村亀一	日	三	大	国	菊
1919	8	12巻	悲しく美しい安養尼のお話										○	
	9		悲しく美しい安養尼のお話										○	
	10											○	○	
	11				嵯峨の月							○	○	
	12												○	
1920	1	13巻										○	○	
	2											○	○	
	3											○	○	
	4				鎌倉の孝女								○	
	5				鎌倉の孝女							○		
	6				鎌倉の孝女									
	7				鎌倉の孝女									
	8											○	○	
	9											○	○	
	10				秋草物語							○	○	
	11				霜月物語							○	○	
	12												○	
1921	1	14巻			諸国物語　除夜の鐘							○	○	
	2				諸国物語　夜叉物語							○	○	
	3				諸国物語　形見の鏡								○	
	4				諸国物語　松の精							○	○	
	5				諸国物語　つゝじが丘							○	○	
	6				諸国物語　濠の怨								○	

年	月	巻	作品	欄1	欄2	欄3	欄4	欄5
	7		諸国物語　天の羽衣			○		
	8		諸国物語　姫塚					
	9		諸国物語　花橘のほまれ			○		
	10		諸国物語　笄の渡					
	11		諸国物語　落城の前			○		
	12							
1922	1	15巻				○		
	2		夕風は悲しげに吹く					
	3		馬は楽しげに嘶く					
	4						○	
	5		少女の誇り			○		
	6					○		
	7		咲けよ白百合			○		
	8		潮はみちくる			○	○	
	9					○		
	10		享保美談　彼女は懐剣を胸に秘めて			○		
	11					○		
	12					○		
1923	1	16巻				○		
	2					○		
	3					○		
	4					○		
	5					○		
	6					○		
	7		白帷子の誉れ			○		
	8		ある海岸の出来事	○		○		
	9					○	○	

年	月	巻															
	10	震災特集			命がけで帝都に入るの記									○			
	11				地下の牢獄								○		○		
	12																
1924	1	17巻			陰謀				髑髏の笑ひ						○		○
	2				陰謀				髑髏の笑ひ						○		○
	3				陰謀				髑髏の笑ひ						○		
	4				陰謀				髑髏の笑ひ				○		○		
	5				陰謀	あこがれの夢			髑髏の笑ひ						○		○
	6				陰謀				髑髏の笑ひ								
	7								髑髏の笑ひ				○				○
	8						指輪の行方		髑髏の笑ひ						○		
	9				花言葉十二ケ月カード				髑髏の笑ひ				○		○		
	10								髑髏の笑ひ				○		○		
	11								髑髏の笑ひ				○				○
	12								髑髏の笑ひ								
1925	1	18巻			かたぶく月影				さしまねく影						○		○
	2				かたぶく月影				さしまねく影				○				
	3				かたぶく月影				さしまねく影				○				
	4				かたぶく月影				さしまねく影				○				
	5				かたぶく月影				さしまねく影				○		○		
	6				かたぶく月影				さしまねく影				○		○		
	7				かたぶく月影				さしまねく影				○		○		
	8				かたぶく月影				さしまねく影		不思議な伝説くらべ		○		○	○	
	9				かたぶく月影				さしまねく影				○		○		
	10				かたぶく月影		炎の黒髪山	白鳥の悲しみ	さしまねく影	くちなは物語			○		○		
	11				かたぶく月影				さしまねく影				○		○		○
	12				かたぶく月影				さしまねく影				△		○		

		1928												1927												1926
3	2	1	12	11	10	9	8	7	6	5	4	3	2	1	12	11	10	9	8	7	6	5	4	3	2	1
		21巻												20巻												19巻
																						咲けよ鈴蘭				
白鳥の塔	白鳥の塔	白鳥の塔	燃ゆる夕空(炎の渦巻続篇)	燃ゆる夕空(炎の渦巻続篇)	燃ゆる夕空(炎の渦巻続篇)	燃ゆる夕空(炎の渦巻続篇)	燃ゆる夕空(炎の渦巻続篇)	燃ゆる夕空(炎の渦巻続篇)	燃ゆる夕空(炎の渦巻続篇)	燃ゆる夕空(炎の渦巻続篇)	燃ゆる夕空(炎の渦巻続篇)	燃ゆる夕空(炎の渦巻続篇)	燃ゆる夕空(炎の渦巻続篇)	燃ゆる夕空(炎の渦巻続篇)	炎の渦巻	炎の渦巻	炎の渦巻	炎の渦巻	炎の渦巻	炎の渦巻	炎の渦巻	炎の渦巻	炎の渦巻	炎の渦巻	炎の渦巻	炎の渦巻
																クローバの思い出										
				闇に光る眼	闇に光る眼	闇に光る眼	闇に光る眼								青い小蛇の死	青い小蛇の死	青い小蛇の死	青い小蛇の死	青い小蛇の死	青い小蛇の死	青い小蛇の死	青い小蛇の死	青い小蛇の死	青い小蛇の死	青い小蛇の死	青い小蛇の死
																			無人の船							
			雪に散りし花																							
			○	○	○	○	○	○	○	△	○	○	○	△	△	○	△	△	○	○	△	○	△	△	△	△
											○	○					○									
							○	○			○															
○	○											○		○								○	○			○

	4			白鳥の塔						
	5			白鳥の塔						
	6			白鳥の塔						
	7			白鳥の塔		○				
	8		白鳥の塔	夕風吹けば（燃ゆる夕空続篇）		○				
	9		白鳥の塔	夕風吹けば（燃ゆる夕空続篇）	薫る青葉に誘はれて四百五十六哩	○				
	10			夕風吹けば（燃ゆる夕空続篇）		○				
	11			夕風吹けば（燃ゆる夕空続篇）				○		
	12			夕風吹けば（燃ゆる夕空続篇）		○				
1929	1	22巻		夕風吹けば（燃ゆる夕空続篇）				○		
	2			夕風吹けば（燃ゆる夕空続篇）						
	3			夕風吹けば（燃ゆる夕空続篇）						
	4			夕風吹けば（燃ゆる夕空続篇）						
	5			夕風吹けば（燃ゆる夕空続篇）				○		
	6			夕風吹けば（燃ゆる夕空続篇）				○		
	7			夕風吹けば（燃ゆる夕空続篇）						
	8			海に咲く花						
	9			海に咲く花						○
	10			海に咲く花						
	11			海に咲く花				○		
	12			海に咲く花				○		
1930	1	23巻		欠						
	2			海に咲く花						
	3			海に咲く花						
	4			海に咲く花						
	5			海に咲く花						
	6			海に咲く花						

年							1931											
月	7	8	9	10	11	12	1	2	3	4	5	6	7	8	9	10	11	12
							24巻											
							哀しき野菊	哀しき野菊	哀しき野菊	哀しき野菊	哀しき野菊	哀しき野菊	哀しき野菊	哀しき野菊	哀しき野菊	哀しき野菊	哀しき野菊	哀しき野菊
										空の復讐								
	海に咲く花	海に咲く花	海に咲く花	海に咲く花	海に咲く花	海に咲く花												
								○			○					○		
						○				○	○	○	○	○	○			
							○				○					○		○
				○	○								○					

実業之日本社・雑誌・日毛クラブ他

年	1921	
月	5	7
池田芙蓉	我が国の湖沼伝説　裁縫雑誌（東京裁縫女学校出版部）	西洋の騎士　少年男生（実業之日本社）
青山桜州		
北小路春房		
日本近代文学館		
三康図書館		
大阪児童文学館		
国立国会図書館	○	○

所蔵（○…あり　△…所蔵するが閲覧不可）

年	月							
1923	1	日出づる国へ　日毛（日毛クラブ）						
	3	乙女は強し　日毛（日毛クラブ）						
	5	旭将軍義仲の最後　日毛（日毛クラブ）						
	7	赤い花を尋づねて　日毛（日毛クラブ）						
1925	5			泉をめぐる恋　東京（版元不明）				
1926	8		あらしの夜　国史小説　幼年の友（実業之日本社）					○
1928	4		青色に光る眼玉　幼年の友（実業之日本社）					
	5		青色に光る眼玉　幼年の友（実業之日本社）					
	6		青色に光る眼玉　幼年の友（実業之日本社）					
	7		青色に光る眼玉　幼年の友（実業之日本社）					
	8		青色に光る眼玉　幼年の友（実業之日本社）					
	9		青色に光る眼玉　幼年の友（実業之日本社）					

池田亀鑑ラジオ出演リスト

（昭和）年・月・日　△…放送日不明

年	番組名	放送局	放送年月日	出典
1931	普通学講座　国語	JOAK（NHK東京）第二	6・4・7	国語科　第2放送テキスト国語講義　日本放送出版協会
	普通学講座　国語	JOAK（NHK東京）第二	6・5・5	読売新聞ラジオ欄
	普通学講座　国語5　浦の苫屋	JOAK（NHK東京）第二	6・6・1	読売新聞ラジオ欄
	普通学講座　国語13	JOAK（NHK東京）第二	6・6・30	読売新聞ラジオ欄
	普通学講座　国語	JOAK（NHK東京）第二	6・7・21	国語科　第2放送テキスト国語講義　日本放送出版協会
1932	普通学講座　国語	JOAK（NHK東京）第二	7・1・12－3・22	国語科　第2放送テキスト国語講義　日本放送出版協会
	普通学講座　国語	JOAK（NHK東京）第二	7・7・1－3	
	普通学講座文学史　平安時代	JOAK（NHK東京）第二	7・4・12－7・19	平安時代　第2放送テキスト普通学講座文学史　日本放送出版協会
	普通学講座　国語	JOAK（NHK東京）第二	7・7・4	
1933	家庭大学講座　王朝文学と女性	JOAK（NHK東京）第一	8・2・14	読売新聞ラジオ欄
	家庭大学講座　女流文学を貫く「愛」　王朝文学と女性第二講義	JOAK（NHK東京）第一	8・2・21	読売新聞ラジオ欄
	家庭大学講座　王朝文学と女性	JOAK（NHK東京）第一	8・2・△	
	家庭大学講座　国文学を通じてみたる日本の女性4　王朝文学と女性2　女流文学を貫く愛	JOAK（NHK東京）第一	8・2・28	読売新聞ラジオ欄
1935	月の宴	JOAK（NHK東京）	10・10・12	朝日新聞ラジオ欄

年	題目	放送局	放送日	備考
1936	源氏物語　その他	JOAK（NHK東京）	11・4・21－7・30	源氏物語　その他　ラジオ・テキスト国文講読　日本放送出版協会
1938	国文学における現はれた「あはれ・幽玄・さび」	JOAK（NHK東京）	13・3・22	
1939	国文学に現はれた誕生の祝	JOAK（NHK東京）	14・3・△	
	平安時代の日記文学	JOAK（NHK東京）	14－6・2－13	
1940	平安時代日記文学	JOAK（NHK東京）	15・4・21－5・30	平安時代日記文学　ラジオ・テキスト国文講読　日本放送出版協会
1943	国文学にあらはれたるもののふの道	NHK海外	18・11・25	
1950	つつじ	JOAK（NHK東京）	25・5・△	花を折る
	蛍	JOAK（NHK東京）	25・6・△	花を折る
	試験	JOAK（NHK東京）	25・7・△	花を折る
	夏の月	JOAK（NHK東京）	25・8・△	花を折る
	コスモス	JOAK（NHK東京）	25・10・△	花を折る
	冬を待つ心	JOBK（NHK大阪）	25・11・△	花を折る
	私のふるさと	JOBK（NHK大阪）	25・11・△	花を折る
1951	用水桶	JOAK（NHK東京）	26・1・△	花を折る
	青い星	JOBK（NHK大阪）	26・1・△	
	読書『源氏物語』について	JOAK（NHK東京）	26・9・8	
	嵯峨野の秋	JOBK（NHK大阪）	26・9・21	花を折る
	奈良の黄菊　古典からの訣別　或る歌の友人へ	JOBK（NHK大阪）	26・10・8	花を折る
	御所の白砂	JOAK（NHK東京）	26・11・3	

	暁の野の宮	JOBK（NHK大阪）	26・12・△	
1952	春の光	JOAK（NHK東京）	27・1・7	
	大山の春	JOAK（NHK東京）	27・3・10	花を折る
	たまご	JOAK（NHK東京）	27・3・27	花を折る
	季節感について	ラジオ東京	27・3・27	花を折る
	墓の前と後	JOAK（NHK東京）	27・6・14	花を折る
	仏法僧	JOAK（NHK東京）	27・7・28	花を折る
	私の研究と人生	JOAK（NHK東京）	27・9・3	
	月・火・秋草	JOAK（NHK東京）	27・9・22－24	
	池袋	JOAK（NHK東京）	27・11・27	花を折る
1953	春の音	JOAK（NHK東京）	28・3・19	花を折る
	茶の間随想	JOAK（NHK東京）	28・4・9	
	日本の古典『伊勢物語』	JOAK（NHK東京）	28・5・29	
	砂丘	JOAK（NHK東京）	28・6・10	花を折る
	源氏物語	JOAK（NHK東京）	28・6・11	
	日本の古典『枕草子』	JOAK（NHK東京）	28・6・25	
	村芝居	JOAK（NHK東京）	28・9・8	花を折る
	日本の古典『土佐日記』	JOAK（NHK東京）	28・9・18	
	日本の古典『更級日記』	JOAK（NHK東京）	28・9・25	
	日本の古典『今昔物語』	JOAK（NHK東京）	28・10・9	
1954	愛宕山の思ひ出	JOAK（NHK東京）	29・2・9	花を折る
	日本の古典「古典の精神発展」	JOAK（NHK東京）	29・3・12	
	日本の古典「古典と人間形成」	JOAK（NHK東京）	29・4・9	

	日本の古典「枕草子の本質」一	JOAK（NHK東京）	29・6・25	
	日本の古典「枕草子の本質」二	JOAK（NHK東京）	29・7・2	
	日本の古典「古典と近代文学」	JOAK（NHK東京）	29・7・9	
	日本の古典『更級日記』	JOAK（NHK東京）	29・10・△	
	日本の古典『竹取物語』	JOAK（NHK東京）	29・11・5	
	日本の古典『堤中納言語』	JOAK（NHK東京）	29・11・12	
	日本の古典『源氏物語』一	JOAK（NHK東京）	29・11・19	
	日本の古典『源氏物語』二	JOAK（NHK東京）	29・11・26	
1955	八岐の大蛇	JOAK（NHK東京）	30・1・10	花を折る
	古典の民族精神	JOAK（NHK東京）	30・3・6	
	ひげ	JOAK（NHK東京）	30・3・12	花を折る
	日本文学にあらはれた天皇	JOAK（NHK東京）	30・4・29	
	活動大写真	JOAK（NHK東京）	30・5・8	花を折る
	泥棒	JOAK（NHK東京）	30・7・7	花を折る
	風流	JOAK（NHK東京）	90・9・7	花を折る
	源氏物語に描かれた作者の像　その一 妻としての明石の上	JOAK（NHK東京）	30・10・4	
	源氏物語に描かれた作者の像　その二 母としての明石の上	JOAK（NHK東京）	30・10・7	
	枕草子に再生した白楽天の詩　その一 花の心開く	JOAK（NHK東京）	30・10・14	
	枕草子に再生した白楽天の詩　その二 牡丹の蕾	JOAK（NHK東京）	30・10・28	

	枕草子に再生した白楽天の詩　その三　秋の月の心	JOAK（NHK東京）	30・10・28	
	日本古典と高校に於ける国語教育	JOAK（NHK東京）	30・12・△	
1956	柿	JOAK（NHK東京）	31・1・5	花を折る
	学校高校放送の時間における古典朗読について	JOAK（NHK東京）	31・3・15	
	幻想（羽衣）	JOAK（NHK東京）	31・4・10	花を折る
	一つの言葉をとらへて古典の命をあきらかにする	JOAK（NHK東京）	31・4・13	
	日本の古典「枕草子」一	JOAK（NHK東京）	31・6・8	音声現存
	日本の古典「枕草子」二	JOAK（NHK東京）	31・6・20	音声現存
	題不明	JOAK（NHK東京）	31・7・2	
	高校放送とその利用―「日本の古典」を通して	JOAK（NHK東京）	31・△・△	

闇野冥火の少女小説
――「闇に光る眼」の位置づけとその問題点――

大橋崇行

一　はじめに

「悲しく美しい／安養尼のお話」（『少女の友』、大正八・八）で小説を発表するようになった池田亀鑑は、池田芙蓉、闇野冥火、青山桜州、北小路春房、村岡筑水、池村亀一、富士三郎と、多くの筆名を使い分けていた。これらの作品については、早く長野嘗一[1]や萩谷朴[2]によって言及がなされており、近年、上原作和氏や小川陽子氏が詳細な調査、研究を進められている[3]。

中でも代表作としては、少年小説として書かれた『馬賊の唄』（『日本少年』、大正一四・一～一二）が挙げられるだろう。また少女小説として発表された作品では、二〇一五年に刊行された『少女小説事典』において、鈴木美穂氏が青山桜州の筆名で発表された「炎の渦巻」（『少女の友』大正一五・一～昭和二・一二）について立項し、言及されている[4]。

その中で本論において考えたいのは、闇野冥火という筆名によって書かれた作品である。

池田亀鑑がこの筆名を使うようになったのは、「髑髏の笑ひ」（『少女の友』大正一三・一～一二）からだと考えられる。

それ以降、「さしまねく影」（『少女の友』、大正一四・一〜一二）、「青い小蛇の死」（『少女の友』、大正一五・一〜一二）、「無人の船」（『少女の友』、大正一五・八）、「闇に光る眼」（『少女の友』、昭和二・八〜一一）、「暴風雨に叫ぶ声」（『日本少年』、昭和四・一）、「幽霊塔」（『少女の友』、昭和五・四）で用いられている。

この闇野冥火という筆名は、池田亀鑑が用いた中でも、非常に大きな特徴を持っているものである。

第一に、それ以外の作家としての筆名は、少女小説、少年小説の差異なく使われており、掲載誌にも一貫性が認められない。しかしこの闇野冥火という筆名は、「暴風雨に叫ぶ声」だけは『日本少年』に掲載されたものの、基本的には『少女の友』誌上で用いられているものである。

第二の特徴として挙げられるのは、書かれる小説のジャンルである。「闇」「冥」という文字からも暗示されているように、この筆名で書かれるのは必ず探偵小説か怪奇小説、冒険小説といった、いわゆる「変格探偵小説」に繋がる系譜のものとなっている。[5] たとえば、池田亀鑑が用いたもっとも代表的な筆名である池田芙蓉が、時代物、少女向けに書かれた世話物の小品、『馬賊の唄』に代表される冒険小説と多様なジャンルで用いられていたことと比べれば、その差異は明らかであろう。

そこで本論では、闇野冥火の筆名で書かれた作品が同時代の少女小説の中でどのように位置づけられるのか、また、これらの作品からどのような問題点が見いだせるのかという点について考えていきたい。こうした基礎的な作業は、今後、池田亀鑑が執筆した歴史物や現代物の小説についてだけでなく、それ以外の書き手による少女小説、さらには少年小説について考えていく上でも、ひとつの土台となるはずである。

二　少女向け探偵小説・怪奇小説・冒険小説

闇野冥火の筆名で書かれた小説について考える上でまず確認しておくべき問題として、そもそも『少女の友』における探偵小説、怪奇小説、冒険小説といった系譜の作品が、比較的珍しいものだったことが挙げられる。

『少女の友』に掲載された少女小説といえば、火災で家を失った少女たちの運命を描いたメロドラマである横山美智子「嵐の小夜曲（セレナーデ）」（昭和四・六〜昭和五・八）や、誰にも慣れ親しむことのできない少女まゆみの心の成長を描いた吉屋信子「紅雀」（『少女の友』、昭和五・一〜一二、昭和八・一）、横浜のミッション系女学校に通う女学生たちの交流を描いた川端康成（実際は中里恒子の執筆）「乙女の港」（『少女の友』、昭和一二・六〜一三・三）などに代表されるように、少女どうしの擬似的な姉妹関係、恋愛関係を示す隠語である「エス」を題材にしたものを中心に、当時としての「現代物」の少女小説に代表作が多い(6)。

こうした作品群の系譜は明治二八年に博文館から創刊された『少年世界』にあった「少女」欄に掲載された小品にまで遡ることができ、明治期以降に編成された女学校文化におけるひとつのモードだった。近代以降に様式化され、少女たちの友愛小説として編成されていった少女小説の拠点が『少女の友』だったのである。

その意味で、池田亀鑑のデビュー作である「悲しく美しい安養尼のお話」（前掲）や、その後の「嵯峨の月」（筆名は池田芙蓉。『少女の友』、大正八・一一）、「光照前物語」（筆名は池田芙蓉。『少女の友』、大正八・一二）、最初の連載となった「鎌倉の孝女」（筆名は池田芙蓉。『少女の友』、大正九・四〜七）以下の歴史物の小説は、この時期の『少女の友』の中では比較的珍しい作品だったと指摘することもできる。

これに対し、大日本雄弁会講談社が大正一二年に創刊した『少女倶楽部』は、吉屋信子、川端康成、横山美智子をはじめ『少女の友』と共通する書き手を招く一方で、大正三年に『講談倶楽部』から派生した『少年倶楽部』の兄妹誌という位置づけがあり、佐藤紅緑をはじめ、『少年倶楽部』の作家たちに少女小説を書かせるという側面を強く持っていた。その結果、吉川英治「ひよどり草紙」（『少女倶楽部』大正一五・一〜昭和三・一二）、宮崎一雨「殉国の歌」（『少女倶楽部』昭和二・一〇〜三・九）、大佛次郎「月かげの道」（『少女倶楽部』昭和四・一〜七）などをはじめ、少女探偵小説、少女冒険小説、少女向け時代小説の拠点としてより娯楽性の強い小説を掲載することで、『少女の友』と差異化が図られていた。これらの作品はほとんどが読み捨てられ、現代ではけっして高く評価されているとはいえないものの、最終的には『少女の友』や『少女画報』などのライバル誌を凌駕し、少女小説最大の拠点へと成長していくことになったのである。

もちろん『少女の友』も、こうした『少女倶楽部』の方向性のかたわらにあって、現代物の少女小説ばかりを載せていたわけではない。

たとえば、「さしまねく影」（前掲）の第八回が掲載された『少女の友』大正一四年八月増大号（第一八巻第八号）は「世界の珍聞奇聞怪聞あらゆる不思議な事実と物語」と題された特集号であり、日下章一「怪奇探偵小説／鮮血の呪ひ」、浅原鏡村「謎宮の怪人／迷宮の少女」、伊藤純一「危機迫る／幽霊塔の姉弟」など二七篇の怪奇小説、冒険小説が掲載されており、池田亀鑑も池田亀一の筆名で「怪異なる物語／不思議な伝説競べ」を寄稿している。また他にも、大正九年一〇月号（第一三巻第一〇号）の「少女探偵号」、昭和二年八月号（第二〇巻八号）の「少女冒険奇譚号」のように、こうした傾向の小説をしばしば特集としてまとめて掲載しており、様式として定着しつつあった現代物の「少女小説」とは異なる方向性が模索されていた。特に『少女倶楽部』創刊以降は、こうした特集がより大規模になり、ライバル誌の動向を強く意識していたことが窺われる。(7)

このような『少女倶楽部』模倣の動きは、昭和三年に内山基が入社し、昭和六年に主筆になっていく過程で大きく変容していくことになるわけだが、池田亀鑑が『少女の友』で小説を執筆していたのは、ちょうどこの過渡期に当たる時期だった。

大正期から昭和初期に全盛を誇った「少女小説」というと、どうしても『少女画報』『少女倶楽部』『少女の友』三誌に掲載、再録され続けた吉屋信子『花物語』（大正五〜一五。『少女の友』再録は昭和一二）や、尾崎翠の小説のような作品群が想起されがちである。しかし一方で、実際に同時代のメディアと少女たちの読書には、そうしたイメージとは少なからず異なる状況があった。闇野冥火の筆名で書かれる作品群は、そのような文脈の中で登場したものだったのである。

三　「闇に光る眼」について

以上の点を確認した上で、闇野冥火の筆名で発表された「闇に光る眼」を具体的に見ていきたい。この作品は、『少女の友』の昭和二年八月号（第二〇巻第八号）から一一月号（第二〇巻第一一号）にかけて、四回にわたって連載された少女向けの怪奇探偵小説であり、内容は以下のとおりである。

とある歌劇団に所属している女優の葉桜照子のもとに、新聞社からひとつの企画が舞い込んできた。二人乗りの小型飛行機で東京・代々木の広場から出発し、二時間後に大阪に降りて、飛行服のままで舞台に立ち、東京で起きた最新のニュースと、新聞社の福引き券とを会場に運ぶというものだ。照子は出発前の自動車の中で、生きて帰れるかどうかと頻りにフライトへの不安を述べていたが、案の定、事件に巻き込まれることになる。大阪に着いた飛行機の後部座席に乗っていたのは照子ではなく鵺という怪物のように見えた黒猫であり、彼女の姿はなかったのだ。するとそこへ、群衆の中から一人の民間探偵家の村川が姿を現し、怪物のように見えた「闇に光る眼」こそが、この事件を引き起こしたのだという。村川の推理によれば、この事件は歌劇団のスターだった若山千代子が照子に嫉妬し、かつて帝国ホテルの宝石紛失事件を起こし、照子と瓜二つな謎の未亡人マダム春田に依頼して、照子を拉致したのではないかという。しかし結局、事件はその真相が突き止められることもなく、照子も見つからないまま、幕が下ろされることとなった。

この小説には、連載の末尾に、闇野冥火（池田亀鑑）自身によるものと思われる、次のようなお詫びの一文が掲載されている。

作者のことば
本篇は、今少しつづけなければ、完結しないところであったが、あるやむを得ざる事情のため、急いで打ちきることにしたので、十分の興味を盛って、事件を展開させ得なかった事を、深くおわびします。

「やむを得ざる事情」とあるが、内容的に事件の記述が二転三転しており、また、事件が未解決のまま中途半端なところで作品が閉じていることから、「打ちきることにした」というよりも、あるいは完全に企画倒れの失敗作だった可能性も窺わせる。しかし、こういう作品だからこそ、むしろ闇野冥火という筆名でこうした怪奇探偵小説を『少女の友』に掲載したときのさまざまな問題が、見えてくるように思われる。

「闇に光る眼」においてまず目を惹くのは、主人公が歌劇団のトップ女優という華やかな人物として設定されていること、そして、そういう女性が飛行機に乗って、ある種の「冒険」へと出立するという、ある意味でちぐはぐな枠組みを持っている点である。

四　歌劇団と飛行機

照子は、母に別れをつげ、新聞社から廻はされた自動車にのつて、代々木の広場に急ぐことになつた。

『ぢや、お母さま、行つてきますよ』

と元気よく別れたものの、心の中には、何とはなしに、不安の雲があつた。

『生きてかへれるかしら』

もう夕方の色は濃くせまつてゐる。

日はとくに落ちて、軒々には街灯の光が淡い。自動車は、ヘツドライトを、しきりに明滅させながら、町から町へ、辻から辻へと走つて行く。

『生きてかへれるか知ら』

と、彼女は、いくたびかかうつぶやいた。


（「その一　歌劇団の女王」「華やかなる出発」）

照子は飛行機に乗る前の移動中、機体に乗ることへの不安を頻りに口にする。こうした記述が行われたひとつの要因としては、この後起こる事件を読者に予見させ、また、怪奇小説としての雰囲気を創り出す目的があったはずである。また、照子自身による言葉がこの車に乗っている箇所までしかないことが作品全体を支える叙述トリックになっており、照子が行方不明になる事件が飛行機に乗る前の車の中で起きていたことが、後に明かされることになる。

こうした探偵小説としての枠組みがある一方で目につくのは、照子が歌劇団のスターとして造形されているという点であろう。

歌劇団の女優を題材にした少女小説としては、これ以前に南部修太郎『露草の花』（『少女倶楽部』、大正一四・四〜一五・四）がある。宝塚少女歌劇団の宝塚大劇場の完成が大正一四年、大阪の松竹歌劇団が『春のおどり』で評判になったのが大正一五年であり、これはちょうどその時期に当たる。

また、特に「闇に光る眼」が発表された昭和二年は、岸田辰弥によるレビュー『モン・パリ　〜吾が巴里よ！〜』が上演され、これが日本で最初の本格的なレビューの上演となった。

『少女の友』が頻繁に映画や宝塚少女歌劇団についての記事を掲載するようになるのは昭和三年に内山基が入社したころからであり、昭和四年五月号（第二二巻第五号）掲載の「宝塚少女歌劇の花形」、昭和六年五月号（第二四巻第五号）掲載の「宝塚写真日記」などをはじめ、宝塚少女歌劇団のグラビア特集記事が掲載されるようになる。[8]「闇に光る眼」は、そうした誌面を先取りするかたちで、少女の憧れの的になりつつあった歌劇団の女優という主人公を、少女小説の中に持ち込んでいたのである。

一方で、少女が飛行機に乗るという冒険小説の枠組みにも、注意が必要であろう。明治期から昭和期までの冒険小説は、『海島冒険奇譚／海底軍艦』（明治三三）以降の一連の押川春浪作品に代表されるように、まずは潜水艦や船による冒険を描いた海洋冒険小説が、ひとつの様式的な物語だった。

一方で、飛行艇、気球や飛行船を描いた作品としては、押川春浪『日欧競争／空中大飛行艇』（明治三五）、『冒険小説／北極飛行船』（明治四二）などがある。これに対し、「飛行機」めぐる言説は、ライト兄弟の「ライトフライヤー号」で動力を持った重航空機による飛行が行われたのが明治三六年であり、それ以降、伊藤銀月『科学新潮』（明治四二）や、大浦元三郎『最近世界の飛行船』（明治四二）などで見られるようになる。その中で、冒険を描いた物語言説で飛行機という題材がある程度定着したのは、玉田玉秀斎の新作講談『空中飛行機』（明治四四）や、巌谷小波『お伽絵噺／飛行少年』（同）など、明治末だったようである。

しかし改めて指摘するまでもなく、これらはあくまで少年向けの小説だった。

此の時陸軍の営所内から、二個の複葉飛行機が浮び出て、討伐隊の跡を追つた。是は賊が飛行機を用ひた時、追撃するために、特に軍用飛行機を警察署に貸し与へたもので、操縦者には飛行倶楽部の天狗連が進んで当り、陪乗席には、最新式の自働銃を提へた、軍人が乗つてゐた。一つ間違へば飛行機上から賊を撃つつもりである。

（宮崎大観『探偵奇談／飛行機の大賊』、大正元）

『探偵奇談／飛行機の大賊』は、探偵のゼムスと兇賊ガンタとが、飛行機を用いて戦いを繰り広げる冒険小説である。

注目されるのは、第四章「令嬢探偵となる」で、鉄道王ブラツセルの娘で、お転婆で知られる十八歳の金髪美少女ミーエルが、ゼムスに自身も探偵となりたいと名乗り出るという場面である。したがってこの小説は、活発な少女ヒロインが飛行機を乗り回し、探偵とともに冒険活劇を繰り広げるという、当時としては斬新な冒険小説になる可能性を秘めていた。しかし、ミーエルはガンタに拉致され、第十一章「名探偵魔窟に入る」で救い出される。結局は、力を持った男性主人公が非力な女性ヒロインを救い出すという、きわめて典型的な少年小説の枠組みに回収されてしまうのである。また、こうした冒険小説が、日本人の女性ではなく外国人の女性を主人公としていることも、確認しておくことが必要であろう。日本の女性とは関係のない異国の物語として設定することではじめて、当時の少年小説や少女小説で描かれていたジェンダーの問題から離脱し、活発な少女像を創り出すことができたのである。

この他、飛行家・武田廣の息子である勇少年が友人の春雄とともに飛行機での冒険をもくろむ鰐浪『少年小説／飛行少年』（大正二）や、勇少年が飛行機に乗って世界一周をめざす葦嶋鳶戕『空前壮挙／飛行機世界巡り』（大正四）などをはじめ、飛行機はやはり少年たちを主人公として冒険を描くことで、少年読者の想像力を掻き立てる題材だった。

これに対し、当時の日本の少女たちにとっての飛行機は、少なからず事情が異なっていた。渡部一英『女流飛行界の現状とカザリン・ステイソン嬢』（大正五）において、キャサリン・スティンソン（Katherine Stinson, 1891-1977）やハリエット・クインビー（Harriet Quimby, 1875-1912）などの女性飛行士が紹介されているものの、日本の少女が飛行機とともに描かれる場合、基本的には、少女が地上から飛行機を見あげるという構図を伴っていた。

> 飛ぶよ飛ぶよ／飛行機飛ぶよ／そらがはれたり／あれあの空に／飛ぶよわたしも／自由の国へ／空がはれたり（ママ）／あれあの空に／あれ〱飛ぶよ／飛行機飛ぶよ
>
> （中屋義之「飛行機」、『少女誌集』、大正五。「／」は改行を表す。）

『少女詩集』における語り手の少女は、地上から空を飛んでいる飛行機を見あげ、それに乗って「自由の国」に飛んでいる自身を想い描く。しかし、それはあくまで飛行機の機体のありようを媒介とし、「あれあの空」というさらにその向こう側にある世界を想像しているのであり、飛行機に乗るという行為や、そこでの冒険とは結び付いていない。

同様に、少女と飛行機との接点としてよく知られたところでは、与謝野晶子が明治四五年にヨーロッパを訪れた際に書いた詩に、梁田貞が曲をつけた童謡「飛行機」がある。

あれあれ通る飛行機が／今日も都をすじかいに／風切る音をふるわせて／身軽なこなし　高々と／羽を拡げたよい形
芝居眼鏡（オペラグラス）を目にあてて／空を踏まえた肝太の／若い乗手を見上ぐれば／少し捻った機体から／きらと反射の黄金（きん）が輝（て）る
若い乗手のめでたさよ／うしろ見捨て死を忘れ／片時止まぬ新しい／力となつて飛んで行く／前へ未来へましぐらに

（童謡「飛行機」。「／」は改行を示す。）

「芝居眼鏡（オペラグラス）を目にあてて」というように、ここでも地上から飛行機を眺める視線が描かれている。機体に乗っている「若い乗手」は、「うしろ見捨て死を忘れ」「新しい／力となつて」という存在であり、女性の飛行士というよりは、若い男性を想起させる。

一方で、与謝野晶子と与謝野鉄幹との共著によるエッセイ集『巴里より』（大正三）に収められた「巴里のいろいろ」において、「昨日（きのふ）巴里の郊外で十九歳の女流飛行家シユザンヌ・ベルナアル嬢が飛行機から落ちて死んだ。」という記事が見られる点は、注意が必要であろう。『巴里より』所収のエッセイは、晶子が書いた場合は「晶子」の署名があるため、これは鉄幹による執筆だと考えられる。またこのエッセイで、飛行機に乗ることが流行していたパリにおいて、「女の飛行家は未だ巴里に十人程しか無い。但し飛行機に同乗して遊ぶ女は無数である。」と記述されている。したがって作詩者である与謝野晶子は、夫の鉄幹を通じて、飛行機に乗る女性の存在や、冒険する男性に付随して「遊ぶ」女性というジェンダーのあり方の編成についても認識していた可能性がある。

しかし、女学校でこの詩を童謡として教える際に用いられるために書かれたと考えられる『女子現代文芸読本教授資料』（大正一五）において、この詩は次のように解釈されている。

過去をなつかしむ心、それもよいにはちがひないが、苟も事をなさんとする者には、あらゆるものを見すて、何もかも忘れて唯一途に、前へ未来へとまつしぐらに突き進む強い心の力がなければならぬ。此の時にはかなりよくその心もちと語の一致がある。温雅な婦人の心が、この詩によくあらはれてゐる。

（『女子現代文芸読本教授資料』、大正一五）

すなわち、この詩はあくまで男性の「若い乗手」に対して、彼が乗った飛行機を見あげる「婦人」を想定し、そのときの心境を描いたものだと解釈され、それを女学校で教えることが求められていた。したがって、地上から飛行機に乗っている男性を見あげる少女という枠組みは、同時代の少女文化において、少なからず強固なものとして編成されていたと考えられる。

このような言説状況から見た場合、「闇に光る眼」において照子が飛行機に乗ることを「華やかなる出発」と章題で規定していることは、同時代においてはかなり珍しい枠組みだったといえる。このような意味づけには、少年小説において描かれる飛行機に乗って冒険する勇ましい少年と、少女歌劇団のトップ女優としての照子の「華やか」さとを重ね合わせ、新たな物語の枠組みを示す必要があったはずである。いいかえれば、歌劇団の女優を主人公に、その女優が飛行機に乗るという物語は、当時としてはモダンで、非常に新しい少女小説の枠組みだった可能性が浮上する。

五　モダンさと古典的様式

照子が飛行機に乗るという物語のあり方とはまた別の問題系が読み取られるのが、大阪に飛行機が辿りついたとき、照子を迎えた人々が、そこにいた「黒猫」を「鵺」と錯誤する場面であろう。

> 鵺といふ怪物が、はたしてこの世にゐるかゐないか、作者も知らない。鵺は、わが国の伝説にあらはれた空の怪物の中で、最も恐ろしい悪魔の一つであることはたしかである。
>
> 読者諸子（みなさん）は、歴史の時間に教はつたであらう。昔、源三位頼政といふ英雄のゐた時に、天皇の御病気が、怪物の祟りであるといふことが分つた。そこで、勅命を以つて、頼政を召し、怪物を退治するやう御諚があつた。頼政は、勅命を奉じ、二重の狩衣を着、山鳥の尾で作つた鋒矢と、滋籐の弓をもち、御殿に伺候した。夜中ばかりになると、案の定、東三条の森のかなたから、怪しい黒雲がさつとたなびいて、御殿の真上に走つた。頼政が、その雲のたゞ中を目ざし、ひようと矢をはなつと、たしかに手ごたへがあつて、屋根の上から、ころころと転り落ちたものがある。柄も拳も通れとばかり、続けさまにつきさすと、怪物はぐつたりと倒れてしまつた。
>
> 　さて火をともして見ると、件の怪物は、頭は猿、胴は狸、尾は蛇、手足は虎の如き、奇怪な怪物であつた――
>
> この鵺退治の物語は、伝説にすぎないけれど、人々は、今、目の前に、鵺といはうか、何といはうか、奇怪至極

な怪物を見たのである。

（「その一　歌劇団の女王」「鵺の犯罪」）

ここで照子を迎え、飛行機に乗っている鵺を見た主体は群衆である。群衆を描いた横光利一「頭ならびに腹」が大正十三年の『文芸時代』創刊号に掲載されていたことを考えれば、「闇に光る眼」を、こうした群衆の問題に焦点を当てた同時代のモダニズム小説のひとつとして見ることもできるかもしれない。

一方、群衆が目にした鵺について語る場面では、突然「作者」を名乗る語り手が登場し、「読者諸子」に向かって「鵺」についての蘊蓄を披露するという、むしろ読本などの戯作文学に由来する古典的な小説の枠組みが見られる。このとき、「頭は猿、胴は狸、尾は蛇、手足は虎」というのは、『平家物語』や、あるいはそれを題材にした謡曲『鵺』などに由来するものであろう。

池田亀鑑は『少女の友』のデビュー作となる「悲しく美しい／安養尼のお話」においても、「太平記増鏡その他二三の古記録なども参考しました。」と序文で述べている。すなわち、古典籍を参照して小説に落とし込んでいくという時代物の小説における書き方を「闇に光る眼」という怪奇探偵小説に持ち込んでいたのであり、この点では時代物の小説を書くときと変わりがなかった。

このように考えると、闇野冥火という筆名で書かれる怪奇探偵小説は、少年小説に見られる冒険小説の話型に、飛行機に乗る女性や歌劇団の女優、あるいは群衆そのものを描こうとする非常にモダンな小説のあり方、そして、時代物で用いられていた読本的な小説の方法という、さまざまな要素を混在させるかたちで書かれていることになる。先述した「闇に光る眼」という作品に見られるちぐはぐさや、この小説が結局非常に中途半端なところで閉じてしまった要因は、こうした小説家・池田亀鑑の模索がそのまま反映されていたのではなかったか。

六 「闇に光る眼」の問題点

しかし、「闇に光る眼」の小説作品としての出来はさておき、こうした闇野冥火としての小説家・池田亀鑑の試みには、いくつもの問題点が指摘できる。

第一に、『少女の友』が『少女倶楽部』と同じように探偵小説や怪奇小説、時代小説といった娯楽色の強い作品を掲載して行くに当たり、まだその方法が充分に確立していなかったという問題であろう。

ライバル誌である『少女倶楽部』に掲載された小説は、基本的に、『少年倶楽部』で作品を発表していた作家が、そのまま登場人物に少女たちを組みこむことで成立していたといっても過言ではない。しかし、もともとそれとはまったく異なる少女小説を掲載し、少女ジェンダーを編成していた『少女の友』の読者に娯楽色の強い作品を示すためには、『少年倶楽部』とは異なる方法を模索しなければならなかった。このとき、その役割を中心的に負っていた書き手のひとりが、闇野冥火という筆名の池田亀鑑だったのである。

その結果として書かれた「闇に光る眼」では、少年小説の話型をたどって探偵小説、冒険小説、怪奇小説としての枠組みを保ちつつ、この後の『少女の友』が取り上げることになる歌劇団の女優という華やかな題材を先取りするかたちで融合させるという方向性が採られていた。さらに、同時代の文芸に最先端で書かれていたモダニズム小説の要素を組みこむという、非常に複雑な手続きによって、その役割が果たされようとしていたのではなかったか。その意味で闇野冥火の筆名で書かれた作品群は、大正期から昭和初期の少女小説における娯楽のあり方を考える上で、非常に重要な位置を占めている。

第二に、怪奇小説における怪奇性を、どのように作っていくかという問題である。

たとえば岡本綺堂は昭和四年に『世界大衆文学全集』の第三五巻として世界各国の怪談を翻案した『世界怪談名作集』を刊行しているが、一方で、大正一三年から一四年にかけて雑誌『苦楽』に掲載された「青蛙堂鬼談」は、ミステリの手法に江戸期以来の怪談の枠組みを融合させるという方法を持っている。これは、探偵小説を江戸を舞台に展開するという『半七捕物帖』（大正六～昭和一二）に見られる方法を、怪談の枠組みに持ち込んだともいえる。

しかし一方で、たとえば英文学で書き継がれてきたようなホラー小説よりも、伝統的な怪談の枠組みを借りたほうが読者の恐怖感を体験的に掻き立てやすいという事情はあったはずである。怪談はある文化圏において、物語様式として受容されることで、初めて恐怖感を読者に感じさせるという側面を少なからず持っているのである。

この問題を「闇に光る眼」に寄せるのであれば、この小説はたとえばエドガー・アラン・ポーの『黒猫』（**Edgar Allan Poe, *The Black Cat*, 1843**）を想起させる「黒猫」を、伝統的な怪奇の様式に準じて日本の「鵺」に変換することで怪奇性を演出していた作品だったということができる。したがって、少女小説という枠組みだけでなく、同時代における怪奇小説のあり方という文脈でも興味深い問題を示している。

また、三つ目の問題点として、池田亀鑑の小説に持ち込まれている知のあり方に関わる問題が指摘できる。特に闇野冥火の筆名で書かれる怪奇小説や時代小説には、さまざまな資料を参照しながら、世界観を作り上げていこうとする小説の方法が見て取られる。この問題については、『少女の友』に次々と掲載されていた現代物の様式的な少女小説や、主として講談や、明治期以来の探偵小説、冒険小説の様式をそのまなどっていた『少女倶楽部』掲載の作品群とは一線を画した、小説家・池田亀鑑のひとつの特徴だったとも指摘できるだろう。(9)

以上述べてきたように、闇野冥火の筆名で発表された少女小説は、「闇に光る眼」というひとつの作品だけについて考えても、さまざまな問題点が見いだされる。これは、小説家としての池田亀鑑が、同時代において様式化されていた少女小説の枠組みに単純に寄り添うのではなく、それとは異なる文脈を持ち込んで作品を執筆していたことに起因する。その結果、少女小説、さらには怪奇小説や時代小説など、同時代の娯楽小説を考える上で重要な、多くの視点を示唆しているのである。

同様に、池田亀鑑の少年小説においても、この時期の娯楽小説のあり方について考える上で看過できない、数多くの問題が示されている。したがってこれらについては、稿を改めて考えていきたい。

注

（1）長野嘗一「小説家・池田亀鑑（一）」、『学苑』第二一八号、昭和三三年五月。「小説家・池田亀鑑（二）」、『学苑』第二一九号、昭和三三年六月、「小説家・池田亀鑑（三）」、『学苑』第二二一号、昭和三三年八月。

（2）萩谷朴「歌合巻発見と池田亀鑑先生・その一」、『水茎』第一六号、平成六。

（3）上原作和「小説家・池田亀鑑の誕生―少女小説編」、小川陽子「もっと知りたい3 池田亀鑑の小説デビュー作と米子」。ともに伊藤鉄也編『もっと知りたい 池田亀鑑と「源氏物語」』第三集、新典社、平成二八年。また、上原氏は自身のブログ「物語学の森 Blog版」で、池田亀鑑による小説の執筆リストを順次公開されている。(http://genjimonogatari.blog79.fc2.com/blog-entry-2147.html、平成二九年一月九日閲覧)

（4）岩淵宏子・菅聡子・久米依子・長谷川啓編『少女小説事典』、東京堂出版、平成二七年

（5）「変格探偵小説」については谷口基『変格探偵小説入門 奇想の遺産』（岩波書店、平成二五年）を参照。

（6）この問題については、菅聡子編『「少女小説」ワンダーランド―明治から平成まで』（明治書院、平成二〇年）などの先行言説においても、少女友愛小説が中心として取り扱われるという状況を招いてきた。この問題について久米依子氏は、「構成される「少女」―明治期少女小説のジャンル編成」（『日本近代文学』第六八集、平成一五年五月。のち、『「少女小説」の生成 ジェンダーポリティクスの世紀』、青弓社、平成二五年）において、博文館の雑誌『少女世界』で少女冒険

小説が重要な位置を占めていたという問題を指摘し、また、少年冒険小説とは異なり「舞台が異国であること」「主人公は西洋人や貴族の「姫」」であることなど、独特の特徴があったとしている。

（7）『少年小説大系』（三一書房）の第二四巻、および第二五巻（ともに平成五）の編者である遠藤寛子による「解説」に、同様の指摘がある。

（8）実業之日本社社史編纂委員会『実業之日本社百年史』、実業之日本社、平成九年。また、今田絵里香「少女雑誌からみる近代少女像の変遷　『少女の友』分析から」、『北海道大学大学院教育学研究科紀要』（第八二集、平成一二年一二月）においても、言及されている。

（9）池田亀鑑が少女小説を書くに当たって用いた種本の問題については、注（3）に掲げた上原氏の論考でも指摘されている。

補記

本研究はＪＳＰＳ科研費18K12299の助成を受けたものです。

アルバム・池田亀鑑（昭和四年〜三一年）

編集解説　伊藤鉄也

ここに取り上げた5枚の写真は、昭和4年から31年にかけてのものである。

池田亀鑑の家族や研究仲間との様子がよくわかるものとして選択した。

いずれの写真も、池田家のアルバムに貼られている。

貴重な写真の公開にご理解を示され、ご教示をいただいた。

池田研二氏にお礼申し上げる。

池袋下宿時代に家族と

昭和4年の、池袋下宿時代における家族の集合写真である。この年の夏、奈良で大澤本『源氏物語』の調査を実施している。

池田皓
池田房
大内万亀江
池田辰郎
池田亀鑑

池田宏文
池田俊郎
池田とら

家族との集合写真

昭和15年頃。当時の様子は、『もっと知りたい 池田亀鑑と「源氏物語」 第1集』(2011年) 所収の「追憶・池田亀鑑 第一回 父としての池田亀鑑 (池田研二)」に詳しい。

池田亀鑑　池田研二
池田房　辰本英子
池田俊郎
池田宏文

とら十三回忌に

昭和23年。とら十三回忌の集合写真である。この年、亀鑑は東京大学から文学博士の学位を授与された。

池田皓　池田亀鑑
岸田友来　池田房（亀鑑妻）　池田研二（亀鑑三男）
足立敏　足立芙美子　池田宏文
池田辰郎
岸田幸枝　辰本英子（亀鑑長女）
薩田玉江（幸枝長女）
大内万亀枝　大内和子
木田園子
大内修二郎（万亀枝夫）
岩下律（岩下天年夫人）　池田順子（皓妻）　幼児
池田貞子（辰郎妻）　幼児

『源氏物語大成』完結祝い

昭和31年12月初旬。『源氏物語大成』が完結したことを祝しての記念撮影。実質的な作業にあたったメンバーの喜びが伝わる写真である。

池田研二　木田園子
小内一明
待井新一　石田百合子　稲賀敬二
家事見習（久古出身）
学生　池田亀鑑
内尾久美
学生
森本元子　石田譲二

大原美術館にて

昭和31年12月8日。大原美術館での記念撮影。この内の2名は、源氏物語を読む会の参加者で、池田亀鑑を取り巻く奥様方。この美術展の帰りに、亀鑑は左眼白内障の手術のために入院する。12月19日、心筋変性症・萎縮腎のため死去（60歳）。

源氏講義聴講者
国島章江
池田亀鑑
源氏講義聴講者
木田園子

おわりに

ここ数年、身辺が慌しく激変する中で、大学の教員とは何なのか、研究者とは何なのか、ということを考えさせられていた。

『もっと知りたい 池田亀鑑と「源氏物語」 第3集』を刊行した半年後、私は二〇一七年三月に国文学研究資料館と総合研究大学院大学を定年退官し、東京から京都に帰ってきた。四月には、国文学研究資料館に勤務するまで在籍していた大阪観光大学（元・大阪明浄女子短期大学）に復職。しかし、そこも二年で退職となり、すぐに大阪大学のお世話になった。その大阪大学も、本書刊行と同じ時期にキャンパスが移転する。科学研究費補助金による研究の最終年度ということもあり、私自身も撤退することになった。そのような経過の中で、昨夏、大阪観光大学から学長として迎えられることになった。目まぐるしく変転する身辺の環境に押し流される中で、本書の編集も中断に次ぐ中断や停滞を経て、ようやくこうして形を成すことができた。この一冊は、私にとって感慨深いものがある。

『もっと知りたい 池田亀鑑と「源氏物語」』のシリーズを楽しみにしておられる読者を始めとして、執筆者、出版社のみなさまには、長期にわたり本書を刊行できなかったことは本当に申し訳ないことであった。とりわけ、早々に原稿をお寄せいただいた執筆者と、迅速に校正ゲラを届けてくださった出版社には、この四年は長かったはずである。そんな中で、ずっと私を信頼して待ってくださった執筆者と出版社には、お詫びと感謝以外に言葉がない。

今私が抱えている一番の難題は、本書と連動している〈池田亀鑑賞 授賞式〉の開催である。これは、日南町と〈池田亀鑑文学碑を守る会〉との連携企画であり、現在の社会状況では開催がきわめて難しい状況にある。本書の刊行に漕ぎ着けた勢いを、この第九回池田亀鑑賞授賞式のイベントを突き動かす活力にしたいものである。

新型コロナウイルスのために、本書を手にされた方々も何かと不自由な生活を強いられ、大変な日々を送っておられることと推察する。しばし本書のページを繰りながら、遠くて近い日本古典文学の世界や、人間の活力ある生きざまを体感していただけると幸いである。

伊藤　鉄也

執筆者紹介（掲載順）

伊藤　鉄也（いとう　てつや）　大阪観光大学学長
須藤　　圭（すどう　けい）　筑紫女学園大学准教授
小川　陽子（おがわ　ようこ）　岐阜大学准教授
池田　研二（いけだ　けんじ）　池田亀鑑子息、元東海大学教授
上原　作和（うえはら　さくかず）　桃源文庫日本学研究所理事
大橋　崇行（おおはし　たかゆき）　東海学園大学准教授

伊藤 鉄也（いとう　てつや）
1951年生まれ。王朝物語文学研究者。大阪観光大学学長、大阪大学招へい教授。國學院大學大学院博士前期課程修了、大阪大学大学院博士後期課程中退。1990年高崎正秀博士記念賞受賞、『源氏物語本文の研究』で博士（文学、大阪大学、2002年）。
著書『源氏物語受容論序説―別本・古注釈・折口信夫―』（桜楓社、1990年）
『源氏物語本文の研究』（おうふう、2002年）
編著『源氏物語別本集成 全15巻』（桜楓社・おうふう、1989～2002年）
『源氏物語別本集成 続 既刊7巻』（おうふう、2005年～中断）
『講座源氏物語研究 第七巻 源氏物語の本文』（おうふう、2008年）
『もっと知りたい 池田亀鑑と「源氏物語」第1集～第3集』（新典社、2011～2016年）
『ハーバード大学美術館蔵『源氏物語』「須磨」』（新典社、2013年）
『日本古典文学翻訳事典1〈英語改訂編〉』（国文学研究資料館、2014年）
『ハーバード大学美術館蔵『源氏物語』「蜻蛉」』（新典社、2014年）
『国立歴史民俗博物館蔵『源氏物語』「鈴虫」』（新典社、2015年）
『国文学研究資料館蔵　橋本本『源氏物語』「若紫」』（新典社、2016年）
『日本古典文学翻訳事典2〈平安外語編〉』（国文学研究資料館、2016年）
『海外平安文学研究ジャーナル《インド編 2016》』（国文学研究資料館、2017年）
『変体仮名触読字典』『触読例文集』（共に国文学研究資料館、2017年）
『平安文学翻訳本集成《2018》』（大阪観光大学、2019年）
『海外平安文学研究ジャーナル《中国編2019》』（大阪大学、2021年）

もっと知りたい 池田亀鑑と「源氏物語」第４集

2021 年 3 月 31 日　初刷発行

編　者　伊藤鉄也
発行者　岡元学実

発行所　株式会社　新典社

〒101－0051　東京都千代田区神田神保町1－44－11
営業部　03－3233－8051　編集部　03－3233－8052
ＦＡＸ　03－3233－8053　振　替　00170－0－26932

印刷所 惠友印刷㈱　製本所 牧製本印刷㈱

ISBN978-4-7879-6054-2 C1395
https://shintensha.co.jp/
E-Mail:info@shintensha.co.jp